走向现代的艰难"转换"

——论阿来的生态书写

浙江大学中国现当代文学博士

李浩昌 著

浙江工商大学出版社
ZHEJIANG GONGSHANG UNIVERSITY PRESS

·杭州·

图书在版编目(CIP)数据

走向现代的艰难"转换":论阿来的生态书写 / 李浩昌著. — 杭州:浙江工商大学出版社,2019.11
ISBN 978-7-5178-3573-8

Ⅰ. ①走… Ⅱ. ①李… Ⅲ. ①阿来－小说研究 Ⅳ.
①I207.42

中国版本图书馆 CIP 数据核字(2019)第 242586 号

走向现代的艰难"转换"——论阿来的生态书写
ZOUXIANG XIANDAI DE JIANNAN "ZHUANHUAN"——LUN ALAI DE SHENGTAI SHUXIE
浙江大学中国现当代文学博士
李浩昌 著

责任编辑	王 耀 白小平
封面设计	林朦朦
责任印制	包建辉
出版发行	浙江工商大学出版社
	(杭州市教工路 198 号 邮政编码 310012)
	(E-mail:zjgsupress@163.com)
	(网址:http://www.zjgsupress.com)
	电话:0571—88904980,88831806(传真)
排 版	杭州朝曦图文设计有限公司
印 刷	杭州宏雅印刷有限公司
开 本	880mm×1230mm 1/32
印 张	8.5
字 数	200 千
版 印 次	2019 年 11 月第 1 版 2019 年 11 月第 1 次印刷
书 号	ISBN 978-7-5178-3573-8
定 价	32.00 元

序

吴秀明

    《走向现代的艰难"转换"——论阿来的生态书写》是李浩昌在其博士论文基础上补充整理而成,现在要付梓出版,作为他读博期间的导师,我自然替他高兴。还记得当初撰写博士论文时,他反反复复进行了多次修改,总是耐心求教,不厌其烦,着实辛苦。该论文最终以专著形式得以出版,也是对他历经几年时间,数易其稿的付出的一个回报。

    在确定这一选题之前,浩昌也曾跟我讨论过中国十七年时期的工农文学、当代文学中的苦难书写,以及迟子建、张承志与阿来少数民族作家的生态书写等有关选题;但考虑到问题的复杂性与艰难性、博士论文撰写的特殊性与现有研究的实际情况,只好作罢。最后,他进一步缩小选题范围,选择了对阿来的生态书写进行研究。这一选择,首先,当然源自他对阿来及其作品的浓厚兴趣,他相信自己从中会有所感悟,有所发现。所以,几经交流与沟通,我认同了他的选择。作为导师,我也没有理由不支持学生选择自己喜爱和感兴趣的对象进行研究;否则学生是很难从事漫长枯燥、心力交瘁的博士论文写作的,更不要说将它写得比较到位，写出真情实感，写出自己的思考与视野来。

文学圈子里的人都知道，"作家论"看似容易，其实是一个别具难度的选题，切入不当，极易陷入单调的阐述而失去对作家的整体把握和洞见。并且"生态文学"研究在中国当代文学研究中还是一个较为崭新的领域，以我对生态文学有限的接触与了解，当前学界对"生态"及"生态文学"的界定与阐释也存在许多不同的声音。我担心仅从"生态"的视角对阿来的创作进行观照，难以打开"生态文学"丰富广阔的内涵，也难以呈现出一篇十几万字的论文。经过多次交流与切磋，我发现自己的担心是多余的。因为，浩昌对阿来有很多独特的理解和认识。我想，这一方面是基于他通读了阿来的全部作品，另一方面则是他与阿来一样来自边疆少数民族地区，对于本民族所在地的生态变迁，以及在现代化、城市化推进过程中出现的各种问题，作为一个"在场者"，其感受可能会有很多相通之处。用他自己的话来说，就是："阅读阿来的文学作品，很多时候觉得是在写自己的民族，阿来对藏民同胞所说的话也是他想对自己民族所说的话，所以能体会阿来写作时的良苦用心。"正是这种相似的身份和背景，使得浩昌在研究阿来的生态书写时发现了许多有趣的问题：他不仅看到了藏民族传统宗教文化在阿来生态书写中的继承与延伸，也看到了阿来作为一名藏族人对藏区生态的忧虑和担心。在此基础上，再提炼和凝聚藏区从"前生态"向"生态"转换这一核心关键词，从历史发展、理论溯源和藏区生态实际，构筑了自然、社会和精神三维生态视域空间，阐述了阿来作品所呈现出的生态意蕴及其独特的生态观。

纵览全书，我们可以发现浩昌紧扣藏区在现代化过程中的尴尬处境,深入探究了藏区"现代转换"的艰难原因及其所引发的一系列生态问题。这些问题既体现在自然生态与社会生态方面,也体现在精神生态方面。为了细致而又全面地展开论述,他借鉴了鲁枢元"三分法"的生态理论来建构全文。"三分法"的生态理论,将我们通常所说的"生态"分为自然生态、社会生态和精神生态三个层面,这实际上是对源自西方的"生态"概念做了"中国式"的诠释,加进了带有鲁氏特点的重内在精神的含义——应该说它与鲁枢元在 20 世纪 80 年代提出的"向内转"有关,某种意义上,是其"向内转"在当下的一个延展及调整。把属于人类的精神问题纳入"生态"范畴,是否会招致"生态"概念的泛化,这当然是可以讨论的。精神生态是一个庞大而复杂的系统,人类精神问题的产生有多方面原因,外部生态只是影响精神生态的其中因素之一。所以,解决了外部生态不等于解决了人的精神生态,对精神生态研究也应该有所规约,它不是无限的。但诚如浩昌所言:"尽管'三分法'的生态理论还有许多尚待阐明与完善之处,但这种提法本身却在某种程度上拓宽了中国当前生态书写研究的视域;况且阿来也是以自然、社会和精神三个维度进行他的生态书写的。"因此,借鉴"三分法"的生态理论,对他来说,也就顺理成章了。

在"三分法"生态理论的统领下,浩昌在绪论之后的第一章,首先对西方生态书写的历史发展,中国当代生态书写的理论来源,中国生态书写的发生发展及与西方生态书写的关系,"生态书写"与"自然写作""环境写作"之间不同的意义内涵,做了系统的梳理与仔细的辨析,对藏区生态书写的历史演进与现实状况、阿来生态书写的独特之处及在当代生态书写中所处的位置,做了全面的论述与确当的定位。在此基础上,再联系文学创作实践,进而在第二至第五章即全书的主体部分,全面系统地论述了阿来有关藏区自然生态恶化、社会生态失衡、精神生态困顿的生态书写,并对其中的矛盾、张力与悖论进行了深入探讨。尤其是在"藏族传统文化与语言的衰落"一节中,他通过对《尘埃落定》《空山》《格萨尔王》《蘑菇圈》《瞻对:一个两百年的康巴传奇》《大地的阶梯》等作品的细致分析,揭示了藏区传统文化迅速衰弱、陷于尴尬的现象,除了受到了汉文化和其他先进文化的冲击外,藏民族面对巨大的社会转型,自身未能适时做出调整,而进行创造性转换与创新性发展,是其文化衰弱的根本原因。

　　浩昌的上述研究,既是一种专业化的文本细读,也是借助于文本与阿来的一次富有意味的对话。看得出,他对蕴藏在阿来文本背后的那份凄楚与忧伤,是怀有深切体会的。因为作为少数民族群体中的一员,与阿来一样,浩昌也亲身经历了落后地区从封闭逐渐走向开放的过程。汉文化以迅雷不及掩耳之势席卷他所生活的少数民族地区,它们和藏区一样面临着文化沦落的危机。人们无法回到过去,也难以融入新时代的生活,内心惶恐却又无可奈何。那些先辈们留下的优秀传统文化,如独特的饮食习惯、穿戴服饰、房屋建筑及语言风格已然消失不见,取而代之的是汉式的饮食、汉式的服装、汉式的建筑及汉式的语言。每当行走在故乡的大地上,看见那些与周围的自然环境格格不入仓促建成的房屋,看见离开了自己延续上百年甚至上千年生活习俗的亲人们,内心总会有种莫名的感伤。这情形与阿来所描述的藏区毫无二致。看到自己故乡经历巨大的变革,看见自己所爱的乡亲身处困境,自己却对此无能为力。这种无力感,或许就是导致阿来也是浩昌内心失落与悲伤的原因吧!

在我的印象中,藏区总给人一种神秘与遥远之感,它既原始又封闭。浩昌从阿来生态书写进而做由此及彼的联想,让我们看到了藏民族及其他少数民族地区在时代转型过程中发生的深刻嬗变。而这,自然也就成了阿来生态书写及浩昌之所以做如是选择的现实缘由。他关于藏区历史与现状,尤其是关于藏民在新时代条件下面临的物质与精神双重困境的分析,深挚恳切,读来让人为之动容。在"精神生态书写"一章,他对阿来《空山》中那个如何被迫还俗,而又如何在忙于算计生活中失落了自己信仰的僧人恩波,对《尘埃落定》《阿古顿巴》《三只草虫》《蘑菇圈》《河上柏影》中因物质欲望造成人性扭曲的傻二少爷、阿古顿巴、桑吉、阿妈斯炯等诸多人物的分析,也融入了自己的生命生存感受和大量的阅读经验,使其别有一番况味。

我不太熟悉少数民族的生态书写状况,但却大略知道阿来其人及其文学创作。自《尘埃落定》获得第五届茅盾文学奖以来,专家学者对阿来的研究有增无减,其有关研究成果,数量相当可观,它已成为"中国当代文学研究"的一个重点。但尽管如此,对阿来的研究还有很大的拓展空间。这可能是对"少数民族"存有隔膜有关吧,如今,人们在研究阿来时,往往习惯搬用教科书那一套概念术语,做大而化之的解读,或在"族别"与"文化"之间兜圈子。这样的研究,当然是很难"及物"的,说重一点,甚至还没有进入阿来研究的"文学本体"层次。更有甚者,评论和研究阿来,并不是真正喜欢(或不喜欢)阿来的创作,主要或更多的是出于好奇。抱着这样一种研究心态,在我看来,是难以真正走近阿来,读懂阿来的。

　　或许是阿来研究中存在的这些问题,抑或是个人的生活经验所致,使得浩昌找到了一条通向阿来文学世界、与之进行能动对话的路径。他研究"阿来的生态书写"并不是把阿来孤立起来做纯粹的文本解读,而是把阿来的生态书写置于整个中国生态书写的大环境中,在历史与现实之间进行了横向与纵向的对比与分析。同时,他还广泛借鉴从国外的阿诺德·汤恩比、奥尔多·利奥波德、阿尔贝特·史怀泽、蕾切尔·卡森、梭罗、爱默生到中国台湾地区的王家祥,再到大陆的刘汉青、王诺、鲁枢元等专家学者的观点,再博采海纳人类学、社会学、文化学、民族学等众多理论,通过文里与文外的互证、比较、参照,详细地还原和呈现阿来生态书写的复杂样貌。这样,就使全书有关论述较好地避免了一般"作家论"的狭仄与锁闭,而显得视界比较开阔;从中,也体现了其史论结合的学术追求。

　　生态文学是一个富有时代感而又极具难度的话题,迄今的研究成果大多积集在文艺美学层面,真正属于现当代文学范畴的为数不多,也不甚理想。而少数民族文学研究,由于众所周知的原因,加上思想认知与资源配置的限制,也困难多多,不尽如人意。浩昌在此书中一身二任,同时将两个话题纳入视域进行探讨,自然更是难上加难。这也反映和体现了他在研究上不甘平庸的志向。当然,文学研究作为一种审美感知的理性活动,它是带有很强的个体性的,即如司马迁所说,在"究天人之际""通古今之变"的同时,还要不忘"成一家之言";或者说,是以"一家之言",去"究天人之际""通古今之变"的。正因此,我认为浩昌上述有关阿来生态书写的论述,只是他个人的"一家之言",并无意且事实上也不可能取代其他师长时贤的观点,并且肯定存在不少值得商榷的地方。现在将它出版,就是希望得到大家的批评和指正。作为与之朝夕相处四年多的昔日导师,在遵嘱写这篇短序的最后,我想借此机会,衷心地祈望和祝愿浩昌未来的学业或事业,能在现有基础上有新的更大的拓展。

2019 年 8 月 18 日

前　言

　　"生态书写"是中国当代文坛上一个引人注目的文学创作现象,它是在西方生态思潮的影响,以及中国生态环境日益恶化的背景下产生和发展的,是作家们基于对人类生存环境的关怀及对自然万物命运的关注,在面对严峻的生态现实时积极地融入自然,呼吁人们关注自然生态,进而保护自然生态的一种表达方式。虽然中国当代的生态书写起步较晚,但历经几十年的积淀与发展取得了许多丰硕的成果,涌现出一批优秀的作家作品。在中国当代众多生态书写的作家队伍中,阿来是最为优秀的作家之一,他不仅是自茅盾文学奖设立以来最年轻的获奖者,也是首位获奖的藏族作家。选择阿来作为自己毕业论文的研究对象,一来是因为阿来是一位非常特别的生态书写者。作为一个用汉语写作的少数民族作家,他把创作根植于广袤的藏区大地,用他极为敏感的艺术洞察力,用炽热而又复杂的笔墨记录了藏区大地从"前生态"向"生态"转换过程中发生的一系列变化。二来是因为笔者自己作为少数民族群体中的一员,从自己亲身具体的生存生命体验中,也深切地感受到了少数民族地区社会文化生态正在发生深刻的嬗变,它可使我与之形成一种特殊的对话关系。这也许是一般的研究者所欠缺的。阿来把藏区面临的挑战与经受的疼痛呈现在世人面前，不仅使人清楚地看见藏民族地区从"前生态"走向"生态"过程中的艰难"转换"，而且得以认识少数民族在克服重重生态困境中展现出来的坚韧和智慧。在文学日渐多元复杂而又提倡消费、崇尚娱乐的时代，阿来始终沉浸在对生命和存在的探索与思考中，竭力发觉原始本真的生命与自然生态的质地，让爱的热血与真实的情感融化在自己的文学创作当中。所以，研究阿来的生态书写对拓宽当下文学创作具有重要的学术意义。

　　本书在当前中国学者对西方生态理论、生态作品的研究及中国生态书写的实际与生态研究的基础之上，全面展现阿来生态书写的丰富样貌，深入探究藏地从"前生态"向"生态"转换过程中出现的各种问题。绪论部分主要从西方生态书写的历史渊源分析中国、阿来的生态书写现象及中国生态书写的现状，对中国的生态书写和研究进行了简要梳理，紧接着提出论文的研究重点以及研究思路等问题。书的正文部分主要围绕四个问题渐次展开：第一，阿来生态书写产生与发展的现实缘由和思想来源。在探讨现实缘由方面，结合藏区的生态问题，从中国传统的生态观以及藏区传统的生态观考察阿来的生态写作的思想来源，既阐述中国传统生态观对阿来的影响，又说明阿来的生态写作与藏区传统文化的渊源关系。第二，阿来生态书写的思想内涵。全面分析阿来生态书写作品，归纳出阿来作品的类型和特征，并从论述阿来生态书写的矛盾与张力中，揭示出藏区生态的复杂性与特殊性。第三，阿来生态书写的创作历程与作品审美特质。本书分别用三个方面的内容讨论阿来的生态创作，梳理阿来生态书写的历程，分析创作的审美特质，阐述阿来的生态观,由此展示阿来对藏区从"前生态"向"生态"转换过程中凸显的生态问题的认识和思考。第四,阿来生态书写的当下意义。在对阿来生态书写进行细致考察和全面研究的基础上,总结阿来生态书写对当代文坛的贡献,并根据目前生态创作的困境,指出其生命体验形成的生态哲思,以及自然与心灵融为一体的生态表达为当代的生态写作提供的新的可能,并由此展望生态写作发展的未来。

目　录

当代生态书写的发生与反思

第一节　基本概念与当代生态书写的发生

　　本书选择阿来作为研究对象,并从生态的角度切入,主要是想对他的文学创作做更深入的阐释与解读,从自然、社会、精神的层面分析其生态书写的原因及生态书写的样貌。本书研究的重点是从生态的角度全方位透视阿来的生态书写,对藏区从"前生态"向"生态"转换的一系列微观化的细节呈现中,揭示出生态书写的矛盾与张力。那么,阿来是如何在书写中呈现这种矛盾与张力的呢? 在回答这一问题前,有必要厘清何谓生态文学。

　　生态文学的内涵,学界一般都倾向于接受厦门大学王诺教授的提法。他在《欧美生态文学》一书中认为,生态文学具有四个方面的特征:第一,生态文学是以生态系统的整体利益为最高价值的文学,而不是以人类中心主义为理论基础、以人类的利益为价值判断之终极尺度的文学。第二,生态文学是考察和表现自然与人的关系的文学。生态责任是生态文学的突出特点。第三,生态文学是探寻生态危机的社会根源的文学。文明批判是许多生态文学作品的突出特点。第四,生态文学在很大程度上堪称表达人类与自然万物和谐相处的理想、预测人类未来的文学。生态理想和生态预警是许多生态文学作品的突出特点。①
在此基础上他给生态文学做出定义："生态文学是以生态整体主义为思
想基础、以生态系统整体利益为最高价值的考察和表现自然与人之关
系,探寻生态危机之社会根源的文学。生态责任、文明批判、生态理想
和生态预警是其突出特点。"②从王诺对生态文学特征的概括及所给出
的定义可以看出,生态文学产生的根本原因是生态危机,生态文学秉持
生态责任通过对工业文明的审视及批判做出生态预警,探讨人与自然
和谐相处的新规则。但是这里的"'生态文学',其重点是在'生态'而不
在'文学','文学'只是充当'生态'的修辞。它主要是借助文学这一载
体来表达人与自然的生态关系,揭示人在这一关系中所应承担的生态
责任,甚至借助文学这一有力的形式来达到对生态危机的预言和警示
作用;至于文学本身包括的艺术原则、审美规律和叙事技巧等等,它是
不大或很少考虑的"③。不仅如此,它也没有把人与社会、人与人、人与
自我之间的存在关系囊括其中,把社会生态、精神生态纳入生态文学创
作的范畴中。因为自从人类进入现代社会以来,随着现代化及城市化
的不断推进,日益严重的生态危机造成了人类社会中的生态失衡,而社
会生态的失衡也逐渐蔓延至人类的心灵世界和精神世界,精神的失落、
精神的衰弱困扰着现代人的生活和生存。就如冈特·绍伊博尔德在
《海德格尔分析新时代的技术》一书中所言,与文艺复兴运动一脉相承

---

①　王诺:《欧美生态文学》,北京大学出版社 2003 年版,第 7—10 页。

②　同上,第 7 页。

③　吴秀明:《我们需要什么样的生态文学——关于当下生态文学创作和研究的几点思
考》,《理论与创作》,2006 年第 1 期。

的物质主义,摧毁了人的精神功能,使人们无法进一步完善。现代人征服了空间、征服了大地、征服了疾病、征服了愚昧,但是所有这些伟大的胜利,都只不过在精神的熔炉中化为一滴泪水。① 而人类精神疾病的根源在于:"它的物质发展过分地超过了它的精神发展。它们之间的平衡破坏了。…… 在不可缺少强有力的精神文化的地方,我们则荒废了它。"②

这样看来,生态文学有狭义与广义之分:狭义的生态文学指的就是书写自然界当中的植物与动物;广义的生态文学包括自然生态书写、社会生态书写及精神生态书写。广义三分法的生态理论首先由鲁枢元提出。他在《生态文艺学》中指出:"以相对独立的自然界为研究对象的'自然生态学',以人类社会的政治、经济生活为研究对象的'社会生态学',以人的内在情感生活与精神生活为研究对象的'精神生态学'。"③他把社会生态和精神生态纳入生态文学的范畴,不仅拓宽了生态文学的意义和内容,而且也把自然生态、社会生态和精神生态三者之间的逻辑关联凸显出来。自然生态危机的背后是社会生态和精神生态的危机,而社会生态与精神生态的危机又反作用于自然生态的危机,三者之间是相互紧密联系又相互对立的关系。三分法的生态理论,不仅展示了鲁枢元对生态思想的独特洞察力,也阐明了自然生态、社会生态和精

---

① 〔德〕冈特·绍伊博尔德:《海德格尔分析新时代的技术》,宋祖良译,中国社会科学出版社 1993 年版,第 195 页。
② 〔法〕阿尔贝特·史怀泽:《敬畏生命》,陈泽环译,上海社会科学出版社 1995 年版,第44—47 页。
③ 鲁枢元:《生态文艺学》,陕西人民教育出版社 2000 年版,第 146—147 页。

神生态三者之间水乳交融的关系。从根本上说，三分法的生态理论揭示了我们如何通过与自然、社会、精神的关系进而探索人类自身存在的意义。本书采用"生态书写"而非"生态文学"，主要是两者之间并无明显区分，而且学界也认可"生态书写"这一提法。"生态书写"是囊括了自然生态、社会生态和精神生态的文学创作现象。人类在面对生态危机，追溯造成生态危机的根源来映现人与社会、人与人、人与自我等关系，书写生态危机背后蕴涵的深层的社会生态及精神生态危机，对自然、社会、人以及整个生态系统中处于困境的生命进行审美关照和道德关怀，呼吁人与自然、人与社会、人与人之间的和谐，从而达到自由与美的诗意存在的文学。

　　生态书写以此为出发点，为身处困境的现代人找到一条心灵的归乡之路，用鲁枢元的话讲就是"地球是一个大的生态系统，文学艺术是地球上人类这一独特生物的生命活动、精神活动，是一个在一定的环境中创生、发育、成长着的功能系统，文学艺术在地球生态系统中注定享有一定的'序'和'位'，而这一'序位'，即文学艺术的'安身立命之地'。进入工业时代以来，处处都有生存的危机，文学艺术的境况也在一步步恶化。其最终原因便是现代性在全球范围的扩张。这造成了文明的偏颇和人对自己在宇宙中位置的错置，严重的生态灾难仅仅是它造成的恶果之一，更为严重和可怕的是所谓现代性对人的扭曲和异化。人类要在地球上生存下去，就必须反思和超越现代性，还自然之魅，找到一条人的归乡之路。作为艺术品的人的实现，是生存的最为辉煌灿烂的景观"①。

20 世纪以来,经济的飞速发展使人类进入工业社会、技术社会和信息社会。随着现代化、城市化的快速推进,藏区也逐渐从"前生态"向"生态"转换,开始从封闭走向开放,从原始走向现代。人们的生活发生了天翻地覆的变化,人们享受着现代化带来的种种便利与实惠,同时也在经历着种种磨难。现代文明给人们造成的负面影响也日益凸显了出来。为了生活,人们加快了对自然的开发,但是对自然的过度开发却加重了生态危机。自然生态的破坏致使社会生态也遭遇了严峻的考验,自然生态和社会生态的失衡又使藏民的精神生态急剧恶化,精神生态的恶化反过来又加速了自然生态和社会生态的危机。人与自然的冲突导致原始自然的美逐渐从人类视野中消失。不仅如此,还给人们带来了严重的精神危机,在生态危机和精神危机的双重肆虐之下,藏区正在丧失身体可以栖居的物质家园和灵魂赖以安息的精神家园。藏区在经历着巨大的变革,在这场剧烈的涤荡中藏区民众遭受着难以启齿的疼痛。

当然,发生这一巨大转变的并非只有藏区,中国的其他少数民族地区也处在从前生态向生态转换的过程中。少数民族地区的文化在经济全球化、城市化快速推进的今天越发式微,尤其在汉文化显出明显优势的背景下,少数民族地区的文化处境尴尬。不仅如此,随着从前生态向生态转换不断深入少数民族地区产生巨大的震荡,社会问题、经济问题、生态问题日益凸显。这些问题并没有随着时间的推移而得到有效

---

① 鲁枢元:《生态文艺学》,陕西人民教育出版社 2000 年版,第 33 页。

的解决,反而成为少数民族地区进步发展的阻力。少数民族地区遭遇的问题也是中国在推进现代化过程中遇到的问题。不能行之有效地解决这些问题,势必影响中国和谐社会的构建与发展,我们应该积极应对这些在发展中出现的问题并研究相应的对策与出路。遗憾的是,这些问题并没有引起我们足够的重视,中国社会三十多年的飞速变化,呈现给我们的,就是因果关系颠倒的发展历程。我们差不多每天都生活在蜂拥而至的结果里,却很少去追寻产生这些结果的原因。于是三十多年来杂草丛生般涌现的社会矛盾和社会问题,被经济高速发展带来的乐观情绪所掩饰。① 我们高速谋发展,全力走向世界,为了融入它,并与之对话,我们只顾着追求速度与效率、却忽略了发展的度与质。我们有美丽的现代化成果,我们取得了许许多多骄人的世界之最,但日益凸显的问题却被深深掩盖,发展带来的问题依然如此深重,制度的缺失或者文学的淡漠不过是加重了这个残缺。文学不仅是现实生活的一面镜子,也是衡量社会发展好与坏的重要标尺。文学关注现实,意味着作家在进行文学创作的时候理应对现实给予关注,用艺术情感召唤人们关注现实中那些不合理的现象,以期获得某些转变的可能。少数民族地区从前生态向生态转换的过程中出现如此之多的问题,我们却很少甚至几乎看不到有关这些方面的文学作品。即便有书写这种变化的作家,他们大多也往往浮于表面,没有深入少数民族面临问题的内部。这自然有作家自身方面的原因。很多作家远离乡村而身居城市成为大学老师、文员或者专业的创作者,缺少对乡村的体验和认知,更不清楚乡

---

① 余华:《十个词汇里的中国》,麦田出版社 2010 年版,第 2 页。

村经历的巨大变化与正在面临的问题,在进行文学创作时也就只能借助已知的经验和想象。所以他们对少数民族地区的表述很容易陷入想象的窠臼而脱离少数民族地区的实际,作家们在创作中将在少数民族地区遇到的问题有意或者无意地放大或遮蔽,从而不能较好地展现少数民族地区遇到的种种镜像,阅读他们的文学作品不免有隔靴搔痒之感。

但这并不是说少数民族自身对这种变化毫无感受。近几十年来,尤其是 21 世纪以来,我们看到在当代文学领域,愈来愈多的作家开始重新反思人与自然、人与社会、人与人之间的关系,一大批生态文学作品纷纷涌现。正是在这样的背景下,生态批评应运而生,成为人们关注的焦点。在少数民族创作群体中,也涌现出了诸如迟子建、张承志、乌热尔图等一批关注本民族地区生态的作家,他们努力书写本民族从前生态向生态转换过程中遇到的生态困难与挣扎,开始引起人们的关注。然而,较之中国众多的少数民族,创作群体可谓凤毛麟角,更多的民族还处于无声的状态。我们不得不承认少数民族自身的书写还十分孱弱甚至没有书写的能力。所以在面对突如其来的巨变时只能选择沉默,沉默之后被世人所遗忘。其实,少数民族地区在现代化过程中应对突如其来的自然、精神、生活等方面的危机时,利用自身的智慧解决遇到的困难,在探索中也积累了经验,找到了一些符合自身发展的道路。这些努力为我们当下在发展中遭遇的诸多生态问题也提供了某些宝贵的经验。

阿来就是这样一位默默为之努力、做出突出成就的少数民族作家。从 20 世纪 80 年代以来,他一直将目光投向与藏民族息息相关的社会生态、自然生态、精神生态等问题，将藏区从前生态向生态转换的过程呈现出来，让人们看到藏区的传统文明与现代文明发生了强烈的碰撞，碰撞的结果是藏区的传统文明在当下失落的境遇。笔者之所以选择阿来作为自己毕业论文的研究对象，一是因为阿来是一位非常特别的生态书写者。作为一个用汉语创作的藏族作家，他把创作根植于广袤的藏区大地，用他极为敏感的艺术洞察力，用炽热而又复杂的笔墨记录了藏区大地从前生态向生态转换过程中发生的一系列变化。二是因为笔者自己作为少数民族群体中的一员，通过自己亲身具体的生存生命体验，也深切地感受到了少数民族地区社会文化生态正在发生深刻的嬗变，它可使我与之形成一种"特殊"的对话关系。这也许是一般的研究者所欠缺的。

　　阿来对故乡的那片土地有着深厚情感，从众多书写藏区的文本中透露出他对那片土地的眷恋与热爱。因着爱的缘故，对于藏区正在经历的变革，阿来的感受和体会是具体而深刻的。他开始用文字记录藏地从前生态走向生态转换过程中那些无所适从的人们的生存现状，书写他们的经历与遭遇，努力或挣扎，生活与命运，从藏区现代化的困境中重新审视中国乡土社会的发展出路。正如他自己所言："我二十多年的书写生涯中所着力表现的西藏，正是这个世界最乐意标注为异域的地区。当我书写的时候，我想我一直致力的是书写这片蒙昧之地的艰难苏醒。苏醒过来的人们看到自己居然置身在一个与其他世界有着巨大时间落差的世界里，这也是这个世界与其他世界最关键的不同。面对这种巨大的落差，醒来的人们不禁会感到惊愕，感到迷惘与痛楚。他们上路，他们开始打破地理与意识的禁锢，开始跟整个世界对话，开始艰难地融入。当我开始写作的时候,就非常明确,作为一个写作者,最大的责任就是记录这个苏醒的过程,这个令人欣慰,也同时令人倍感痛苦的过程。因为当今之世,在这个星球上,任何一个偏远角落,任何一个无论用了多长时间将自己封闭在过去时代的族群,最终都必须面对这个世界。如果你不打算面对,外部的势力也会用强力逼迫,大声呼喊着,让你融入这个世界。……我充分意识到,我所要做的,就是这个过程的一个敏锐的同时也是一个忠实的记录者。"①他对藏区的自然环境、文化结构、伦理结构、道德结构进行考察,以自己的生命体验获得真实的现实感与历史感。阿来始终沉浸在对生命和存在的思考与探索之中,竭力发觉原始本真的生命与自然生态的质地,让爱的热血与真实的情感,融化在自己的文学创作当中。

第二节　研究现状的梳理

　　早在 20 世纪 90 年代初,就有研究者开始关注阿来的作品。尤其是《尘埃落定》发表后,相关的研究文章如雨后春笋般涌现。随着学界对阿来的关注与研究的不断增多,也出现了许多有深度的论著,其研究

---

① 　阿来:《地域或地域性讨论要杜绝东方主义》,陈思广主编:《阿来研究》(第三辑),四川大学出版社 2015 年版,第 2 页。

也呈现细化和深化倾向。对阿来作品的"外部研究"包括对民族文化、历史、政治等方面的研究都取得了丰硕成果,其中对阿来长篇小说的研究占多数。研究者将《尘埃落定》《空山》《格萨尔王》《瞻对:一个两百年的康巴传奇》等结合起来,以作品整体为研究对象。高小弘的《精神原乡与灵魂叙事——读阿来的长篇小说〈空山〉》①,何炜的《密索思的呼唤:文学人类学样本〈格萨尔王〉》②,中国社会科学院研究生院杨霞的博士论文《〈尘埃落定〉的空间化书写研究》③,辽宁师范大学王妍的博士论文《追寻大地的阶梯——阿来论》④,兰州大学杨艳伶的《新时期藏地汉语小说视野中的阿来及其意义》⑤等都是较为鲜明的例子。若将研究阿来的文章加以归类,可大致分为三种:一是从作家族别身份认同的角度进行研究。从作家的"跨族别""双族别""失族别""藏族别"等角度进行研究。二是阿来与其他作家的比较研究。此类文章多数是将作者与国内同时代的同族或异族的作家进行民族文化内蕴的分析。少数为跨国别对作品中所共同包含的民族寻根意识进行分析。三是阿来作品文本的研究。此类文章数量最多也最为深入和详细。虽然阿来的作品也多数被译介到国外,但是国外学者对他的研究还不多,对阿来的研究还是集中在国内。

文化阐释、社会历史批评、精神分析、伦理道德批评、政治批评等,

---

① 载《文艺评论》2012 年第 1 期。
② 载《当代文坛》2012 年第 4 期。
③ 中国社会科学院研究生院 2009 年博士学位论文。
④ 辽宁师范大学 2012 年博士学位论文。
⑤ 兰州大学 2012 年博士学位论文。

都是研究者在研究阿来时惯用的批评方法，以此对他的文学创作进行多样化的解读。但"内部研究"包括的生态意识、文本的诗性表达、意象、人物形象等方面的研究还并不多。由于本书从生态书写的视角对阿来的文学作品进行研究，所以，重点介绍从生态视点研究阿来文学作品的论著。生态理论进入中国被学界重视是近年来的事情，所以，从生态角度研究阿来创作的文章还不是很多。《空山》《蘑菇圈》《三只虫草》等作品发表后，学界开始从生态批评的视角对阿来及其作品进行研究。其中对《空山》分析和论述的文章最多也最为详细，研究者关注的焦点是小说中呈现出来的现代化带给藏区的冲击，以及在这种冲击下人与自然、人与社会、人与人之间的状态，揭露工业文明给藏区带来的灾难和伤痛。但是在分析和论述的过程却没有将现代文明与藏区传统文化在碰撞时的那种张力表达出来，更多的只是对表层现象进行直观的阐述，并没有揭示出更为深层的意义内涵。当然这些研究也积累了宝贵的经验，对自然、社会、伦理、人性的相关论述，让我们认识到了阿来作品的生态内涵。随着论文的陆续发表及研究的逐渐深入，学界研究的范围也逐渐扩大至阿来的其他作品。其研究大致出现以下几种路向。

其一，以文化或自然为主题对阿来的生态书写进行审美关照。苟欢的《论阿来小说的"自然"主题》，"运用'文学—文化'批评模式，围绕文学与文化的关系互动"①，从自然的体验、自然的讴歌与崇拜、神性的建构与人性的异化三个维度对阿来小说的民族性、地域性及文化心理进行分析，看到了阿来擅长捕捉大自然的灵性，表达生命的意蕴的创作

---

① 西南大学 2011 年硕士学位论文。

特点。李一飞的《阿来原生态创作研究》^①指出,阿来取得独特的艺术成就源于他的原生态创作的追求及叙事,并从原生态创作的意象表达、人物的刻画与时代主题、叙事策略和特征等方面分析阿来的文学创作,勾勒出阿来在民族原生态文化的立场下对生态文化与民族文化的保护意识。闫文婷的《生态审美视域下的阿来创作论》^②则认为,阿来的生态观在其笔下表现较为深刻是源于特殊的地理环境和民族身份,他以生态的思维对历史的思考和现代的反思也为其作品增添了思想的深度和广度。德吉草的《失落的浪漫与苏醒的庄严——阿来中篇小说〈遥远的温泉〉〈已经消失的森林〉的文本启示》,"文章通过对阿来两部中篇中'新写实'的文学现象的认识,向读者展示了一个被现代文明吞噬掉的诗意与浪漫的原生态文化,以及对这种'失落'情怀的追忆与叙述,并对这种以文学形式展示的文化原土关怀的文本启示,进行了解读与传达"^③。赵娟茹的《诗意栖居的哀歌——以阿来的六部中短篇小说为例》一文指出,"在海德格尔的生态整体观中,人与自然、人与神(信仰)、人与人之间和谐统一的'天、地、神、人'四方关联体是人能诗意地栖居于大地之上的前提与指归。阿来虽不能解答如何实现诗意栖居的问题,但他从自然环境遭破坏,人的生活方式被改变,族性、神性已失落等方面,为诗意栖居的理想唱起了哀歌,不乏智者对人类生存状况的忧思与追问"^④。除此之外,汪树东的《寻觅母族的隐秘生命力——评阿来中篇新作〈蘑

---

① 湖南师范大学 2011 年硕士学位论文。
② 西藏民族学院 2014 年硕士学位论文。
③ 载《西南民族大学学报》(人文社会科学版),2005 年第 12 期。
④ 载《西安文理学院学报》(社会科学版),2011 年第 2 期。

菇圈〉》[①],卢静的《论阿来〈空山〉三部曲的生态意识》[②]等指出,阿来的生态意识既表现在阿来对人类破坏生态环境的严重后果及其根源的忧虑与谴责上,更体现在他对重建生态伦理、恢复人类与自然和谐关系所寄寓的希望上。阿来这样做是试图重建藏族古王国时代的完美生态,为人们勾勒美好理想的生活蓝图。

其二,以现代性为视点对阿来的生态书写进行研究。南帆的《美学意象与历史的幻想——读阿来的〈空山〉》认为,"阿来对现代性的反抗没有那么激进,而是用抽象、愚蠢的会议语言与大而无当的时髦概念加以讥讽"[③]。阿来并没有盲目地拒绝现代性,但是他的叙事中却透露出他的纠结与矛盾,遥远的村庄在面对汹涌而至的现代化面前显出无所适从,轰轰烈烈的历史事件接连发生,村民无法根据那些支离破碎的政治辞令选择自己的命运。阿来的犹豫与矛盾透露出他想在传统与现代的碰撞中寻找新的生存出路。孙德喜的《原生态文化的挽歌——论阿来的中篇小说〈蘑菇圈〉》[④]则认为,阿来借蘑菇圈的消逝表达了藏区原生态文化在遭遇到现代政治与文化的碰撞与冲击之下,在对话与融合中不可避免地走向衰落的命运,从而为原生态文化的行将逝去唱一曲挽歌。阎浩岗的《对人类物质欲望及城市文明的纠结——解读〈三只虫草〉的一个维度》[⑤],吴雪丽的《敞开、对话与新的可能——〈三只虫草〉阅

---

① 载《阿来研究》2015 年第 2 期。
② 载《文史教育(中)》2011 年第 7 期。
③ 载《当代文坛》2007 年第 3 期。
④ 载《阿来研究》2015 年第 2 期。
⑤ 载《阿来研究》2015 年第 2 期。

读札记》①，刘虹利的《〈三只虫草〉：感伤童话与藏地现代》②，马力的《原始思维与古代智慧的现代光芒——读阿来的中篇小说〈蘑菇圈〉》③，何平的《山已空，尘埃何曾落定？——阿来及其相关的问题》，曹霞的《现代进程中的民族悲歌——论阿来的〈空山〉》④，卢静的《阿来长篇小说〈空山〉（三部曲）研究》⑤，颜炼军的《"空"难交响曲——阿来〈空山〉三部曲阅读札记》⑥等，都是在这一主题之下研究阿来的文学创作，揭示阿来以知识分子的使命感探究藏地在现代化进程中的遭际与沉浮，他对美学体验与现代知性、作家文化身份认同与叙事艺术进行思考，对行将消逝的旧事物和人物表示哀悯。他对现代性历史进程的质疑和批判及对本民族的关心，显示出一个作家心系天下的高尚情怀。

其三，以人性生态的角度对阿来的生态观以及生态审美进行阐述。李康云的《人性生态与政治文明缺陷的瓦解与批判——兼评阿来长篇小说〈尘埃落定〉〈随风飘散〉〈天火〉》一文认为，"这些不同历史时期政治文明生存状态和人性生态的现场，不是在建构，而是在描述体制崩溃、精神瓦解的过程、追问着瓦解消亡的根源。因此，从整体来看，阿来文学，正是对于人的精神生态缺陷、政治文明生态缺陷的瓦解与批判"⑦。吴星华的《人性原生态的多重显现——读阿来的长篇小说〈天

----

① 载《阿来研究》2015 年第 2 期。
② 载《阿来研究》2015 年第 2 期。
③ 载《阿来研究》2015 年第 2 期。
④ 载《艺术广角》2009 年第 2 期。
⑤ 中南民族大学 2014 年硕士学位论文。
⑥ 载《当代文坛》2011 年第 1 期。
⑦ 载《西南民族大学学报》（人文社科版）2007 年第 8 期，总第 192 期。

火〉》①则表述了阿来通过权力来揭示人性的秘密,同时多方位地呈现了人性的原生态,其中不仅是扭曲、异化,更有尚未泯灭的人性之美和高尚精神。肖忠军的《自然之子——格拉——对〈随风飘散〉中格拉的生态批评解读》②是对单个作品中单独人物以点概面的生态批评解读,揭示出作品所蕴涵的生态意识。王泉的《论〈空山〉的生态叙事》对阿来小说生态观如人性生态或生态审美表现进行了阐发,并以此来展现阿来的生态批判与追求。例如"论文运用了文本细读法,剖析了阿来小说中的民间仪式和梦境体验这两方面的内容,以此探讨和研究人与自然之间的关系,又通过书写和分析这种关系来讨论社会发展过程中人性的变化"。③ 这些文章注意到了阿来作品传达出自然生态、社会生态和人文生态在不同的历史时期里遭到了怎样的破坏。社会体制的自然崩溃背后是精神生态的彻底瓦解,阿来试图寻找消亡与瓦解的根源。

最后,以生态批评理论为基点把阿来的生态书写与其他作家作品进行比较研究。郭群、姚新勇的《殊途同归的理想守望——〈边城〉〈尘埃落定〉之比较》认为,《边城》和《尘埃落定》描写了边缘地域人的生活,不同的是他们表达了对边缘地域的社会文化、制度、权力及人性的相异的理解和洞察。尽管他们之间存在着无法跨越的时空距离乃至个性风格的鸿沟,但他们是站在各自的审视立场上,以不同的审美理想和方式来表达着相似的夙愿,即通过文学形式来表达重造国民性的渴望,以及

---

① 载《巢湖学院学报》2005 年第 5 期。
② 载《邵阳学院学报》(社会科学版)2010 年第 1 期。
③ 载《小说评论》2009 年第 1 期。

对美好世界的向往"。① 黄轶的《生命神性的演绎——论新世纪迟子建、阿来乡土书写的异同》认为,迟子建和阿来他们都关注外来强力对原生态的破坏,书写人与自然的关系,"通过民歌与民族语言以及对仪式的描述,来达致返归自然的精神原乡。但阿来倾向于对政治强权的批判,迟子建侧重于对现代发展与生态平衡悖论的书写;阿来在批判中揭示神性解构下的人性异化,迟子建却以温情的心发掘'恶'中的心灵闪光。他们对自然生命神性的塑造更富有人的主体性,也就更富有人文性和现实感,有其独特意义和价值"②。雷鸣的《危机寻根:民族文化的认同与现代性的反思——对少数民族作家生态小说的一种综观》中将阿来与其他少数民族作家进行归纳,肯定其小说的生态性,并从其文本对自然神话的再现、对民间宗教的肯定、对传统价值观和生活方式流露的回望和依恋方面,显示出作者已经触摸到生态文明的深层机理。王雪萍的《生态批评视野下阿来的文化观》一文"从生态批评的角度,分别从自然生态、社会生态和精神生态的角度来阐释阿来的生态文化观,论述阿来为实现精神生态平衡所建构的精神家园"③。

综上所述,学界对阿来的生态研究已取得了一定的成果,但是存在的缺陷也是显而易见的,众多研究视角比较狭窄,对阿来作品的生态意蕴,以及对阿来生态观的阐述缺乏全面性和系统性,以至于缺乏深刻性。同时,研究者容易借用西方生态批评理论对阿来的生态书写进行

---

① 载《石家庄铁道大学学报》(社会科学版)2010 年第 4 期。
② 载《文学评论》2007 年第 6 期。
③ 山东师范大学 2012 年硕士学位论文。

透视,缺少中国传统生态观及藏地民间生态观的维度。此外,几乎没有研究者注意到阿来的生态观如何,它如何影响阿来的文学创作,这些因素在某种程度上阻滞了阿来生态研究的向前推进。

第三节　研究方法与研究思路

将"生态"概念运用到文学创作当中,不仅是人们自觉地审视现代化、有意识地反躬自省的一种表现,也是文学直面现实、不断寻求自我发展的结果。这预示着人们在面对现代化带来的生存、生态等一系列困境时主动调整思考方式,以生态思维了解自然、文化、社会、人类等在现代化进程中遭遇的问题,并在此基础上追溯造成这些问题的根源,再做出相应的对策和解决方案,最终让人与自然、人与社会、人与自我达到和谐。这种生态智慧给人们带来了巨大的福祉,也为文学批评和文学创作带来了新的空间和可能性。

对西方的生态书写、藏区的生态书写以及阿来文学创作的相关资料进行了较为全面的梳理与分析,在一定程度上为这本书的撰写工作打下了一定的基础,同时也利于让论文的研究思路和方法更加合理并且科学。选择这样一个课题作为自己毕业论文的研究对象,可以说是笔者忧深思远的结果。借用鲁枢元三分法的生态理论结构全篇文本,不仅契合阿来生态书写的实际,而且也是研究阿来文学创作的一种全新视角。这在某种程度上可以较为全面地梳理出阿来生态书写的样貌，同时挖掘出阿来生态书写中更深层次的内涵。自然生态、社会生态和精神生态三者共存于一个有机的"生态大系统"中，它们相互影响、相互融合、相互作用，但也不可相互替代。虽然三者同属于一个"生态大系统"，却代表着三个不同的层面。自然生态体现为人与物的关系、人与自然的关系；社会生态体现为人与他人、人与社会的关系；精神生态体现为人与自我的关系，而统领这个"生态大系统"的主体是人。所以，无论是自然生态、社会生态还是精神生态都是人的自省与拷问，目的是探究人的生活与命运。可以说，自然生态、社会生态及精神生态为我们提供了三种认识自我的方式，也为我们打通了进入阿来生态书写的三种路径。其实，阿来对藏区现代化的考察，也是从自然生态、社会生态和精神生态三个层面进行切入的，着力书写出藏区现代化进程中三种生态的处境和面临的危机，表面上看是想展现藏区在现代化进程中的生态困境，实际上阿来书写的重心却是处于生态困境中的人的生存及命运。这样看来，三分法的生态理念与阿来的生态表达不谋而合。因此，用三分法生态理论解读阿来的生态书写具有一定的合理性。

　　本书研究的重点是探讨阿来作品是如何呈现藏区从前生态向现代生态转换的特殊性与复杂性。作为一个深谙汉藏两种文化的藏族作家，阿来的这种独特身份赋予他独特的生态视角。这也使得他的生态书写不仅在中国当代文学中，而且在中国少数民族文学中，显得别具一格，自有其独特的魅力。因此，如何准确地理解和把握阿来的生态观，用三分法的生态理论阐释阿来生态书写的矛盾与张力也就成了本书研究的一个难点。所以，为了解决这一难点，本书拟引用以下三种研究方法来进行分析与探究。

一是个案研究法。由于本书研究目的是对阿来生态书写进行挖掘与阐释,因此就必须在文献的收集和整理上做足功夫。有关生态书写的文献很多,但是有关阿来生态书写的文献并不是很多,所以搜集与分析必须按照阿来生态书写的实际情况来进行分类和总结,为的是了解阿来生态书写产生和发展的现实缘由与思想来源,揭示阿来生态书写的思想内涵。二是调查法。要全面而深刻地阐释阿来生态书写的内涵,除了要认真仔细地阅读阿来的全部作品,力求准确把握每部作品的主要内容,了解作者的创作动机及想要表达的思想情感外,还要到少数民族地区进行田野调查,观察少数民族当下的生活处境,以及少数民族地区的生态现状,为的是获得真实的情感体验。与此同时,收集与此相关的文献资料和文本并做好相应的读书笔记。三是在研究过程中借鉴人类学、社会学及生态伦理学的理论对阿来的生态书写进行深度阐释。

在技术路线及其可行性分析方面,本书研究将以五个步骤进行:一是详细梳理生态书写的思想渊源及历史演进;二是对整理过的文本进行分析与思考,分析生态书写发生的原因,同时厘清自然生态、社会生态和精神生态三者之间的内在逻辑关联;三是借鉴人类学、社会学及生态伦理学的理论对阿来的生态作品进行分析,揭示作品中的生态意蕴;四是在分析与解读阿来作品的过程中揭示出阿来的生态观;五是把所有研究出的结果再次统一,全面分析,梳理与总结。最后,指出阿来生态书写的当下意义。

本书除了绪论与结语之外,一共分为四章。绪论部分交代研究的对象、研究的综述、主要研究方法等。

第一章，生态书写的思想渊源与历史演进。当代中国生态书写的形成与发展，与中国传统文化、中国政治、中国经济的背景相关，与中国工业化的进程相关、与西方生态思潮相关，尤其是对西方生态理论和生态作品的翻译和介绍对当代中国的生态书写产生了巨大而深远的影响。但是，在很长一段时间里，"生态书写"与"自然写作""环境写作"相混淆和误用着。所以，本章将对"生态书写"进行一番梳理，然后从西方生态书写的历史演进着手，详细介绍生态理论的演进与发展。继而从中国的当代生态书写阐述阿来生态书写状态，简述当代生态书写中阿来的生态书写，以及阿来生态书写处于什么样的位置，并进一步论述藏区生态书写的历史演进与现状。

第二章，自然生态书写：原生态环境的恶化与动物书写的情感基质。从自然生态书写的角度论述阿来的文学创作，分别从原生态环境书写与动物书写两个向度分析阿来的生态思想。这部分从生态伦理分析入手，分别从人与植物、人与土地、人与动物三个方面来展开评析，揭示人与自然之间紧密而复杂的关系，以期在传达生态思想、促进人们生态意识觉醒的同时揭示阿来的生态观。阿来从乡村步入城市从事着文学创作，在都市的丛林中，他深切地感受到都市的利欲熏心，以及在现代商品经济社会中人性的败坏与自然之间不可调和的矛盾。因此，他常常回归故里，游走于故乡的高山湖泊、森林与草原之间，寻找精神和心灵的栖园。然而，阿来收获的却是失落和悲伤，因为当他再一次行走在那个令他魂牵梦萦的大地上时，他发现曾经美丽的自然变得满目疮痍，人与自然和谐相处的情形早已不见踪影。这种残酷的现实致使阿来走上了保护生态环境，寻求人与自然和谐的艰难道路，他的生态思想也在这一过程中得以形成。

第三章,社会生态书写:传统村落的瓦解与藏民族文化的衰落。从社会生态书写切入并以村落、藏民族文化两个层面分析阿来对藏区现代化进程的思考。中国快速推进现代化,不仅自然环境付出了沉重的代价,也使中国的社会结构发生了剧烈变化。社会结构的变革不仅发生在城市地区,而且也迅速波及中国广大的乡村地区,使乡村地区的社会引发了剧烈的震荡。遥远的藏区也遭受了这一系列震荡的冲击,藏区的社会结构、社会生活、人伦关系也发生了史无前例的变化。还处于农耕文明的藏区突然要迎接来势凶猛的现代化,藏区变得无所适从。站在时代的节点,身为藏族的一分子,阿来深刻地感受到了时代变革之下,藏区社会、文化、人们的生活发生了巨大的变化,以及这种变化之下的乡村没落、乡村社会中人们生活的不易。

第四章,精神生态书写:原始神性的幻灭与消费社会中人性异化。现代化带来的负面影响是不言而喻的,它不仅加剧了人与自然、人与社会、人与人之间的紧张关系,人自身也深受其害。阿来不仅成功地塑造了"傻子"这一经典的人物形象,也塑造了许多心理或精神发生畸变的人物,这些人癫狂与冷静,阿来以他们为视角对现代化进行另一层面的审视,亦是阿来对现代化的反思。当藏区从原始封闭的前生态走向开放的现代生态时,社会环境发生了巨大变化,自然生态、社会生态都出现了严重的问题。藏区民众遇到了严峻的生存困境,生存的压力使人们的精神体验受到困扰,而这种困扰让人的生命活动失去平衡,其结果是人性的变异甚至扭曲。处在纷繁复杂的现代社会,人们不仅要面对复杂的自然环境与社会环境,还要面对自身的心理、情感和思想。现代化的冲击不仅增加了人们的生存压力,而且使得人的精神遭到严峻的考验,在这种精神状态下,不同的人会有不同的反应,不同的人也会做出不同的选择。阿来对此做了细致的观察,他从人们生活的状态去揭示精神生态危机带给人们的危害,并试图突破这一存在的困境,为的是重拾那种健康、平衡、和谐的生活。

结语,阿来生态书写的当下意义。主要是对阿来的生态书写做一个总结。阿来的生态书写不仅为少数民族的文学创作树立了标杆,也为当代文坛的生态书写注入了新鲜活力,他独特的生态视角不同于西方的生态理论及中国传统的生态观,是根植于藏文化沃土并以自己的生命体验为基础形成的生态哲思,是独特的民间生态视角。他对藏地的发现与挖掘,除却了人们一直以来对藏区的想象,他所开辟的道路,为后来人开出了一条道路,人们或许可以循着阿来的足迹,为当代文坛呈现更多优秀的文学作品。对藏区在现代化过程中出现的自然生态恶化、社会生态滑坡、精神生态失重等问题,阿来表达了自己的忧虑和思考。阿来并没有一味地对现代化进行批评与谴责,而是保持清醒的头脑。阿来把目光聚焦在藏区的发展现状,从西方的生态理论、中国传统的生态观及优秀的藏文化生态智慧中汲取人与自然和谐、神人合一、万物平等的价值观和道德取向,阿来利用这些宝贵的资源做出了自己的回答。我们应该积极应对这些问题,并且要想方设法解救作为人生存环境的大自然,而且还要还人性以自然,从而解决人的异化问题,重建新型的人与自然合一的精神家园和物质家园。阿来的这些尝试与努力,为自己的生态书写找到了理论依据,增添了生态书写的内涵,更拓宽了他生态书写的空间。

第一章

生态书写的思想溯源与历史演进

第一节 生态书写的理论概述与思想溯源

英国著名历史学家阿诺德·汤曾说过:"人类将会杀害大地母亲,抑或将使她得到拯救? 如果滥用日益增长的技术力量,人类将置大地母亲于死地;如果克服了那导致自我毁灭的放肆的贪欲,人类则能够使她重返青春,而人类的贪欲正在使伟大母亲的生命之果——包括人类在内的一切生命造物付出代价。何去何从,这就是今天人类所面临的斯芬克斯之谜。"①在现代化进程中,人类为了满足不断膨胀的物质欲望,过度透支自然资源,不仅加剧了资源的匮乏,也使生态环境遭到严重破坏。在如此严峻的生态困境面前,以人文关怀为己任的文学自然会做出反应,在全球范围内掀起的生态文学思潮就是这种反应的高度体现。

20 世纪以来全球日益严重的生态危机成为社会关注的焦点,进而引发了全球范围内一场热烈而持久的生态危机大讨论,这场大讨论也引起了文学领域对生态环境的关注。以"生态"为主题的文学作品也纷纷涌现,成为研究者竞相研究的对象。"生态书写"迅速成为一股强劲

---

① [英]阿诺德·汤因比:《人类与大地母亲——一部叙事体世界历史》,徐波等译,上海人民出版社 2001 年版,第 529 页。

的文学创作潮流,它所表现出来的思想内涵、形象特征、审美意蕴令人
耳目一新,给略呈低迷的创作界注入新的活力,为文坛带来了不少优秀
的作品。然而,以"生态"为题材的文学创作形式到底该如何界定,还是
众说纷纭,莫衷一是,学界也有较大争议。这种新的文学创作形式在不
同研究者的论述中有着不同的称谓,有称为"自然写作""自然书写"的,
也有称为"生态书写""生态写作"的。究竟是称为"自然书写""自然写
作"合适,还是称"生态书写""生态写作"恰当? 所谓"生态书写"指的又
是什么? 又该如何准确辨析其定义及其内涵,理解这一文学创作现象?
正是这一系列的问题使我在研究阿来的生态书写之前,不得不对"生态
文学"及其"生态书写"的概念和范围进行界定和梳理。在确定"生态书
写"的意义及其内涵之前,首先需要廓清"生态文学"的含义。

一、生态书写的定义及内涵辨析

1866 年,德国生物学家恩斯特·海克尔(Ernst Haeckel)在他的
《有机体普通形态学》一书中首次提出"生态学"概念,并将其定义为"研
究生物和生物之间,以及生物与其环境之间相互关系的科学"[①]。1936
年,英国生态学家坦斯利(Tansley)在恩斯特·海克尔的基础上提出了
"生态系统"的思想,把生物与生物、生物与非生物环境之间看成是互相
影响、彼此依存的整体关系。这一思想直接催生了生态整体论的思想,
为生态文学的产生奠定了坚实的理论基础。"生态学"虽然是生物学中
的一个专用术语,但逐渐被引用至文学领域中,衍生出生态文艺、生态

---

① Ernst Haeckel,Generelle Morphologie der Organismen,Reimer:Berlin,1866,p.286.

批评、生态哲学、生态伦理学等新的学科分支与新的研究领域,促使新的理论范式与新的研究层面出现。后来,随着奥尔多·利奥波德(Aldo Leopold)的《沙乡年鉴》,以及雷切尔·卡森(Rachel Carson)的《寂静的春天》的发表,引发了世界范围内对"生态文学"的关注,美、加、英、法、德、俄、意、日等国也纷纷刊载或出版各种体裁的生态文学作品。如列昂尼德·马克西莫维奇·列维诺夫的《俄罗斯森林》,维克多·彼得罗维奇·阿斯塔菲耶夫的《鱼王》,瓦连京·格利高利耶维奇·拉斯普京的《火灾》,钦吉斯·杰烈古拉为奇·艾特玛托夫的《白轮船》,让-亨利·法布尔的《昆虫记》,阿尔贝特·施韦泽的《敬畏生命》,塞尔日·莫斯科维奇的《还自然之魅:对生态运动的思考》,约瑟夫·康拉德的《大海的映像》,伊塔罗·卡尔维诺的《阿根廷蚂蚁》,杰克·迈纳尔的《我与飞鸟》,欧内斯特·汤普森·西顿的《西顿动物记》等都是有着明确生态思想的文学作品。作家们以自觉的生态意识进行生态文学创作,深入思考人与自然、人与社会、人与人之间的关系,标志着生态文学时代的到来。

20世纪80年代初,生态文学思潮进入中国台湾,到20世纪80年代中期,大陆也掀起了生态文学的思想浪潮。但是由于人们所处的地理空间不同、政治立场不同、文化背景不同,对生态危机的理解不同导致对"生态文学"的命名与界定也不尽相同。以生态为主题的文学作品在中国台湾称作"自然写作""生态文章""环保文章"等。王家祥在《我所知道的自然写作与台湾土地》一文中这样定义"自然写作":自然文学又称荒野文学,所谓自然主义的文学,便是以大自然为母体,以优美动人的文句,发人深省的哲思,记录自然中的生命形态,人与自然之间微妙或整体的互动。……基本上，它有一个基础的文学架构、浓厚的人文精神，知识性或科学印证的专业观点，但最重要的是，它所具有的强烈的来自心灵深处的反省、思考，经由观察、记录等活动，而具备了一定的理论基础，再加以逻辑辩证所思考出来的观点，这才是它最迷人之处。[①]作者所谓自然写作在行文中变成了"自然文学""荒野文学""自然主义的文学"，但是"'自然写作'，似乎并不专指文学，还可以包括非文学性的写作，况且也容易和以前的'自然主义写作'相混淆"[②]。而在中国大陆，一开始将这类文学作品称为"环境文学"。"所谓'环境的'主要是指环境思想的，在环境主义的指导下的。环境主义主要来自'弱人类中心主义''开明人类中心主义''现代人类中心主义'，来自'新人道主义'，来自扩大化了的博爱主义。环境主义的基本精神是：在意识到自然环境日趋恶化并威胁到人类生存之后，主张为了人类的持久生存和持续发展，为了子孙后代的基本权利而保护环境，合理利用环境资源，并将人类内部的伦理关怀扩大，使之涵盖动物植物和非生命存在物；同时，坚持人类中心主义，坚持二元论，维护和适度改良人类现存的文化、生产生活方式。"[③]"环境文学"的说法，仅仅把大自然的存在当作人类生存的环境，并且有浓重的人类中心意味，与生态精神有欠吻合。所以，学界还是更倾向于"生态文学"这一命名。所谓"'生态的'，主要是指生态思想的，是指在生态主义指导下的。生态主义的核心是生态整体主义，

---

① 转引自孙燕华：《当代台湾自然写作初探》，复旦大学博士学位论文，2005年，第4页。
② 刘汉青：《生态文学》，人民出版社2012年版，第8页。
③ 王诺：《为什么是生态批评而非环境批评——质疑劳伦斯·希伊尔》，载《人文国际》，厦门大学出版社2012年版，第28页。

它主要来自生态学的系统观、联系观、和谐观、平衡观,来自卢梭、达尔文、恩格斯的生态思想,来自海德格尔的生态哲学,来自大地伦理、深层生态学和该亚假说等当代整体论生态哲学。生态整体主义的核心思想是:把生态整体利益作为最高价值而不是把人类的利益作为最高价值,把是否有利于维持和保护生态系统的完整、和谐、稳定、平衡和持续存在作为衡量一切事物的根本尺度,作为评判人类思想文化、生活方式、科技进步、经济增长和社会发展的终极标准。①

综合以上论述,可以知道生态文学是通过考察生态来反思人与自然、人与社会、人与自我关系的文学。生态审美将社会、自然、精神放在中心的位置对自我进行躬身反思。这种自我相互融通的现代审美观念,是以现代性危机为背景,建立在对自然理性认知的基础上的,是人自身寻求人与自然、人与社会、人与人之间达到和谐共处的理想诉求。

本书用生态书写而不用生态文学的原因,已在绪论部分做了详细论述,兹不多赘。"现代科学和理性给人类文明带来了巨大的改变,但是,也让人与周围的环境,尤其是生态环境之间的距离越来越远。人文精神的逐渐疏离正是造成人类精神危机的根源。自然对于人类来说不再是美丽的、浪漫的和充满幻想的,而是变成了僵死。在此基础上,文学艺术和文学批评也开始走向规范性、科学化之路。"②在生态危机日益严重的今天,人类对自然生态环境的破坏,不仅加剧了自然生态和社会

---

① 王诺:《欧美生态文学》,北京大学出版社 2003 年版,第 6 页。
② 常如瑜:《由"向内转"到"向外转"——从〈生态批评的空间〉来看鲁枢元近年文艺观的转变》,《南方文坛》,2009 年第 5 期。

生态的恶化;更为重要的是,它也导致了人的精神深度雾霾。鲁枢元认为,造成这一切问题的根源在于人,所以他坚信只要解决人类的精神危机和精神问题,整个生态系统就能重归于平衡。正因为如此,鲁枢元在总结前人研究的基础上提出了三分法生态理论。他的三分法生态理论对生态批评与研究具有深远的意义。生态批评与研究不再只是着眼于人类自身的命运与前途,它将研究的视野延伸到更为宽广的生态领域,宇宙间的自然万物。三分法生态理论是对生态理论的深化与拓展,为生态批评研究打开了新的研究路径。

用鲁枢元三分法的生态理论来结构全书,并不是说这一生态理论完美无瑕。其实,这种提法本身也存在问题,因为他把人的精神纳入生态的范畴,无形中把生态的概念给泛化了,把属于人类精神层面的东西与生态进行嫁接有牵强附会之嫌。但是,就像鲁枢元自己说的:"面对现代化给人类社会带来种种灾难与困境,现代生态学应运而生。它已远远超出海克尔1866年提出这一概念时作为生物学的一个分支的含义,不仅是一门学问,一门科学,还成为一套完整的观念系统,包容生命与环境、人类与自然、社会与地球、精神与物质的世界观。以这一世界观为基础形成的生态学时代更注重关系、交往、精神在世界中的整合和升华作用。人不仅是物质性、经济性、政治性和社会性的存在,也是情感性、宗教性、艺术性和精神性的存在。精神在现象上的超越将取代精神在物欲中之沉沦。精神的进化将成为人类追求的目标。……我们在此之所以如此强调'精神'在人类生态系统中的地位,是因为科技时代的'精神问题'并不会随着科学技术向着尖端的发展而自行消失。"①当代社会中人类精神的扭曲、癫狂、偏执、异化等,这些都是造成自然生态破坏的精神性原因。人类的精神生态能够深刻地影响自然生态环境,同样,自然生态环境也会对人的精神生态产生重要影响。窃以为,鲁枢元此理论的局限,除了将生态的概念泛化之外,似乎还有一个以偏概全的问题——无论如何,外部生态只是构成和影响精神生态的一个维度,而不是全部,甚至不是最主要的。说实在的,即使外部生态解决了,未必就能解决内在的精神生态问题。这一点,已为生态环境不错的当下不少西方发达国家所证实。

尽管三分法生态理论有着这样那样的不足,但我们也知道,任何理论的形成都是在探索与争鸣中不断完善与发展的,三分法生态理论的成熟也需要一个自我积淀的过程。在鲁枢元那里,自然环境的恶化、人类精神世界的萎靡,与社会生态系统的崩塌也有很大的关系。随着社会经济的发展,人类取得了前所未有的物质成就,也拥有了改造自然的强大能力。人类的任意妄为给自然生态和社会生态带来了严重的灾难,无数的传统文化也遭到破坏甚至已经消亡。文化日益趋同的背景下,人类自身的生存也面临着巨大的考验,人类生活在越来越单一的世界中,迷茫、孤独找不到方向。所以,鲁枢元把社会生态和精神生态纳入生态的范畴,主要是基于人类自身的生存困境,并且他相信只要人类利用调节机制对自我进行调节,就有望解决这一问题。用他自己的话讲就是,人是生态系统中的一个链环,人与蓝天白云山川河流森林草原

---

① 鲁枢元:《文学艺术与生态学时代——兼谈"地球精神圈"》,《学术月刊》,1996年第5期。

飞禽走兽昆虫蛇蚧在存在的意义上,是平等的、息息相关的;如果有所不同,也只是因为人是自然万物中的一个思考者、发现者、参与者、协调者、创造者,因此人的责任更为重大,人将同时通过自身的改进与调节,努力改善与自然万物的关系,从而创造出一个更美好、更和谐、更富有诗意的世界。① 这也就是我之所以借鉴他有关三分法生态理论的主要原因。

二、生态书写的思想溯源

当代中国生态书写的形成与发展,与中国的政治、经济、文化背景相关、与中国工业化进程相关、与西方生态思潮相关。尤其是对西方生态理论和生态作品的翻译和介绍对当代中国的生态书写产生了广泛而深远的影响。虽然中国也有着生态书写的渊源历史,但是生态书写受到这么多的关注,并形成一股巨大的写作潮流是在西方生态理论和生态作品到来之后。可以说西方生态理论是中国生态书写的一大重要的思想资源,所以,为了更深层次地理解和把握中国当代生态书写的发生和发展,有必要对西方生态书写的历史演进做一番梳理。

1. 上古时期至 18 世纪末的生态书写

生态书写并不是新鲜的事物,它有着深刻的历史渊源,最早可以追溯到人类文学表达的起源。可以说人类文明的历史就是一部生态思想史,思考人与自然、人与社会、人与人之间的关系。美国历史学家亨

---

① 鲁枢元:《文学艺术与生态学时代——兼谈"地球精神圈"》,《学术月刊》,1996 年第5 期。

利·纳什·史密斯在《处女地》一书中认为,能对美利坚帝国的特征下定义的不是过去的一系列影响,不是某个文化传统,也不是它在世界上所处的地位,而是人与自然的关系。[①] 自人类诞生以来,对人与自然关系的探索就不曾间断过,从某种意义上说,西方生态思想的产生与发展,就是从人与自然关系的思考开始的。所以,尽管生态书写已有几千年的历史,但是依然能够找到一条生态书写发展的脉络。笔者在广泛阅读生态作品、生态理论及各种研究资料的基础之上,对西方生态书写的缘起、流变、发展进行爬梳与整理。

上古时期,生产力水平低下,初民们生活条件也不高。但是他们并没有生活在野蛮落后的环境中忍受饥饿或者病痛的折磨,他们不会像现代人一样去竭力从自然中索取,也不会贪得无厌地猎杀动物,他们非常重视生态系统的平衡,保持与自然和谐的关系。因为他们懂得作为大自然的一分子,个人是多么卑微渺小,人必须亲近自然、善待自然与自然保持和谐的关系才能获得生存和发展。上古初民努力寻求与自然和谐的生态智慧为后世留下了诸多华丽的篇章,这些篇章都存留在遥远的神话故事或文学作品当中。

神话是人类文学最早的艺术形式之一,世界各民族的神话都有生态书写的印记,以不同的故事形式表现人与自然的亲密关系。希腊神话中宙斯用黏土造人,雅典娜给泥人以活力和生命的故事;奥维德中普罗米修斯用泥土捏出了主宰一切天神的形象;阿尔衮琴印第安人神话

---

① ［美］亨利·纳什·史密斯:《处女地》,薛蕃康等译,上海外语教育出版社 1991 年版,第 192 页。

里大地母亲用血肉创造了人类;条顿神话里人是神明用树木造成的,这些描述无不透露出人类与自然的密切关系,人类出于自然又归于自然,人类依靠自然得以繁衍生息,表达了人类应当尊重自然、爱护自然的生态思想。不仅如此,古人还寻求与动物和谐共处。印第安文学经典《黑麋鹿这样说》《易洛魁人的看法》中也体现出人与其他生命是平等的等生态思想,书中透露出我们与所有的生命都是平等的,包括陆地上的走兽、海里的鱼、空中的飞鸟。我们不能凌驾于自然法则之上,只能服从于自然法则。这种人与自然和谐、与动物平等的生态观念是在最自然的状态下产生,以最淳朴的方式表达的,因而也往往是最接近本质的生态观。我们可以把这个时期的生态书写成果视为没有专门关注人与自然的关系、没有成形的理论体系支撑下无意识创作的产物,是上古时期原始整体生态观的体现。

随着社会生产力的发展,人类掌握了新的生产工具,应对自然的能力得到了极大的提高,人类开始树立起自我的标杆,开始了讨伐自然的漫长征程。罗马诗人奥维德在《变形记》一书中描述了铁器时代人对自然的蹂躏和掠夺,人类不仅对自然采取暴力,而且对人类自身亦采取暴力的手段,于是战争开始了,灾难和痛苦随之而来。之后,随着工业革命的发展,以及资本主义的扩张,工业文明的垃圾日渐增多。越来越多的诗人和哲学家纷纷发声表达了对资本主义艺术与社会科学的不满。意大利的托马斯·康帕内拉、英国的约翰·弥尔顿,乔纳森·斯威夫特、法国的让-雅克·卢梭等都是一批生态书写的作家,他们的作品《太阳城》《失乐园》《格列夫游记》《爱弥儿》等都蕴含着丰富的生态思想,他们都注意到大自然在人类的破坏中流泪滴血,指责人类的贪婪和暴力。

他们通过批判和思考,使得生态书写的内涵更加深化,并为后世的生态书写提供了宝贵的资源。在这些哲学家当中,卢梭被誉为生态思想大家。卢梭被贝特称作"第一位绿色思想家",他对上古时期至18世纪末,尤其是18世纪末工业革命如火如荼开展起来后的生态思想做了系统总结。他希望人类能在自然中重拾自我、唤回德行。他的"回归自然"的口号深刻影响了与他同时代乃至后来的生态书写作家,他们在作品中歌咏自然、拥抱自然,表达了与自然和谐共存的强烈愿望。卢梭的生态思想可以说是对整个生态史的第一次概括和总结,直接影响了下一阶段生态书写的发展。

从上古时期至18世纪末,欧美的生态书写经历了一个漫长的发展时期,甚至在很长一段时间内关于人与自然关系的探索被严重忽视而处于停滞不前的状态,直到18世纪,随着生态思想的蓬勃发展,生态书写才再一次受到普遍的关注。作家们开始重新思考人与自然的关系,一些蕴藏着丰富生态思想内涵的文学作品也陆续出现,为生态书写在19世纪浪漫主义时期的全面发展创造了良好的环境。这一时期的生态文学作品可以视作西方生态思想的孕育期,尤其是卢梭等人开始了孤独的生态思想探索之旅,他们的生态思想为生态书写在浪漫主义时代的崛起提供了主要的理论准备。

2.浪漫主义时代的生态书写

浪漫主义发端于19世纪上半叶,是生态书写第二次勃兴的开始。第一次工业革命于18世纪下半叶到19世纪上半叶中完成,人与自然的力量对比发生显著变化,形成了人对自然质变性的征服,因而二者的关系在该时期出现了重大的转折。以上个阶段末卢梭生态思想的总结为开端,人类对自身与自然关系的认识开始在文艺文学领域凸显,分化出了对自然美好的颂扬和对破坏自然的控诉这两种基本的意识倾向。

其一,对自然美好的颂扬。许多浪漫主义作家的作品都表现出了对自然的爱与眷恋,他们在作品中要么表现人性的天真、赞美自然的美好,要么歌颂生命的自由。英国浪漫主义诗人亨特、华兹华斯、柯尔律治等诗人都向自然表达了热爱。他们认为自然是人类心灵的保姆、向导和护卫,因此人应当永远是大自然谦恭的学生,永远是大自然的崇拜者,精神抖擞地来到这里朝拜。[①] 怀着这种热爱和敬重,他们在生态书写的过程中,没有把自然和动物当作人的对立面,而是以一种谦虚的心态俯伏在大自然脚前探索和学习,大自然与人是平等的。亨特的名诗《鱼、人和精灵》讲的是由于观察者的角度和立场不同,对事物的认识和评价也不尽相同。无论是从人的角度看鱼还是从鱼的角度看人,各自的评判看起来是多么滑稽可笑,实则蕴含着深刻的道理。它提醒人类应该学会换位思考,人和自然界的其他事物并无区别,应该摆正自己在自然万物中的位置,放下自尊与骄傲,实现与自然平等共处。华兹华斯作为英国浪漫主义时期成就最大的生态诗人,他的生态书写也极具代表性。他的《抒情歌谣集》《远游》《咏水仙》等诗集中的多数诗歌都是歌咏人与自然和谐,从自然对人类的影响来反思人与自然的关系。爱默生也像华兹华斯一样注意到了自然对人类的积极影响。他的《论自然》

---

① [英]华兹华斯:《华兹华斯抒情诗集》,黄杲炘译,上海译文出版社1986年版,第81—82页。

一书就是生态书写的典型,他认为:"自然之对人心灵的影响,从时间上看是最先,从重要性上看是最大。……在这片林子里,我们复归到理性与忠诚,在那里,我感到生活中没有什么不祥的东西……站在空旷的土地上,我的头脑沐浴在清爽的空气里,思想被提升到无限的空间中,所有卑下的自私都消失了。自然是一剂良方,它能恢复人已遭损害的健康。自然就是用这样少、这样常见易得的要素来给我们的生命灌注神性。"①

其二,对破坏自然的控诉。随着第一次工业革命的完成,人与自然的力量比对发生了显著变化,人类采用最新的工业技术手段开始了对自然的大规模征服,自然遭遇到史无前例的破坏,诸多浪漫主义作家透过生态书写表达了他们厌恶毁坏自然环境的工业文明。柯尔律治的名诗《古舟子咏》表达的是人随意破坏自然而遭致自然的惩罚,诗中一位老水手在一次航海中故意杀死一只信天翁,结果他和全船人受到了严厉惩罚。《古舟子咏》传递的是人类发展进程中人与自然的关系从和谐走向冲突。英国诗人济慈的《夜莺颂》,俄罗斯诗人丘特切夫的《大地还是满目疮痍》,法国诗人维尼的《狼之死》,美国作家库伯的小说《拓荒者》,爱默生的散文《自然》等都是以自然的角度对人类利欲熏心、贪图安逸、骄傲妄为、不顾一切追逐物质生活的行为进行批判,对科学技术的发展提出了质疑。呼吁人应该遵从自然的法则并与自然和谐共处,人类发展才能获得永久的活力。正是这一大批关注生态、思考生态的作家把浪漫主义时代的生态书写一步步推向高峰,把人类发展中出现

---

① [美]爱默生:《自然沉思录》,博凡译,上海社会科学院出版社 1993 年版,第 6、12、69 页。

的生态问题呈示在世人面前,不断地提醒人们尊重自然、爱护自然。

梭罗是浪漫主义时期生态书写的佼佼者,他是这一时期最为出色的生态作家。梭罗出现在浪漫主义时代生态文学发展高峰之末,与上个阶段卢梭的地位十分相似,表现在梭罗对本阶段生态观的集大成之作用。梭罗不仅仅是位思想家,更是位伟大的文学家,他对人与自然关系的思考和由此形成的人生观、世界观以诗一般优美的语言呈现出来。同时,梭罗还是一个承上启下的实践家。他认为自然中的动、植物充满了勃勃生机,而且具有灵性。因此,他希望人们懂得尊重自然中的生命,对它们抱有关爱之心。梭罗简单质朴的生活哲学和尊重自然的生态思想,对生态文学及生态伦理思想的发展产生了深远影响。随着时间的推移,人们对《瓦尔登湖》的喜爱有增无减,人们也越发意识到他是一位伟大的生态思想家,他为美国乃至世界留下了一份宝贵的文化遗产——"瓦尔登湖"精神。

3.19 世纪下半叶迄今的生态书写

梭罗开启了生态写作的大门,出现了缪尔、利奥波德等众多生态写作的大家。阿尔贝特·史怀泽在其代表作《敬畏生命》一书中提出了"敬畏生命"的生态伦理思想,把伦理的范围从人扩展到所有有生命的动物和植物。认为不仅对人的生命,而且对其他一切生物和动物的生命,都必须保持敬畏的态度。史怀泽的生态思想把人与其他生命世界建立起了一种精神联系,从生命与生命的密切相连看到人不应该自高自大,而应该对身边那些弱小的生命给予扶持和帮助,最后为消除国与国之间的战争,为共建一个和平幸福的世界而共同努力。史怀泽提出敬畏一切生命的理念,把爱的范围从人扩展到动物,这不仅是对伦理学的革新和突破,也是对生态学的一次革命,为人类的可持续发展与世界和平发展提供了新的思想基础。

美国"保护运动"最著名的代表人物约翰·缪尔的代表作品《我们的国家公园》《约赛米蒂》《我在塞拉的第一个夏天》等探讨的是大自然拥有自己的权利,人类应该尊重自然界其他创造物的观念。尊重大自然的前提是承认大自然也与人一样拥有自身的权利,因为万物都是上帝创造的个体,人与自然是平等的关系,人类不应该破坏自然,相反,人类有义务和责任保护自然。《加里福尼亚的山脉》《夏日走过山间》等正是在这一理念下完成创作的,这些优秀的生态书写作品对美国社会产生了广泛而深刻的影响,保护自然生态的观念日渐深入人心,后来建立的"优胜美地国家自然保护公园",以及著名环保组织"塞拉俱乐部"的成立,缪尔对此的努力和付出功不可没。他的生态书写及他的生态思想为后世留下了宝贵的财富,为本世纪初生态理论的发展开阔了疆土。

美国著名环境保护主义者奥尔多·利奥波德,是美国环境伦理学的创始人之一。他在《沙乡年鉴》中提出了土地伦理的生态思想,把人、土地及自然中的万物作为自然整体纳入伦理的范围中。他认为伦理关系是可以延伸的,它的内涵丰富而多样。在他看来,伦理关系不单指人与人之间的关系,还包含人与社会的关系,以及人与生态环境之间的关系。他把现代社会的伦理归结为"土地伦理",它主要是处理人与土地、人与生存于土地之上的动、植物之间的关系。利奥波德从自身的生命体验出发,寻找人与自然和谐相处之道,其间发现了荒野对人类精神的意义和价值,强调荒野也有像人一样具有人权,人没有权利剥夺它。

"土地伦理"成为美国环境保护运动的思想旗帜,有力地推动了环境保护运动的发展。

蕾切尔·卡森一生致力于生态学和生态事业,她的代表作《寂静的春天》无疑是一座里程碑式的著作,它被认为是一部破除美国人传统观念的著作。卡森的作品之所以备受推崇,是因为她不仅是一名理想主义者,而且她身体力行,为了实现理想——成为一个真正的斗士,一名为保护森林、保护海洋、保护大地、保护动物、保护人类美好的生存家园而勇敢斗争的战士。卡森继承和发扬了梭罗和缪尔的生态思想,对人类掠夺自然和破坏自然的行为给予严厉抨击。总之,卡森以自己的实际行动发出了响亮的呐喊,她的真情唤起了人们对生态环境问题的关注。她将自己的生态思想转化成大众意识,影响了人们的思想观念,也促使其他作家们大规模地进行生态书写。作为一个敢于在伦理学领域中探索与试验的女作家,卡森的《寂静的春天》认为无论是山川草木,还是虫鱼鸟兽,一切有生命的形式都应该受到伦理的关怀,她的观点把民众对环境伦理学热情推向她所处时代的巅峰。

在这些生态思想家的努力下,西方生态思想由最初的孕育、崛起阶段过渡到繁荣发展阶段,自此进入作家们自觉创作生态文学作品的时代。虽然早期生态书写的作家对人与自然、人与动物,甚至对动物的道德关怀、对自然权利都有过不同程度的探讨,但他们的观点多数是个体的情感诉求和生活信念,是零星的,鲜有完整的哲学阐述和系统的理论论证。20世纪60年代以后,西方生态思想不断发展,世界各国的生态文学也呈现出一片生机勃勃的景象。英国的多丽丝·莱辛的新作《玛拉和丹恩》,法国勒克莱齐奥推出的《诉讼笔录》、巴赞的《绿色教会》,德国出现的君特·格拉斯的《人类的毁灭已经开始》,瑞士出现的霍乐尔的《重新占领》,加拿大出现的阿特伍德的《"羚羊"与"秧鸡"》,俄罗斯出现的艾特玛托夫的《白轮船》,美国艾比的《珍贵的沙漠》、斯奈德的诗集《龟岛》、斯塔福德的诗集《穿越黑暗》、博伊尔的《地球之友》等生态书写的优秀作品共同构筑新世纪生态书写的基本样貌,推动着生态写作向前发展。这些优秀的生态作品所形成的理论为西方现代生态伦理学奠定了坚实的基础,也为生态书写的发展拓宽了道路。

综合以上的论述,西方的生态写作已有漫长的发展历史,随着时代的变化,西方生态思想也得到了长足的发展,生态理念也从早期的浅显单一走向更丰富、更深远的境地。随着生态书写研究的不断深入,生态思想已开始渗入人类生活的各个领域,包括政治、经济、文化、艺术、生活等领域,很多政策的制定与实施也受到生态思想的影响。另外,社会在生态作家如史怀泽的"敬畏生命"、利奥波德的"土地伦理"、辛格与雷根的"动物解放与权利"、罗尔斯顿的"哲学走向荒野"等生态思想的引导下呼吁人们回归自然、尊重自然、敬畏生命,与自然和谐共处的生态理念也越来越深入人心。这种影响,不仅发生在西方,也发生在当代中国。尽管世界各国的生态书写发展参差不齐,也存在着诸多差异,一个不可否认的事实是西方生态书写的作家为世界文学贡献了许多优秀的生态作品,那些熠熠生辉的生态大作不仅为世界文学这棵大树添枝加叶,同时也为中国当代生态写作带来了新的思想资源。这些生态伦理思想为当代生态伦理学的发展奠定了坚实的基础。

第二节 藏区生态书写的历史演进与现状

西方生态书写历经岁月的洗礼越发夺人眼目，如今，它又迅速传播到世界各地，在全球范围内掀起了生态书写的热潮。这一现象很容易让人误以为只有西方才有生态书写。其实不然，每个民族因其所处的特殊地理环境与社会环境孕育出了独特的生态文明，民族作家们在长期与自然相处的过程中也创作了众多优秀的生态文学作品。那些蕴含着生态哲思的作品不仅是一个民族的宝贵精神遗产，也是全人类共同的财富。虽然在藏族的传统文化及藏族的文学作品中没有生态这一概念，但是原始的生态意识却深印在藏族人民心中。目前，藏区的生态书写引人注目并与当下的生态创作热潮遥相呼应，并不是盲目模仿与跟风。因为原始朴素的生态理念在藏区的文学中早已存在，对自然中动植物的敬畏与崇拜而产生的人与环境之间、人与生物之间血肉相连的观念，在藏族的文学中形成了积淀，并且渊源流长。可以说，生态意识是藏区文学最为突出的精神元素之一，尤其在藏族的民间文学中生态意识的表现尤为明显。若以时间为序，也可以梳理出藏区一条漫长的生态书写之路。

一、藏区生态书写的历史演进

1.上古时期至 20 世纪 50 年代的生态书写

历史上藏族也和世界其他地方的民族一样,很长一段时期内文学是以口传的方式承袭和发展的。如神话故事《女娲娘娘》《猕猴变人》《青稞种子的来历》,民间传说《龙王潭》《兔子的三瓣嘴》都是以口传的方式在流传。但无论是口传文学还是书面的文本,都保留着藏民族古老的生态传统,体现出藏民族独特而鲜明的生态理念和生态意识。藏族的史诗《格萨尔王》可以说是一部生态书写的典范,史诗中处处透露出原始、朴素的生态意识。它不仅记录了藏民族远去的历史,还保存了藏民族与自然和谐共存的篇章。藏民族是一个全民信仰的民族,他们相信世间万物都源自神灵的创造。所以,面对自然中的山与水、动物与植物都会怀着崇敬的心情,以谦卑的心与它们和谐相处。

对山,藏民们相信山神能福佑自己建功立业保卫家园。《格萨尔》史诗中多次提到对神山的敬畏和崇拜。当霍尔君准备攻打岭国时,他们先去神山祭祀敬拜,祈愿成功。就如诗中所唱的:"东方的玛沁奔热山,是南瞻部洲地方神,也是苯教的护法神,前山为岭国做战神,后山是霍尔畏尔玛,霍岭两家应共供奉。你岭国未曾拿钱买,也没有卖给霍尔人。这座古老的大雪山,是世界天然之庄严,不能把别人排在外,而独有一方去霸占。……今天这个日子里,定煨桑烟祭山神,赞颂神山齐天威,求助霍尔事业兴!"[①]从唱词中可以看出,山是神灵的居住地,山对于

---

① 王兴先:《格萨尔文库·降霍篇》,甘肃民族出版社 2000 年版,第 168 页。

部落有着重要意义,即便部落与部落之间开战,人们也不应该为自己的利益而破坏山林,而是应该守护共同的神山。所以,当破坏山林的行为出现时,也会受到人们的咒骂和指责。"白岭神部落头领,请把嘉擦话来听!白帐霍尔太猖狂,肆无忌惮欺白岭。囊俄小弟被残害,还专挑杀勇士们。仅仅这些不为足,又在山谷扎兵营。茵茵绿草全踩死,清清溪水被弄浑,林木被砍被烧光,所有坏事都干尽。"①山林是部落的生命线,当山林被毁部落也就面临着毁灭的危机,守住山林才能守住自己的家园。所以,保护山林就显得尤为重要,因为它事关部落的命运和前途。

对水,藏民们同样怀有敬畏的心。藏民认为水中生物掌管着各种各样的灾害和疾病,并且水中的鱼是寄魂的鱼。当人离世,水中之鱼会把人的灵魂接走,让人的灵魂离开死去的肉身后有了安息之所。所以人们不敢随意破坏水资源,因为当人们随意猎杀水中之鱼时,各种灾害就会接踵而至。在《霍岭大战》一节中辛巴梅乳孜唱道:"狂妄大胆的渔夫你们心中可清楚?霍尔大川大河水,全属霍尔流本土。水中鱼儿无其数,跟霍尔人共生息。其中三条金眼鱼是霍尔三王的寄魂鱼。我们霍尔山沟里禁止人们来打猎,我们霍尔河水中禁止人们来捕鱼。谁若猎捕鱼类,依法严惩不放生。"②这是带着畏惧之心的爱护与虔敬,体现了原始藏民友好对待水中动物的态度。人们相信只要敬畏鱼、依靠鱼、信赖鱼,就会有无尽的福祉降临。相反,如果没有敬虔之心,随意捕杀它们,那么就会遭到神灵的惩罚,甚至会遭遇灾难或者死亡。

---

① 王兴先:《格萨尔文库·降霍篇》,甘肃民族出版社 2000 年版,第 167 页。
② 同上,第 451 页。

除此之外,《格萨尔》中也多次提及藏民们对森林、土地及草原有着宗教式的敬畏,这种敬畏一定程度上维护了藏区的生态环境的平衡。藏民们的生态意识带有浓厚的宗教意味,这是藏区独特的地理位置及宗教文化氛围所决定的。《格萨尔》史诗所折射出的藏民族与自然平等友好相处的生态智慧,为藏民自身带来了福祉,更为重要的是敬畏自然,以及对自然举行的各种宗教式的敬拜和祭祀被传承下来,影响着一代又一代藏民,使得他们与自然和谐相处了上千年甚至更漫长的时间。当然,随着时代的发展及藏区的逐步开放,藏民原始、古老的生态观念也在渐渐发生着变化。

2. 20 世纪五六十年代的生态书写

20 世纪 50 年代西藏和平解放,随着新民主制度的建立,藏区社会结构发生了重大转变与重组。历经千年之久的封建制度被新的民主制度所取代。新的机构、新的文化、新的理念、新的工具不断进入藏区,使得人们开始了与过去完全不同的生活。历史的深刻变革也使藏区的文学呈现出与以往不同的风貌。

在党和政府的领导下,藏区进行着轰轰烈烈的社会主义建设,新的机器、新的生产工具进入藏区,极大地改变了原始落后的生产和生活方式。人们从古老的奴隶社会跨越式地进入现代社会,人们热情而激动地迎接着新时代的到来。新的生产工具教会了藏民如何更快地获取物质资料,人们开始大面积地毁林开荒,栽种粮食。在新的时代中,人们积极地播种着,播种着生活也播种着希望。面对社会的巨大变革,人们急于发出自己的声音,文学领域出现了《神火》《金桥》《央金》等书写时代巨变下藏区生活图景与人们生活的小说,也出现了擦珠·阿旺洛桑、江金·索朗杰布等描绘新时代的诗人。藏学家东嘎·洛桑赤列、恰白·次旦平措、德格·格桑旺堆等人也尝试着以新的方式进行文学创作,书写新的藏区以及人们的新生活。作家们注意到了藏区正在发生的改变,以及各种迎面而来的新事物,并将其书写了出来,但是过度书写新时代的到来及美好也让藏区的作家们忽略了藏区的生态正在发生改变的现实,原始自然的绿意正从藏区大地上一点点消失,作家们显然没注意到这点。

这一时期是藏区生态书写的开拓期,全面记录和书写藏区变革的文学作品还没出现。当然,藏区的学者也可能注意到了藏区社会环境及自然环境正在发生的变化,只是不知道如何以文学的形式正确表述出来。所以,藏区学者也在努力学习新的文化和新的知识,也有越来越多的人走出藏区到外地学习,同时政府以及相关部门也在培养一些有潜力的作家。他们的努力和追求为后来的藏区生态书写的发展与壮大做好了准备工作,虽然这一时期没出现生态书写的作品,但是随着新事物的不断涌入以及藏区的逐渐开放,开始有意识地进行生态书写的作家也随之出现。

3. 20 世纪八九十年代的生态书写

有了 20 世纪五六十年代的探索和准备,到了 20 世纪 80 年代,藏区的作家也从早期的稚嫩逐渐走向成熟。作家创作队伍也日渐发展壮大,出现了益希单增、叶玉林、汪承栋、李佳俊、秦文玉、范向东、马丽华、马原、刘伟、李启达、冯良、拉巴平措、朗顿·班觉、达娃次仁、多布杰、次多、伦珠朗杰、其米多吉、扎西班典、克珠、伍金多吉、旦巴亚尔杰、平措扎西等努力书写藏区的作家,他们中既有本土的藏族作家也有汉族作家,作家们努力展现新时代背景下的藏区风貌,从不同角度对西藏的传统文化进行审视和反思,并用现实主义的创作方法创作出了许多具有藏地特色的文学作品。如益希单增的长篇小说《幸存的人》,降边嘉措的《格桑梅朵》,色波的《幻鸣》,刘伟的《没上油彩的画布》,李启达的《巴戈的传说》,加央西热的《西藏最后的驮队》,马丽华的《走过西藏》(三部曲),班觉的《绿松石》,旺多的《斋苏府秘闻》,拉巴顿珠的《骡帮生涯》,扎西班典的《普通农家的岁月》,平措扎西的《斯曲和她五个孩子的父亲们》等,作家们的创作把长期处于封闭世界中的藏区呈现在世人面前,那个处于高原神秘的世界离人们不再遥远。一时间掀起了书写藏区的浪潮,引起了国内外学术界的广泛关注。

作家们开始有意识地进行生态书写,以加央西热的《西藏最后的驮队》,党益民的《用胸膛行走西藏》与马丽华的《青藏苍茫》为代表的报告文学真实客观地反映出藏区在新时代中自然、社会与人们生活的变迁。《西藏最后的驮队》讲述的是那曲班戈县的一支牦牛驮队去驮盐的故事。作者与一个电视摄制组将牦牛驮队的整个行程拍摄了下来,有着渊源历史的驮队在时代的风云变幻中不可避免地走向消亡,取而代之的是更为便捷的机械运输。那个曾经熟悉而又热闹的驮队在作者的记忆中也渐渐模糊,"驮"对于他来说也比较熟悉,在他少年的生活中也有赶着一群"驮"队的画面。在家乡日喀则,常见的驮队是"驴帮",贩卖陶罐的"za kan"们总是浩浩荡荡的,他们往往还有驴车,由于陶罐易碎,对驮手们的要求比较高。在农区作者所见的驮文化,有秋收时候从农田把收割完的青稞、麦子驮运到打谷场上的，还有就是去山上砍柴归来的"驮队"，驮队经过的巷子都是山上某个特殊植物的气味。春耕之前农区要运送好几天的肥料，那时候也形成颇为壮阔的"驮队"……当然最耀眼的是送亲的驮队，多则有三十来头，每头驴的脖子上戴着红色的穗子和响亮的铃铛，带头的驴子还要插上象征吉祥的旗子，整个驮队一路威风凛凛。说到驮文化，多则上千、少至单驮，对单驮的印象很深刻，小时候作者总是屁颠屁颠地跟在驮后面，指着手指头认识家乡的一山一水。近年来短时间内驮队在西藏急速地消失着，代替的是现代的机械运输，作者为那些记忆中的驮，写一首诗——那些驮队。① 驮队曾在藏区扮演着非常重要的角色，驮队是藏区与外部世界沟通的桥梁。驮队把藏区的物品驮运到外地，再从外地把其他物品驮回藏区。对于没有机会走出藏区的民众，驼队带给他们的不仅仅只是一些简单的生活用品，而且还有外面世界的消息、外面世界的知识，这些都让他们对外面的世界充满了幻想与憧憬。在藏民的实际生活中，驮队的浩浩荡荡、威风凛凛，以及佩戴在马匹上色彩鲜艳的穗子和铃铛，也带给人们无尽的生活乐趣。人们的衣、食、住、行基本上是依靠驮队，驮队成为藏民生活的重要组成部分。但是随着新的交通工具的出现，驮队的作用在逐渐减小甚至慢慢淡出人们的生活，最终淹没在历史的尘埃中。对于逝去的驮队及驮队文化，作者内心充满了忧伤，但是却又无能为力。

在藏区生活了近二十年的马丽华，在藏区行走的过程中，亲自融入高原地区的自然中，见闻了藏地的风土人情。她的报告文学《青藏苍

① 加央西热：《西藏最后的驮队》，北京十月文艺出版社2004年版，第31页。

茫》《探险大峡谷》,长篇纪实散文《藏北游历》《西行阿里》及《灵魂像风》就是书写藏地的山水之美、自然之美的。她的作品更多呈现的是藏地原始、古老的文化世界,描述人与人、人与自然、人与万物间和谐、友好、平等的关系。可以说,她是第一个真正意义上书写藏区生态的作家。虽然在此之前,也有作家书写过藏区的生态,但是很少有表达明确的生态意识并且发现藏区生态已经恶化现实的。"马丽华充分利用了散文的这个特点,以她亲眼所见、亲耳所闻的第一手材料,和一颗对藏民族文化深深眷恋之心,努力向人们展示出一个远离近代文明,但又绚丽多姿的古老文化世界……人与自然、人与人、人与超自然等错综复杂的关系,相互叠压、渗透、交错,构成多样、多重、多层的立体文化结构,令人眼花缭乱、目不暇接。我们一个多月的考察固然不能总揽其全貌,但《西行阿里》筚路蓝缕,功在开辟,第一次向人们较为全面地传达了'我们一代人对于这一陌生地区的发现和认识'。毫无疑问,作者这一开掘之举是成功的。"①在以上这些作家们的共同努力之下,藏区生态书写的大门已被打开,越来越多的作家也开始投入藏区生态的书写中来。

20世纪90年代中国社会进入转型期,西藏的社会也在不断地重组和变化。藏区的作家结构也发生了很大的变化,很多多年生活于藏区的作家返回内地生活,造成了藏区作家创作队伍缺乏的局面。但是一批新的作家也在这一时期进入人们的视野。如白玛娜珍、次仁罗布、格央、尼玛潘多、白玛玉珍、央珍、白拉、次央、尼玛潘多、格央、亚依、文心、琼吉等都是在这一时期步入文坛的。20世纪90年代的社会转型,加速

---

① 格勒:《〈西行阿里〉序》,见马丽华:《走过西藏》,作家出版社1997年版,第642页。

了藏区的现代化进程,新旧两种文明之间产生了强烈的碰撞,藏区的传统文化、传统生活方式受到了比以往更为猛烈的冲击。立足于藏区,关注藏区的自然环境、社会环境,以及人们的生活,并开始有意识地审视藏族的传统文化成为众多作家的写作追求。

4.新世纪以来的生态书写

进入新世纪以来,文学创作日趋多元与复杂。随着全球化和现代化的快速推进,现代化在带给藏区发展与便利的同时,也引发了许多的社会问题,人们的生存也面临着前所未有的挑战,并且这些问题变得更加复杂。藏区的生态书写经过了漫长的发展历程,从传承历史到发展创新经历了艰难的求索过程,作品如白玛娜珍的《拉萨红尘》《复活的度母》,格央的《让爱慢慢永恒》,尼玛潘多的《紫青稞》,张羽芊的《藏婚》,张祖文的《光芒大地》,罗布次仁的《西藏的孩子》,罗布的《界》,敖超的《假装没感觉》,班丹的《微风拂过的日子》,平措扎西的《世俗西藏》,凌仕江的《你知道西藏的天有多蓝》,旦巴亚尔杰的《遥远的黑帐篷》,次仁央吉的《山峰云朵》,白拉的《最初的印象》,伍金多吉的《雪域抒怀》等。作家根植于藏区并努力书写藏区的自然环境、民风民俗及当下的社会境遇。透过作家们的生态书写,我们可以看到藏民族从一个原始落后的封建社会一步步走向现代文明的过程。

扎西达娃怀着批判与悲悯的情怀审视自己民族的传统文化,《西藏,隐秘岁月》探讨的是藏区的传统文明遇到现代文明遭到的冲击,现代文明带给藏区的负面影响日益凸显。藏区的传统文明面临着消亡的危机,藏区将何去何从,作者试图透过小说探讨藏区的发展出路,但是在小说中扎西达娃也没有给出答案。或许,作者也可能感到迷惘吧!次仁罗布也把目光聚焦在藏族文化及藏族民众。他的小说《神授》讲述的是说唱艺人在现代化进程中的生存状态。古时说唱艺人在人们的娱乐生活中扮演着非常重要的角色,但是在现代化的冲击下,民间的传统艺术被严重边缘化,它们正一步步走向消亡。《神授》带给我们的思考与启示是,在社会生态已然改变的今天,传统文化要在新的时代求得生存和发展,就需要做出调整,在坚守传统的基础上创造出适合藏民的文化。次仁罗布的生态书写已经超越了对藏民生活及藏地风情的简单展览,而是深入藏民族传统文化的内部,思考藏族文化的发展与未来。尼玛潘多的《紫青稞》关注的是现代化进程之下的藏区农村。在现代文明的冲击下,原始、闭塞、贫穷、落后的藏区农村走向破败与衰落,农村的生活伦理、信仰观念已摇摇欲坠。小说中桑吉、达吉、边吉三姐妹曲折的人生道路隐约映射着普村城市化道路的艰难与不易。虽然三姐妹在遇到人生的坎坷时,表现出与紫青稞一样顽强的生命力,即便困难重重也没有放弃对生活的希望,仍然坚持着、努力着、奋斗着。这或许就是作者想通过小说传达的,即在自然环境与生存环境双重恶化的现代社会,只有顽强的抗争才能实现自我,找到自己的出路。

二、藏区生态书写的现状

日益快速的现代化,使得藏区从前生态社会跨越式地进入现代生态社会。这种急剧的社会变革是原始落后的藏区无法预料的,藏民的思想方式和生活习惯需要在短时间内做出调整,以适应新的时代,这对长期处于封闭状态中的藏民来说实在太难了。

虽然中国的很多地区也处于前生态向现代生态转换的过程中，但是藏区的现代化相较于中国其他地区的现代化是非常特殊的，因为藏区是藏民族整体从原始的前生态社会直接进入现代社会，藏民族在这一转换过程中产生的自然问题、社会问题、精神问题是极其复杂的。文化冲突带来的藏文化失落，生存压力带来的精神问题等都是藏区发展中急需要解决的问题。面对这些问题，无论是藏族作家还是汉族作家，都从不同角度观察和书写了藏区在现代化进程中遭遇的一系列困境。如扎西达娃从开始对藏族传统文化的批判，走向对传统文化的寻根，再从传统文化的寻根中寻找藏区的发展出路。次仁罗布也在耐心地书写着藏区的传统文化在当下的境遇，他对那些消失的传统文化表达了自己的感伤与惋惜。尼玛潘多则将目光聚焦在藏区偏远的村落，力图呈现藏区村落在现代化进程中藏民的生存与抉择。

总的来说，历经几十年的发展藏区的生态书写取得了一定的成绩。如扎西达娃的《没有星光的夜》《西藏，系在皮绳上的魂》《西藏，隐秘岁月》，次仁罗布的《杀手》《神授》，尼玛潘多的《紫青稞》，阿来的《尘埃落定》《空山》《大地的阶梯》《瞻对：一个两百年的康巴传奇》《蘑菇圈》《三只虫草》《河上柏影》等都是藏区生态书写发展中的主要成果。作家们立足于藏区的实际，从藏区生态书写的传统中汲取丰富的生态资源，进而考察藏区在现代化进程中的困境，"积极挖掘并呈现藏族传统文化中亲近自然、敬畏自然、与自然共生的生态观念，融合现代意识，分析现代化进程中的得与失，真诚表达对生态自然、健康心灵的呼唤与赞美，表现自己的思考与立场的态度与努力是值得肯定的。我们不难发现在全球化的时代背景下，在工业文明浪潮蜂拥的新语境下，这些浸润着充盈的生态理念的藏族文化可以给饱受现代性冲击的自然与人的心灵以慰藉与启发,藏族文化与西藏文学依旧具有对这个世界价值输出的能力"①。这些作家对藏区现代化的审视与思考是值得肯定的,他们把藏区遭遇的生态困境真实而客观地呈现了出来,并努力探索藏区的发展出路。但是能够书写出具有如此意义内涵的作家毕竟是少数,很多作家的生态书写还存在诸多问题。通过阅读作家的作品,发现有以下不足之处。

第一,忽视文化之间的差异。生态危机是全人类共同面对的课题,由于地域、文化、环境的不同,人们在应对生态危机时采取的解决方式也不尽相同。但是,很多书写藏区生态的作家尤其是汉族作家,他们对藏民族的传统文化并不是很了解,导致他们在创作中很容易忽视藏族文化与汉文化之间存在的差异。如刘伟的《西藏脚步声》就是以一个汉族人的视角书写藏区百姓的生活,作者以纪实的方式记录了藏区在新时代中的风貌与发展,但是阅读其作品让人感觉作者所描述的情况离藏民生活的实际还很远。另外,玉林的《金珠》《飞瀑》《神猎》,秦文玉的《风暴与宁静》《火·冰山·鸽子的史诗》,金志国的《水绿色衣袖》,范向东的《茫茫的高原》《高原深处的人们》,刘伟的《苍茫西藏》《西藏永恒与短暂》《没上油彩的画布》,李启达的《巴戈的传说》,冯良的《西藏物语》《秦娥》,央珍的《无性别的神》,琼吉的《拉萨女神》,江洋才让的《康巴方式》《风事墟村》,达真的《康巴》,亮炯·郎萨的《布隆德誓言》,格绒追美的《青藏辞典》《青藏天空》,严英秀的《纸飞机》等,他们的作品中出现的

---

① 普布昌居:《生态视域中的藏族文化与西藏当代文学》,《西藏文学》,2015年第2期。

常常是汉族的经验、汉族的思维、汉族的视角,解决生态问题时采用的也是汉族人的方法。其实,藏民族有着非常浓厚的信仰传统,无论面对生态危机还是人生抉择,藏民族都有自己独特的解决方式。但是,作家们很容易忽视这一点,以至于提供的是汉族的经验和汉族的方法。

第二,把问题简单归咎于体制。藏区在现代化进程中遭遇的问题,也是中国和中国其他少数民族地区面临的问题。生态问题的产生,除了与快速推进的城市化有关,与藏民族自身有关,还与个体生命的活动有关。频繁的人类活动加速了自然生态的危机,自然生态危机又进一步加速了人的精神生态危机。而精神生态的危机又反作用于自然生态的危机,不能简单地把两者分开来看,两者之间有着千丝万缕的联系。如格央的小说《西藏的女儿》主要讲的是藏区男女不平等的问题,男尊女卑的社会中,妇女的尴尬处境。就像作者在书中所写的:"女性相对于男性来讲是不够洁净的……女孩子是不能坐在男孩子的衣服上的,不能把脚跨过男孩子的头,不能把自己的脏衣服扔在男孩子的身上,洗东西的时候,要先洗男孩子们的衣物,盛饭的时候要先给男孩子盛,并且绝对不能让男孩子们从晒着女孩子衣物的绳栏下走过去……就是怕女性的不洁玷污了高贵的男性们。"①作者把女性面临的问题归咎于体制的缺陷,从而忽视了女性自身存在的诸多问题,很多时候酿成女性悲剧命运的根源不是制度的不公平,而是源自女性自身的性格缺陷。此外,如益希单增的《幸存的人》《迷茫的大地》《啊,人心》,拉巴平措的《三姊妹》,朗顿·班觉的《心中的歌》《嘎其巴鲁教言》《绿松石》,扎西班典

①　格央:《雪域的女儿》,西藏人民出版社 2004 年版,第 3 页。

的《普通农家的岁月》,达娃次仁的《西藏病人》,平措扎西的《斯曲和她五个孩子的父亲们》,旦巴亚尔杰的《遥远的黑帐篷》,次仁央吉的《山峰云朵》,伦珠朗杰的《蜜蜂乐园》,旺多的《斋苏府秘闻》,巴顿珠的《骡帮生涯》,旦巴亚尔杰的《红头巾》《黑虎》《驮盐队》,格央的《小镇故事》,多吉卓嘎的《藏婚》等。作家们在书写藏区的生态时,很容易将引发藏区生态的问题简单归咎为体制,进而忽视藏民族自身在现代化进程中存在的问题。所以,在创作中就不能更全面、更客观、更深刻地展现藏区从前生态向生态转换过程中表现出来的矛盾与问题。

第二章

自然生态书写:原生态环境恶化与动物书写的情感基质

自然生态书写也就是在社会剧烈变革之下书写自然环境的恶化，以及这种恶化所引发的人与自然的矛盾和冲突。鲁枢元曾指出："现代人似乎已经习惯失去自然根基的日子，不再去想自己从哪里来到哪里去，哪里会有自己的故乡。大多数人都可以做到随遇而安，乐不思蜀，今日有酒今日醉，且把他乡当故乡。唯有那些不安于现状的诗人，还在追忆着往昔的似水年华，憧憬着黄昏与暗夜过后的晨曦。于是，身处工业时代却还在独自吟咏着田园和故乡的诗人，便不得不肩负起精神和心灵的重荷，漂泊四方、到处流浪，在无尽的流浪生涯中去苦苦寻觅那已经不再存在的故乡。这个时候的诗人不仅失望，而且已经濒临绝望。"①这种绝望源自人与自然之间不可调和的矛盾，源自自然美的丧失。自然美的丧失又导致人们失去了赖以生存的家园，因为"工业时代对世界的'祛魅'，既祛除了人类心中的蒙昧和迷信，也祛除了人对自然的亲和与敬畏，从而板结了文学艺术生长的土壤。一个摒弃了自然的时代，等于摒弃了自己的生存之根。诗人们的'怀乡症'实际上充满了生态学的内涵；新世纪生态文艺学的使命在于：通过审美的途径，把自然放回一个与人血脉相连的位置上，让人与自然重新整合起来"②。

所以，在三分法生态理论的阐述中，鲁枢元用自然生态的概念是希望重拾那个已经失落的故乡，找回人与自然之间失去的纯真，找回一种与自然和谐存在与生长的状态。这种理想得益于他的生命体验，得益

---

① 鲁枢元：《生态文艺学》，陕西人民教育出版社 2000 年版，第 99 页。

② 鲁枢元：《文学艺术与自然生态——〈生态文学论稿〉之一》，《海南师范学院学报》（人文社会科学版），2000 年第 3 期。

于他真切的情感经历，"20 世纪 80 年代我以自己是一个人道主义者而豪情满怀，相信人类中心，相信人类的利益至高无上。三十年过去了，随着经济高速发展、消费迅速升级，自然生态系统濒临崩溃，我发现人类作为天地间的一个物种太自私、太过于珍爱自己，总是把自己无度的欲望建立在对自然的攻掠上，以及对于同类、同族中弱势群体的盘剥上，有时竟显得那么寡廉鲜耻！对照饱受创伤的自然万物，人类在我心目中已不再显得那么可爱，反而有些可恨、可悲，其中也包括对我自己某些行为的懊恼。我突然明白，人类作为一个整体也是会犯错误的，而且犯下的是难以挽回的错误。正是这种观念的转变，使我不由自主地步入生态学的学科领域，试图运用生态学的知识、理论与方法阐释文学现象、分析当代文学面临的问题"①。如果将这段话加以延伸，那就是作家们通过自然生态书写反思人与自然之间的关系，并从反思人与自然之间的关系中寻找人类的发展出路。这样看来，自然生态的提法已从研究的方法论转变成文学的创作理念，为作家们进入自然提供了新的书写路径。

长期以来，藏区盲目追求经济的发展，过度开发和利用自然资源，忽视了自然的承载能力，资源遭到破坏，环境受到污染，人和自然之间的关系日趋恶化，但是没有谁清醒地认识到藏区正在发生的变化。阿来深入藏区的山林和湖泊，记录自然美好的同时也揭露环境遭到的破坏，他透过文字告诉人们自然是人类的母亲，人类吮吸自然的乳汁才得以生存，破坏自然不仅给自己带来了灾难，同时也毁坏了子孙后代的生

---

① 　鲁枢元：《我的学术生涯》，《美与时代（下）》，2017 年第 7 期。

存环境。科学技术和工业文明的飞速发展，以及城市化的快速推进，极大地改变了人们的生活空间和生存境遇，社会经济的繁荣使人们的物质生活和精神生活有了极大的提高。但是，只顾经济发展而忽视生态保护的行为也加剧了人与自然之间的矛盾，人类面临着更为严峻的生存困境。频发的水污染、土地沙化、大气污染、森林资源枯竭等现象已严重威胁到人类自身的生存。这不仅是遥远的藏区正在遭遇的生态危机，也是整个中华大地面临的生态难题。面对藏区生态持续恶化的现实，阿来再也无法袖手旁观，于是透过文学表达自己对生态恶化的忧思。

人与自然的关系问题一直是文学表现的一个主题，但是在现代化的语境中人与自然之间的关系也在不断地发展和变化着。马克思主义哲学在对人与自然关系进行全面研究的基础上，科学地阐述了人在自然界中的地位问题，提出了确立人与自然和谐的生态观。人与自然处于一个统一的整体，人从自然界获取生存和发展所需的各种物质资料，人是自然界物质循环的参与者，自然界为人类提供生命需要的原料。然而，随着中国人口的大量增长，人们生存和发展所需要的物质资料也急剧上升，人们加大了对自然资源的索取与开发，对森林的乱砍滥伐，引起了资源匮乏、环境恶化、水土流失、生态失衡等一系列生态问题。这种因生存和发展带来的生态危机已日益显露出来。尽管国家相关部门为保护环境采取了很多环保措施，但是由于人们对生态保护的意识淡薄，加上资金短缺、技术落后以及环境保护政策的滞后使得生态破坏和生态失衡加剧，生态环保问题异常严峻。生态问题仍然是摆在中国发展面前的一大难题，也是作家们无法回避的一个问题。生态问题引起了作家们的普遍关注，作家们纷纷以文学的方式反思人与自然的关系问题。小说方面，如杜光辉的"可可西里"系列中篇小说《哦，我的可可西里》《金蚀可可西里》《可可西里的格桑梅朵》，阿来的《空山》，迟子建的《额尔古纳河右岸》，赵本夫的《无土时代》，张抗抗的《沙暴》；诗歌方面，如华海的《华海生态诗抄》《静福山》；散文方面，如李存葆的《大河遗梦》《祖槐》《净土上的狼毒花》和《绿色天书》。作家们对人类肆意破坏自然生态的行为表示强烈愤慨，对人类生存环境不断恶化表达了深沉忧思。

在市场经济和城市化快速推进下，藏区也被卷入现代化发展的浪潮中，人们也不得不急急忙忙踏上这辆快速飞驰的列车追求新的生活。伴随着现代化而来的新的生产技术、新的农业、新的商业、新的工业、新的学校、新的观念、新的思想给藏区带来了新的机遇与挑战，人们的生活水平也有了一定的提高。人们对未来充满了期待，心想从此可以摆脱贫穷过上富足舒适的生活。但是理想很美好，现实却很残酷，因为偏远落后的地理区位，藏区并没有任何发展的优势，在市场经济的大舞台上施展不了任何拳脚，也找不到适合自己的发展道路。由于缺乏相应的技艺才能，即便在市场中努力付出也只能得到些许的回报，生活变得越发艰难。在生活的压力下人们不得已从自然中索取资源拿去变卖，然后再取回生活所需。自然资源给人们带来了丰厚的利润，但在金钱的诱惑下，人们对自然资源的索取变得没有节制。对于这种现象，阿来在一次访谈中也谈道："过去的中国乡村也是从大自然里头适当地索取。比如说家里有需要，人们就到山上去，但那时候有自然形成的伦理或者说规矩，这就是，不光是我这一代，我儿子也会留在这个村子，我孙子也会留在这个村子,他们还得仰仗这一片山林来生活。所以索取是有度的,人们不会让它枯竭。但是到了现在的社会,到了今天,突然就变成一公斤 500 元人民币的计算方式,消费的力量很快就把乡村过去自然形成的伦理和观念瓦解掉了。"①阿来进一步指出:"今天我们中国的生态问题、环境问题,越来越严重。在这样一种严酷的生态环境、自然环境里头,我们从大自然索取物品,消费到一个什么样的程度,必须考虑到让大自然还有再生和自我修复的那种能力,而不是我们今天做的竭泽而渔。同时,我们的消费行为,不管你消费任何一个东西,它都一定会增加我们环境的负担。"②人们不再担心山里的资源会不会枯竭,也不会去想子孙后代未来的生活。而是想方设法找到可以变卖的资源,改变自己落后的生活现状。人们不会去考虑自己的行为会给自然带来怎样的后果,只是盘算着如何赚取更多的钱财。这种不计后果的索取和日益频繁的人类活动使藏区生态系统遭到严重破坏,出现了水土流失、草原退化、土地荒漠化等环境问题,藏区正面临着日益严峻的生态威胁。

当阿来深入藏区大地的时候,发现藏区生态日益恶化,曾经郁郁葱葱的山林已消失不见了,那些清澈的河水已变得浑浊不堪。让阿来更加难过痛心的是即便自然生态被破坏得如此严重却没有人意识到这一问题,更没有人为此做出任何改善的行动。生态问题"是个直接关乎我们每个人生存质量、生存前景的问题,我相信,关注到这个问题、愿意在

---

① 阿来:《尊重自然,与每个人都有关系——阿来访谈》,《江南》,2017 年第 2 期。
② 同上。

这个问题上有所行动的人，可能不在少数，但是一定要有人先站出来。我不过可能是在文学上对这方面问题发声比较早的人，但是媒体人可以在别的地方发声，政府可以在别的地方发声。……我并不认为我自己靠一本书、一支笔就能达到什么，今天不是这样的一个时代，但是我觉得我们每个负责任的公民，开始行动起来很重要"①。面对自然生态环境被破坏的事实，阿来认为人们应该行动起来，用共同的力量来维护自然生态环境。所以，他不想再坐以待毙，于是开始试着以文学创作发出自己的声音。为了获得真实的情感体验，阿来将自己全身心地投入大森林中，投入藏族同胞的生活当中，开始了一趟又一趟冒险的旅程，即便没有人响应和支持，他还是一如既往地写下为大森林忧伤的话语，并让自己成为大森林的忠实祷告者和守护者。

第一节　原生态书写与自然环境恶化的忧虑

一、自然万物和谐共处的原生态环境

自古以来，生活在青藏高原上的藏族，对青藏高原的高寒气候及脆弱的自然环境有着切身的体会。要在这种高寒的环境中生存和发展，

---

① 阿来：《尊重自然，与每个人都有关系》，《江南》，2017年第2期。

就需要克服重重困难,创造出一套适合高原地区自然环境的生态文化体系。为了适应当地的自然环境,藏民族在长期的历史发展过程中不断地积累和总结,形成了关于天地、自然、人生的基本观念和生活方式。由于高原自然环境的脆弱,自然资源有限而且珍贵,藏民族会谨慎地利用自然资源,让自己与周围的环境和谐统一。藏族的生态伦理是一套完整的生态文化体系,它建构了人、神、自然为一体的生态思想,人们的社会活动与行为方式也与这个自然、人文生态系统相一致,使社会活动、人文活动与自然万物高度和谐。

"神人合一"是藏地传统文化的思想精髓,它蕴含着丰富的思想内涵,是藏地民族对天地宇宙和自然万物的认识和总结。在藏族传统文化中,"神"指的是神明或者自然之神,"人"指的是藏族民众,人源自神明或者自然之神,"神人合一"也就是说人与神明有着共同的血缘关系,人类依附于自然生存和发展。在藏族民众的观念中,是自然之神也就是自然万物创造了人类,人与自然万物是一体的,而灵魂则是将人与自然连接为一体的中介。灵魂可以依附于人体,也可以依附于自然万物生存,自然界当中的山、川、草、木及动物都可以成为灵魂的依附体,这样人与自然界的万物也就成了互相依存的关系。所以,保护自然界的万物关系到人类自身的生存和发展,保护自然界中万物的生命也就是在保护人类自己的生命。

藏民族坚信人与周围的自然环境有着千丝万缕的联系,两者互为因果,是相互联系、相互依存、相互对立的关系。当人类的活动与行为违背自然规律时,人与自然的关系就会随之被破坏,人类也会遭到大自然的惩罚或者遇到灾难;当人类的活动与行为顺应自然的发展规律时,人与自然的关系就会十分融洽，人会受到大自然的赐福而获得幸福。这就是藏族传统文化中"神人合一"生态意识的外在体现，人只要遵循自然的规律，尊重自然的规律就会得到自然的回报。比如在藏族的传统观念中不能随意砍伐树木，因为砍伐树木会触犯天神，就会降天灾；也不能随意破坏草地，因为破坏草地就会触犯土地神；也不能随意捕杀水中的动物，因为捕杀水中的动物就会触犯水神。这种人与万物为一体的生态观使得藏民不得不爱护身边的自然，以及自然中的一切，并时时提醒自己不能破坏自然界当中的每一个生物，因为保护大自然就是在保护自己的生存环境。心系藏区自然生态的阿来，早已把藏区传统文化中"神人合一"的生态观念渗透进了他的血液中，他将尊重自然，善待自然，与自然和谐友好的生态关怀意识熔铸到自己的书写中，怀着一颗感恩与敬畏的心丈量着藏区的每一寸土地。

在阿来的笔下，古老的藏民族对待森林的态度是一种充满和谐的生态伦理。无论是在日常生活中还是在民俗宗教祭祀庆典活动中，都能体现出藏民对森林的尊重。因此，阿来从藏民对森林的古老智慧中，窥见了人们与自然和谐统一的关系。由于大多数藏民生活在山野地带，世代以农耕为生。因此，他们与森林的关系就显得极为密切。藏民大都以森林为家，也靠森林繁衍生息。他们从森林中获取生活需要的物质资料，但绝不会过度索取也不会过度消费，更不会出现乱砍滥伐、肆意捕杀野生动物的现象。因为他们懂得大森林与自己血肉相连，大森林一旦遭到破坏，就会影响自身的生活及生存。所以，他们对大森林怀有感恩与崇敬之情，在生活中人们会自发地对圣树进行崇拜，为的是维护美丽的大森林，并在漫长的历史长河中形成了朴素而独特的生态伦理观,也就是以崇敬、平等之心与大森林共荣共存。阿来在《空山·轻雷》中写到传统的藏民对森林是取之有度的,人们是多么细心地呵护着养育自己的森林。过去,虽然漫山遍野都是茂盛的森林,机村人烤火做饭,采伐薪柴从来都固定在小林子里。那时山林没有权属的概念,但约定俗成,哪几家砍哪一片青杠林作为薪柴,都有一定之规。这还不是规矩的全部。青杠树在当地算是速生树种,采伐薪柴时都是依次成片砍伐。从东到西,从下到上,十来年一个人轮回。最早的那一茬,围着伐后的桩子抽出新枝,又已经长到碗口粗细了。① 这种取材方式既满足了自身生活的需要,又符合森林的生长规律,同时也保护了自己的森林。后来,工作组下乡,因为城里人需要木炭,在机村的薪柴林边开了窑口,薪柴林被人们砍伐得七零八落。当所有人丢掉珍爱与敬畏之心举起刀斧伸向林子时,村里一个倔强的老头崔巴噶瓦还遵守着保护森林的乡规民约,在他的努力下最终守住了一片整齐漂亮的林子。阿来是赞赏藏民的这种生态伦理的,尤其是他们尊重森林的态度和传统。他祈祷人们尊重森林,站在森林的立场看待问题,大森林也有自身的权利,人与森林不是对立的关系,而是相互依存的关系。

作者在《蘑菇圈》中为读者描述了1955年以前的机村,那时的机村几乎是世外桃源般的存在,人们的生活充满了诗情画意。人们与蘑菇保持着和谐友好的关系,尽管人们无法一一叫出它们的名字,更无法将蘑菇进行分门别类,但是人们却可以非常敏锐地察觉自然界的变换,以及蘑菇的出现。

---

① 阿来:《空山·轻雷》,人民文学出版社2009年版,第474页。

五月,或者六月,某一天,群山间突然就会响起了布谷鸟的鸣叫。那声音被温暖湿润的风播送着,明净,悠远,陡然将盘曲的山谷都变得幽深宽广了。

……

它们就在悠长的布谷鸟叫声中,从那些草坡边缘灌木丛的阴凉下破土而出。

像是一件寻常的事,又像是一种神迹,这一年的第一种蘑菇,名字唤作羊肚菌的,开始破土而出。

那是森林地带富含营养的疏松潮润的黑土。土的表面混杂着枯枝、残叶、草茎、苔藓。软软的羊肚菌悄无声息,顶开了黑土和黑土中那些丰富的混杂物,露出了一只又一只暗褐色的尖顶。布谷鸟也许就是在这个时候开始鸣叫的,所以,长在机村山坡上的羊肚菌也和整个村子一起,停顿了一下,谛听了几声鸟鸣。掌管生活与时间的神灵按了一下暂停键,山坡下,河岸边,机村那些覆盖着木瓦或石板的房屋上稀薄的炊烟也停顿下来了。

只有一种鸟叫声充满的世界是多么安静呀!

所有卵生、胎生,一切有想、非有想的生命都在谛听。

然后,暂停键解了锁,村子上蓝色炊烟复又缭绕,布谷鸟之外,其他鸟也开始鸣叫。比如画眉,比如噪鹃,比如血雉。世界前进,生活继续。①

---

① 阿来:《蘑菇圈》,《收获》,2015 年第 3 期。

这是一幅多么宁静优美的画面，人们沉浸其中，生活怡然自得。蘑菇是大森林带给机村人的赏赐，但是人们对蘑菇的食用却非常简单而且很有节制。当蘑菇破土而出的这一天，人们都会不约而同地把蘑菇小心采下用囊叶包裹后带回家，然后用新鲜的牛奶烹煮成超凡的美味，"但机村并没有因此发展出一种关于美味的感官文化迷恋。他们烹煮这一顿新鲜蘑菇，更多的意义，像是赞叹与感激自然之神丰厚的赏赐。然后，他们几乎就将这四处破土而出的美味蘑菇遗忘在山间。眼见得菌伞打开了，露出里面白生生的裙摆，他们也视而不见。眼见得菌伞沐风栉雨，慢慢萎软，腐败，美丽的聚合体分解成分子原子孢子，重又回到黑土中间，他们也不心疼，也不觉得暴珍天物，依然浓茶粗食，过那些一个接着一个的日子"①。人们享受大自然的馈赠，同时又对它怀有感恩之心，人们尊重蘑菇的生长规律，让它自由自在地生长，体现了人们对另一种生命的尊重与敬畏。

福克纳说过，我的像邮票那样大小的故乡本土是值得好好描写的。而且，即使我写一辈子，也写不尽那里的人和事。② 沈从文在回忆自己的文学创作时也曾谈道，最亲切熟悉的，或许还是我的家乡和一条延长千里的沅水，及各个支流县份乡村人事。这地方的人民喜怒哀乐，生活式样，都各有鲜明特征。我的生命在这环境中长成，因之和这一切分不

① 阿来:《蘑菇圈》,《收获》,2015 年第 3 期。
② 李文俊:《福克纳评论集》,中国社会科学出版社 1980 年版,第 237 页。

开。① 阿来也是从故乡的广阔大地中汲取丰富的养料,构筑自己的文学王国的。"这片大地所赋予我的一切最重要的地方,不会因为将来纷纭多变的生活而有所改变。"②阿来也曾这样介绍自己:"阿来,男。藏族。1959 年 7 月生于四川省西北部藏区只有 20 多户人家的阿坝州马尔康县一个藏族村寨叫卡尔古(意为'山沟更深处')村的一个农民家庭。关于出生的日子,母亲说她以前是清楚记得的,但最近却提供了两个日子供我选择。造成这个结果的原因是艰难生活,使我走上文学道路的也是艰难生活。……1976 年在卓克基公社中学初中毕业。后回乡务农,大部分时间在山间牧场放牧。1977 年到阿坝州水利建筑工程队当合同工,先后当过牧人、拖拉机手与机修工。高考恢复后报考一所地质学校,因为在那时我有限的见识中,这是唯一一种可以把自己带到很多和很远地方的职业。结果事与愿违,一纸录取通知书将我送进了马尔康师范学校。毕业后,做过将近五年的乡村中学教师。"③

　　显然,阿来喜欢行走、喜欢冒险与他童年乡村的生活有着一定的联系。后来,因为学业及工作的缘故,阿来一直都与大自然有着亲密的接触。阿来对大自然的认识与感知都是从自身的接触与体验中获得的,这也使得他对故乡的土地有了更为深入的认识。他早期的诗歌《振响你心灵的翅膀》(1982)、《丰收之夜》(1982)、《高原,遥远的草地我对你歌唱》(1983)、《草原回旋曲》(1984)、《高原美学》、《群山,或者关于我自

---

① 沈从文:《沈从文短篇小说选集·题记》,湖南人民出版社 1981 年版,第 1 页。
② 阿来:《大地的阶梯》,云南人民出版社 2000 年版,第 7 页。
③ 阿来:《旧年的血迹》,作家出版社 1989 年版,封底。

己的颂词》(1985)、《哦，川藏线》(1986)、《三十周岁时漫游若盖尔大草原》(1989)，以及小说《老房子》(1985)、《草原的风》(1985)、《阿古顿巴》(1986)、《环山的雪光》(1987)、《远方的地平线》(1987)、《奥达的马队》(1987)、《奔马似的雪山》(1988，写于 1986 年 10 月)等，都与他生活的故乡有密切的联系。后来，因写作的需要，阿来花费了大量的时间，进入青藏高原地区进行调查。1999 年 5 月阿来应邀参加由云南人民出版社主办的大型创作出版活动——走进西藏。在行走结束后，阿来完成了"行走西藏"的丛书之一——《大地的阶梯》的写作。对于这次行走，阿来说道："嘉绒大地，是我生长于斯的地方，是我用双脚无数次走过的地方，是我用心灵时时游历的地方。当我开始写这本书的时候，我真的不知道该写些什么，但我希望去掉那些肤浅的西藏之书中那些虚无的成分，我不想写成一本准历险记，不想写成滥情于自然的文字。我想写出的是令我神往的浪漫过去，与今天正在发生的变化。特别是这片土地上的民族从今天正在发生的变化得到了什么和失去了什么？如果不从过于严格的艺术性来要求的话，我想我大致做到了这一点。最后，在这种游历中把自己融入了自己的民族和那片雄奇的大自然。"①正是因为喜欢冒险，阿来一次又一次深入群山、深入森林，把自己融入大自然中，感受自然的神奇与美好。躺在一片草原中央，周围流云飘拂，心跳与大地的起伏契合了。因此，由于共同节律而产生出某种让人自感伟

---

① 阿来：《〈空山〉三记——有关〈空山〉的三个问题》，《新浪博客》，2009 年 6 月 28 日，http://blog.sina.com.cn/s/blog_60ad606e0100dt8g.html。

大的幻觉。[①] 即便在病中，阿来也没有停止与自然亲近，他的《成都物候记》（2010）是在病中完成的。

> 一时间不能上高原了。每天就在成都市区那些多植物的去处游走。这时腊梅也到了盛放的时节。我看那么馨香明亮的黄色花开放，禁不住带了很久不用的相机，去植物园，去浣花溪，去塔子山，去望江楼，将它们一一拍下。过了拍摄的瘾还不够，回去又检索资料，过学习植物知识的瘾，还不够，再来过写植物花事的瘾。这一来，身心都很愉悦了。这个瘾过得，比有了好菜想喝二两好酒自然高级很多，也舒服很多。

> 自从拍过腊梅，接着便大地回春，阴沉了一冬天的成都渐渐天清云淡。玉兰，海棠，梅，桃，杏，李次第开放，也就是古人所说春天的二十四番花信接踵而至。于是，我便起了意，要把自己已经居住了十多年的这座城中的主要观赏植物，都拍过一遍，写上一遍。其间，从竺可桢先生的文章中得来一个词：物候。便把这组原来拟命名为《成都草木记》的文章更名为《成都物候记》一一写来，加上自己拍的照片，陆续发在我的新浪博客上。没想到就有网友送上称赞，甚至订正我的一些谬误，更有报刊编辑来联系刊发。本来是在写作之余娱乐自己的一件事情，居然有人愿意分享，这对我也是一种鼓舞。本来计划一年中，就把成都繁盛的花事从春至秋写成一个系列。

---

① 阿来：《阿来散文》，人民出版社 2015 年版，第 1 页。

也许是做这件愉快的事情，身体康复也比预计快了很多，我这个不能在一个地方待着不动的人，便频繁离开成都，深入青藏高原，去国内国外开阔眼界，出去一次回来，往往错过了某种植物的花期。以至于一年可以完成的事情，竟用去了两年时间。①

无论是木本植物还是草本植物，阿来用清新、文雅、灵动的文字并加之精美的摄影图片把成都这座城市的自然风貌展现得淋漓尽致。阿来把科普、城市自然、城市人文互相融合在一起，并由此进入城市的历史、文化与性格。

城市里的花草，跟城市的历史有关。它们是把自然界事物和城市连接起来的媒介，不是简单的审美。植物原来都是野生，被人驯化的过程，便是我们常说的文化……写海棠时我就想到，贾岛在四川的乡下做小官，看到被称为"天下奇绝"的西府海棠林时完全震惊了，写下"昔闻游客话芳菲，濯锦江头几万枝。纵使许昌持健笔，可怜终古愧幽姿"。宋代陆游在成都写梅花"当年走马锦城西，曾为梅花醉似泥"，看到这首诗，当年的生活状态一下子复活了。当时的"锦城西"如今在成都的二环内，更不会有"二十里中香不断"，除了青羊宫和小小的杜甫草堂外，已经没有什么建筑留下来了。寻找一个城市的

① 阿来:《成都物候记·序》,《海燕》,2010年第7期。

记忆，不一定到博物馆找一两件文物或者线装书，把植物的历史挖掘出来，就是一种文化。①

《成都物候记》中几乎篇篇都详细描述了当地的地理状况，大到广阔无垠的森林草原、小到惹人爱怜的虫鱼鸟兽，可以说篇篇生动有趣，文中还附有作者的摄影作品，令人赏心悦目，很能招徕读者眼球。

在不断向大自然探险的过程中，阿来不仅增加了对自身民族居住地地理环境的认识，更积累了种种接触大自然的宝贵经验。为了能够获得真实的体验，他匍匐在大自然的怀抱中，大自然成为他生活乃至生命中的重要部分。正是阿来对大自然、大森林保持着一颗热忱的探索之心，让他懂得大自然对人类是何等的重要，自然的美丰富了人类的生活，也为生活增添了色彩，人类生活是可以和大自然共荣共存的。人不仅要懂得自然的美，更要在享受自然美的同时去爱护自然。阿来用他探险的热情、宽广的胸怀，无不在透露出一种信息，人是大自然的一部分，大自然抚育了人类繁衍生息，人类无时无刻不在享受大自然的恩泽。但是，人类社会的发展，文明的进步却对自然环境造成了极大的破坏，大片大片的原始森林终究难逃被砍伐的命运，自然的美渐渐淡出人们的视野。现代人在文明转型的浪潮中迷失了自己，不知道自己从何而来，也不知道将要走向何方。对此，阿来是个非常清醒的孤独者，他的内心又异常地沉痛，所以才不断地深入大森林，试图找回大自然逐渐丧失的绿意，并在寻找的过程中探寻人与自然和谐相处之道。探险与

① 舒晋瑜：《阿来访谈：我希望通过写作自我修复》，《中华读书报》，2012年5月23日。

旅行让阿来的生命多姿多彩,同时也让他从自然中收获了知识,启迪了心灵。正如他自己所说:"意料之外,是在这山上看见那么多正在开放的花朵,以此看到了生态脆弱的高山草甸还生机勃勃。在自然中,可以想起人类文明的消长与命运。在这里,我想起美国人利奥波德的话:'像山一样思考。'这种思考当然是一种审美,'如同在艺术中一样,我们洞察自然本质的能力,是从美的事物中开始的'。但进入大自然,对于一个现代人,又绝非只是单纯的审美。"①

二、森林资源的破坏及生态环境恶化

旅行与冒险是阿来走进大自然、走进大森林的一种方式,因为"我更多的经历与故事,就深藏在这个过渡带上,那些群山深刻的皱摺中间"②。"其实,一个作家的写作,以及他的审美视阈,与对自然、生态的体验之间必定有着某种神秘的联系。多年来,阿来的创作潜藏着一种隐忧。或许,那是因为他期待在文字之外,存在着一个没有因时代的过渡递进而变迁的属于人类和自然的安详、坦然和平静。尤其当他无数次穿越峡谷、群山、荒野和川流的时候,他所渴望的,一定是生机勃勃的美丽植物的冠冕,而不是被现代挖掘机械践踏过的、被无序补缀过的人工丘陵。因此,这种对植物的书写,写出的可能正是阿来心灵深处对于生命与写作的美好诉求。"③阿来的隐忧源自对高山野地进行多次行走

---

① 阿来:《在西藏文明的源头思考未来》,腾讯大家,2015 年 8 月 12 日,http://dajia.qq.com/original/category/old10005.html。

② 阿来:《大地的阶梯》,云南人民出版社 2000 年版,第 28 页。

③ 梁海:《阿来文学年谱》,复旦大学出版社 2014 年版,第 154 页。

与探险的过程中,他目睹了藏区大量森林被滥砍滥伐的境况,也发现了人们对森林无休止的掠夺给藏区的生态造成了严重的破坏。阿来为人们对大地的无情剥夺深感愤怒,也为森林的不当开发忧心忡忡。更让他心痛的是唯利是图的现代人并不懂得尊重哺育自己的大森林,反而变本加厉,越发地以从大自然中索取来满足不断膨胀的物质欲望,加速了森林的破坏。对此,阿来说道:"只有我们学会了非常尊重自然界以后,才能学会尊重人。因为人也是自然界的一种,按照进化论,是自然界、生物界不断演化、进步,造成的一个伟大奇迹,因此我们不能够毁掉把我们进化而来的那些最基本的、最早期的物体。守护了自然,我们才能感受到世界的美丽温暖,世界美丽温暖,对人会有好的熏陶。"[①]从阿来的话中,我们似乎可以看到,当阿来在满是伤痕的藏区大地寻找人与自然和谐相处之道时,随着时间的推移,他寻求的不只是对大自然、大森林的冒险,保护森林已成为他内心的信仰。在亲近自然的过程中,阿来发现了敬畏自然的智慧,阿来希望自己成为一名虔诚的自然信仰人,拥有一颗为自然祈祷的心,学习尊重自然、并透过文字告诉人们为自然祷告,以谦卑的心抚摸自然、尊重自然、拥抱自然。那么,阿来又是怎样从一个大森林的冒险者转变成一个为大森林祷告的信徒的呢?

这还要从阿来关注藏区生态及藏区的现代化说起。尽管阿来在他三十七岁(1996年)那年离开了生活多年的阿坝高原,来到了成都。但是他的心始终惦念着那块养育他的土地,以及广大的藏区所发生的一切,尤其是那里的生态问题是阿来最为留心在意的,因为他清楚自藏区

---

① 阿来:《我们的自然在哪里》,《青年报》,2016年10月9日。

封闭的大门被迫打开后,藏区也卷进了现代化快速发展的浪潮中。他关心人们如何应对这突如其来的变化,以及在这种变化中又将走向何方。藏区在经历了土地改革、大跃进、"文革"等一系列的运动后,社会结构和文化结构都发生了巨大的转变。藏区古老而传统的文明遭遇了前所未有的冲击和挑战,而这场变革对藏区生态的冲击无疑是最大的。藏区在现代文明的助推下也实现了跨越式发展,但却让藏区付出了失去森林、失去青山的惨痛代价,原始美丽的自然一去不返。虽然,政府和相关环保部门采取了相应的措施应对藏区的生态问题,也取得了一定的成绩;但是,当生态危机在藏区不断地重复出现,并且随着藏区经济的发展而更加一发不可收拾时,阿来悲哀地写道:

年前我曾经回乡一次,回到哺育我最初全部生命与情感的村子,我发觉我开始不认识这个村子了。村子很普通。

那表面的静谧像是被外面喧嚣的世界遗忘了一样。村子四周的山林几乎完全光秃秃了。山坡上裸露出灰黄的泥土与灰白的岩石,四处是泥石流冲刷过的痕迹。那里,记忆中的森林,以及众多的溪流都消失了,故乡童话般的气氛歌谣般的色彩已经消失。……过去,这些江河两岸的丛山峻岭满被森林,洁净的水来自每一片树叶与深藏地下的每一个根须。不管春夏秋冬,水流恒定而清澈。……而现在,电视、杂志、报纸或者传闻都在说长江正在成为第二条黄河,浑浊,充满泥沙,暴涨暴落。而我目睹长江上游的森林地带渐渐消失,众多支流上绿色的湿润的河谷变成褐色,干燥的风卷动无边的尘土,比记忆中北风卷动飞雪还要猛烈。那些深陷河谷冲积台地上出产丰饶的庄稼地、果园或被突发的洪水冲毁,或被久旱所苦,玉米、小麦、青稞奄奄一息,在龟裂的田土中发出最后的喘息。

　　手指缓缓地在地图上滑动,我叹息一声,看到一片广大的地区终于变成了和地图上表示这一地区的深褐的色彩,一模一样的颜色。这已经是我梦境中常有的情景。[①]

这是阿来1991年发表的第一篇生态文章《已经消失的森林》的开头,在尚无环保意识的藏区,保护自然生态的概念已经开始在他的思想深处萌芽,而他也正从该文发表之后,不管身在何处,心中一直都关注着藏区的生态状况。因此,可以说《已经消失的森林》一文中充满了阿来为自然请命的呼告,对藏区生态环境恶化的忧思和对故乡自然的热爱之情,这些在阿来的缓缓叙述中,具有震撼人心的力量。阿来在文中写了那些在不同海拔高度生长了千百年的云杉、杨树、白桦、柏树、落叶松等一棵棵倒在人们的斧头之下,而这一切始于"文革"期间的一场森林大火,又经过国家、集体年复一年无休止的采伐,人们不仅失去了森林、失去了季节变换时的美景、失去了肥沃的土地,也失去了林中的动物。过去,作者家乡的广大地区覆盖着茂密的原始森林,森林中栖息大熊猫、金丝猴、苏门羚、蓝翅鸡、猎豹、鹿等众多国家级珍贵动物,而现在随着森林的消失这些动物也几乎灭绝了。不仅如此,随着森林的消失、水源的枯竭,曾经肥沃的土壤被雨水冲刷之后变得更加贫瘠。"等到残

---

① 　阿来:《已经消失的森林》,《红岩》1991年第1期。

雪融尽,春雨来时,雨水裹着焦炭与灰烬冲下山坡。冲进刚刚长出作物的田土。满含碱分的水流烧死了禾苗,使肥沃的土地板结。人们站在雨水中,看着世代种植的土地默默流泪。……村子变穷了。"①另外《蘑菇圈》《三只虫草》《已经消失的森林》《遥远的温泉》《奥达的马队》《最新的和森林有关的复仇故事》《孽缘》和《鱼》等同样是表达作者的生态忧思。仔细阅读这些作品,会发现阿来对故土的忧思表露无遗:平等依存的世间万物不再融洽和顺,原本富有生命力与灵性的自然万物与人类之间的关系发生了严重断裂,被摧毁的森林、灭绝的百兽、干旱荒芜的山坡以及沁出硝盐的岩石审视着急功近利、欲望膨胀的人们,大地母亲割断了孩子的脐带,从此也拒绝了人类的牵绊。②

在《最新的和森林有关的复仇故事》中,阿来的这种隐痛仍在继续,交则村人和隆村人偷伐白桦树,大发横财,却因利益问题加深了彼此之间的仇恨,上演了一出又一出的悲剧,结局是树砍光了,人也疯了一样。在《随风飘散》中,机村原本是原始而又封闭的自然村庄,但是人们为了修建"万岁宫",以及在大生产运动的要求下,人们进行毁林开荒,那些漂亮修长的白桦林惨遭砍伐,大片大片的森林已被砍伐殆尽。"斧子锋利的刃口一下又一下砍进大树的根部,一块块新鲜的、带着松脂香味的木屑四处飞溅。树身上的斫口越来越深,最后那点木质再也支撑不住大树沉重的身躯,那点木质发出人在痛苦时呻吟一样的撕裂声,树开始倾斜,树冠开始旋转,轰然一声,许多断裂的树枝与针叶,还有地上的苔

---

① 阿来:《已经消失的森林》,《红岩》1991年第1期。
② 张薇:《自然的灵性与小说家的选择》,《青海民族研究》,2006年第1期。

藓飞溅起来，一棵长上了千年以上的大树便躺倒在地上了，再也不会站在旷野里，呼风唤雨了。"①这些被砍伐后的优质树木并没有得到充分的利用，只取了最笔直漂亮的一段，然后运到遥远的大山外边，其余的不是焚烧就是抛弃。树林被砍伐以后不仅鸟儿失去了它们的爱巢，大森林也永远失去了往日的容颜。在《荒芜》中大量的树木被机村人砍伐之后，大片森林的消失导致大自然丧失了自我调节的能力，气候变得反复无常，空气也异常干燥，很多泉眼也随之枯竭了。为了增加下游河水的流量，下人们不得不到上游进行人工降雨。20 世纪 70 年代在"农业学大寨"的号召下，森林再次遭到破坏，"没过多少年，机村周围的山坡就一片荒凉了。一片片树林消失，山坡上四处都是暴雨过后泥石流冲刷出的深深沟槽，裸露的巨大而盘曲的树根围绕着村庄的庄稼地，也被泥石流糟蹋得不成样子了，肥沃绵软的森林黑土消失了，留在地里是累累的砾石。"②泥石流不仅毁掉了土地与庄稼，也冲毁了村民的房屋，无家可归的村民只能依靠国家的救济粮过活。机村人失去了美丽的森林，也毁了自己的生活。《空山》则进一步展示了森林被毁后空气质量下降，河流干涸，泥石流和山体滑坡等频发的情形，日益频发的自然灾害威胁着人们的生活。当阿来行走在藏区的大地上，面对那些被人类伐光了树木，只剩下光秃秃的群山时内心也充满了惆怅。他在《大地的阶梯》中写出了自己的忧伤：

---

① 阿来：《空山·随风飘散》(三部曲)，人民文学出版社 2008 年版，第 57—58 页。
② 阿来：《空山·荒芜》(三部曲)，人民文学出版社 2008 年版，第 366 页。

阳光落在两边光秃秃的破碎不堪的石山上，闪得人双目发痛发干。混凝土一样灰色的山坡上也有绿色，但不是树木，而是漫山遍野的仙人掌。

我只是在画报图片上才看到过这么多、这么巨大、这么千姿百态的仙人掌。图片里的情景是在墨西哥荒野上。我从来没有想到过在中国会有这样一个仙人掌丛生的荒凉地带。

特别令人感到奇怪的是，在汉藏交界的地区，在四川盆地向青藏高原攀升的群山渐渐峭拔的地方，总会有这样一个荒凉的、大自然遭到深重踩躏的地带。由北向南，嘉陵江流域是这样，岷江流域是这样，想不到大渡河流域的情形还要惨烈可怕。科学家把这种荒凉地带称为亚热带干旱河谷。他们还告诉说，这些地区，历史上曾经都是森林满被、和风细雨，但在长达上千年的战火与人类的刀斧之后，美丽的自然变出了一副狰狞的面孔。

自然科学家告诉我们，这些森林一旦消失，整个自然生态将难以再重建恢复。

这个地带在一个国家的两个民族之间，而不是在两个敌对的国家之间，这种没有理性的对大自然的盘剥，最后造成了眼前这种令人发指的景象。这次旅行结束后，我特别注意地想搜罗一些资料，看看这些曾经风调雨顺、绿荫满山的地带，从什么时候起，落到了今天这样的地步。可惜的是，无论在哪一种语言的文书中,我都没有见到过这样的记载。①

正是行走过藏区大地之后经历的种种现实遭遇,使阿来不得不重新调整保护森林的策略,而对藏民族传统文化的接触,使他对保护森林有了新的认识。在尊重森林的基础上,阿来呼吁人们走向森林,以赤诚之心寻求与森林平等相处的和谐关系。从这一点来看,阿来深受美国生态文学作家的影响,阿来自己也承认:"我是受美国自然文学的影响,他们好多知识分子,看到美国的自然环境在工业化进程中被破坏,不光是写书来思考这些东西,而且演讲、呼吁,搞成了一种社会运动,最后美国成为世界上最早注意环境问题的国家。美国的国家公园就是在这种背景下建立的。我读他们的书,甚至我去美国,专门抽时间到蕾切尔·卡逊去过的地方。去年去美国,还专门抽时间去了缪尔书写过并促成其成为国家公园的优胜美地国家公园。"②而利奥波德的"土地伦理"对阿来的影响是巨大的。利奥波德是第一个将人类的道德伦理用于人与自然关系之中的生态思想家,他认为人是自然界的一部分,正如自然界是人的一部分一样,两者是彼此相依的关系,人类应摆脱人类中心主义的立场,尊重自然、保护自然。阿来的生态书写可以说与利奥波德关于人与自然的阐述是一脉相承的,这一点可以从他在《文学里缺位的自然》表述中看出:"我们在这个世界上,人会构成两种关系:一个关系,就是人跟人的关系,这是个主要关系。除了跟人发生关系以外,我们跟环

---

① 阿来:《大地的阶梯》,云南人民出版社 2000 年版,第 45—46 页。
② 阿来:《我一直都在追问,为什么?》,《青年作家》,2017 年第 7 期。

境、跟大自然同样有着紧密的联系。我们可能在一些山水诗里,诸如此类,才看得到大自然,当我们在行走的时候,就会把大自然作为对象进行书写,一花一草,一山一水,描述一个世界。我们不光跟人发生关系,也跟自然发生关系,这个世界才是个完整的,这个关系才是完整的。"①在阿来看来,人与自然界的关系是唇齿相依的关系,人要尊重自然界以及自然界中的一切事物,并要以实际行动去保护自然,为自然的发展与修复留有余地。

阿来为森林祷告,是一种对心灵的净化,实现自然对人的教育和熏陶。阿来越来越看重心灵向自然的体验和回归。阿来以一个大地赤子的心肠全身心地融入森林的怀抱,与森林进行情感的交流。他曾生动地描写了与森林相拥时的种种感触,他说在森林的怀抱中让他对生命与自然有了更深的"看见",对人生突然有一种豁然开朗之感。承认自己是"大地之子"本身就是一种极其谦卑的姿态,只有人类放下自身的骄傲,以一种平视甚至是仰视的态度走进自然,自然也才会打开宽广的胸怀,像母亲一般伸开双臂等待归家的孩子。这样,人与大森林的亲密交流才得以实现,人的心灵也会因此得到净化与升华。在与大自然大森林的亲密接触中,阿来体验到了从未有过的精神愉悦与满足。因此,对阿来而言,成为一名森林的祷告者,不仅是一种心灵的渴望,更是一种精神需求,一种通向内心平静与和谐的幸福之门。阿来将心灵与自然融为一体的观点,不仅是在寻找生态书写的写作空间,也是在探求人

---

① 阿来:《文学里缺位的自然》,腾讯文化,2016 年 10 月 27 日,http://cul. qq. com/a/20161027/033829. htm。

与自然和谐的相处之道，更是提醒人们要珍惜和爱护身边正在渐渐消失的森林。深谙藏民生态伦理的阿来明白，与其一味地指责人们对待森林的恶劣行径，还不如提高人们保护森林的意识，让人们意识到森林的命运与自身的生存休戚相关，破坏森林失去的不仅仅是自然界的绿意，更会错失追求美好生活的机会。当人们学会站在森林的立场反躬自省时，便学会以谦卑的心与森林相处，并以爱森林的心时刻提醒自己。那么，人们就会自觉地为森林祈祷。如此，不仅保卫了自己的生存家园，也守住了美丽的森林。

《大地的阶梯》是阿来在行走自己家乡的土地后凝聚而成的散文集，全面描述了藏地的人文和地理，忠实记录了自己行走过程中的所思所感。在行走的每个瞬间思索着藏区的过往和现在，试图将被大多数人形容词化了的西藏还原成一个实实在在的名词性的西藏。"当我以双脚和内心丈量着故乡大地的时候，在我面前呈现出来的是一个真实的西藏，而非概念化的西藏。那么，我要记述的也是一个明白的西藏，而非一个形容词化的神秘的西藏，因为一个形容词可以附会许多主观的东西，但名词却不能。名词就是它自己本身。"①阿来笔下的藏地复活了许多封存已久的历史，讲述了许多可歌可泣的感人故事，描绘了许多让人流连忘返的美丽雪山湖泊。随着行走的深入，阿来发现大渡河流域、岷江流域以及嘉陵江流域的众多村落生态遭到破坏的事实，他发出了这样的感慨："有一天，我们会突然发现，耳边流动的只是干燥的风的声音，而不是滋润万物与我们情感的流水的声音。先是飞鸟失去了巢

---

① 阿来：《就这样日益丰盈》，解放军文艺出版社 2005 年版，第 136—137 页。

穴,走兽得不到荫蔽,最后,就轮到人类自己了。几乎是所有动物都有勇气与森林和流水一道消失,只有人这种自命不凡、自以为得计的贪婪的动物,有勇气消灭森林与流水,却又没勇气与森林和流水一道消失。"①在作者眼中,自然遭到破坏的藏地不再是那个鸟语花香的世界,也不再是神人合一的人间乐土。如果《大地的阶梯》是阿来行走藏区广袤大地后的随感录,那么《空山》则更强烈地表达了他对藏区生态的忧思。阿来在《空山》中着力为我们呈现了一个叫作机村的村子,在生态被破坏之前,这里美丽宁静,人与自然和谐共处,但是随着村民与外来者无情地将手伸向世代养育自身的家园,机村的生态环境遭到史无前例的破坏,曾经茂密的森林不复存在,机村在失去大片大片森林的同时,他们也失去了他们生活已久的土地。然而这仅仅只是个开始,面对凋敝与荒芜,机村人只得靠国家的救济粮过活。在万般无奈之下,村民们决定迁移到古歌传说中的那个气候宜人、水草丰美的神秘王国——觉尔郎,开始新的生活。阿来怀着极为沉重的心情向读者展现了机村的沉沦与毁灭,作者只是想告诉人们一个简单的道理,人若一味地随己意践踏自然,不懂得敬畏自然,与自然和谐,那么将会酿成无法弥补的恶果。

阿来成为一名生态写作者,是在经历了漫长的学习与无数次深入群山、深入森林之后。阿来对森林的接触始于冒险,在冒险之旅中目睹了人类毁坏森林后心痛不已,随着与森林的不断亲近逐渐成为一名大森林里的祷告者,当阿来为保护森林虔心祈祷的时候,他发现身处消费时代的人们仍然继续破坏着森林,并且更加疯狂地索取着森林中的一

①　阿来:《大地的阶梯》,云南人民出版社 2000 年版,第 53 页。

切,森林中的资源日渐枯竭。人们只顾自身的利益,而大森林的命运却危在旦夕。曾祈祷人们以谦卑的心善待自然的阿来明白要保护好森林,以及森林中的一切,仅仅做一名森林的祷告者还远远不够,还必须让自己的祈愿付诸行动。于是,阿来再一次走入深山,决心成为一名森林的守护者,并为守住最后的、那些仅存的森林中的资源,写下了《三只虫草》《蘑菇圈》《河上柏影》"山珍三部曲"。阿来围绕虫草、松茸、岷江柏三种山珍讲述了青藏高原上那些小人物的平凡生活,以及他们与自然生灵相依相存的故事。

《三只虫草》讲述了藏区的虫草近年来在巨大的市场需求及经济利益的驱动下,价格越炒越高,但作为一种野生的物质资源,却越挖越少。虫草——"它不是绿色的,而是褐色的。因为从内部分泌出一点点儿黏稠的物质而显得亮晶晶的褐色。……是四分之一个小拇指头那么粗。……有点透明的,娇嫩的,似乎是一碰就会碎掉的。"①这个美丽的奇妙的小生命是大森林里的宝贝,但是在消费者的趋之若鹜之下,在那些商人的操纵、鼓吹、宣传、炒作之下,成为人们掠夺、占有和交换之物,甚至成为官场生态链中人们晋升的重要筹码。随着藏区经济的发展,在国家和社会统筹发展的规划中,牧民安定计划的实施让很多以游牧为生的藏民安定了下来。"本来,草原上的学校,每年五月都是要放虫草假的。挖虫草的季节,是草原上的人们每年收获最丰厚的季节。按惯例,学校都要放两周的虫草假,让学生们回家去帮忙。如今,退牧还草了,保护生态了,搬到定居点的牧民们没那么多地方放牧了。一家人

---

① 阿来:《三只虫草》,《人民文学》,2015年第2期。

的柴米油盐钱、向寺院做供养的钱、添置新衣裳和新家具的钱、供长大的孩子到远方上学的钱、看病的钱,都指望着这短暂的虫草季了。"①尽管藏民们过上了定居的生活,但是"为了保护长江黄河上游的水源地,退牧还草了,牧人们不放牧,或者只放很少一点儿牧"②。原本放牧是藏民最主要的收入来源,如今没了放牧,牧民的生活面临着严峻的考验。没有了其他的收入来源,但还得应付柴米油盐、在寺院做供养、添置新衣、购买家具、孩子上学、看病等各种各样的日常生活开支,藏民们只能靠挖虫草赚钱。于是,虫草成为藏民们生活的依靠,成为增加地方财政收入、改善人们生活的重要途径。到了挖虫草的时节,人们争先恐后地奔向山林,为的是能够挖到足够量的虫草,因为虫草意味着一家人一年的收入,这样才能保证一年生活之需。小说开篇,聪明伶俐的小学生桑吉也为了挖虫草而逃学回家,因为虫草寄予了桑吉许多甜美的梦,他希望用虫草换一套自己心慕已久的百科全书,也希望用虫草换来的钱给在省城上中学的姐姐买一件打折的李宁牌 T 恤,给躺卧在床上的奶奶买两包贴病痛关节的痛贴膏。但当人们挖出虫草时,他们的内心会像小桑吉一样有些小小的纠结,"是该把这株虫草看成一个美丽的生命,还是看成三十元人民币? 这对大多数中国人来说,根本不是一个问题,但对这片草原上的人们来说,常常是一个问题。杀死一个生命和得到三十元钱,这会使他们在心头生出:纠结。不过,正像一些喇嘛说的那样,如今世风日下,人们也就是小小纠结一下,然后依然会把一个小生

---

① 阿来:《三只虫草》,《人民文学》,2015 年第 2 期。
② 同上。

命换成钱"①。在搜索几天后,山上的虫草几乎被人们洗劫一空,这些虫草一只只被装进袋子运到省城然后进入市场,而藏民只能等到来年再挖了。市场经济的蓬勃兴起,以及国家快速推进的现代化建设,使藏民们嵌入现代生活的版图之中,藏民们失去了他们古老而又传统的生活方式,但是在新的时代他们又无法找到新的生活方式,于是很多人整天浑浑噩噩,无所事事,只能在虫草季依靠虫草获取生活资料,这种单一的收入来源根本无法改善牧民们的生活,人们的生活仍旧拮据困窘。"这些定居点里的人,不过是无所事事地傻待着,不时地口诵六字真言罢了。直到北风退去,东南风把温暖送来,吹醒了大地,吹融了冰雪,虫草季到来,陷入梦魇一般的人们才随之苏醒过来。"②即便虫草来年还会再生长,但仍然无法满足庞大的市场需求,以及人们日益贪婪的挖掘,虫草终究会有被挖完的一天。面对处于社会转型期无所适从的藏民,阿来借桑吉和他表哥的一次对话表达了自己的感伤,当桑吉劝他的小偷哥哥不要再偷盗时:

> 表哥也露出伤心的表情:"上学我成绩不好,就想回去跟大人们一样当牧民,可是,大人们也不放牧了。有钱人家到县城开一个铺子,我们家比你们家还穷。你这个装模作样的家伙,敢来教训我!"
>
> 桑吉不说话。

---

① 阿来:《三只虫草》,《人民文学》,2015 年第 2 期。
② 同上。

　　表哥又让他去买啤酒。一口气喝了两瓶后，表哥借酒装疯："读书行的人，上大学，当干部。等你当了干部再来教训我！那你说，我不偷能干什么？"

　　桑吉埋头想了半天，实在没有想出什么好办法，就说："那你少偷一点儿吧。"①

　　之所以如此，是因为那个遥远的、神秘的藏地已被迫卷入经济全球化的进程之中，而人们对此却极不适应，因为"我们生活在一个令人迷惑、变化无常、非理性而且脱离了人类控制的世界，生活在越来越难以理解，越来越难以预测的 21 世纪……不管我们创造了一个什么样的世界，毋庸置疑，这个世界是一个全球性的世界。一个地区所面临的不确定性和困难，也是整个国家和世界所要面临的问题。如果这个世界与人类创造者们所预想的有什么不同的话，从某种意义上说，也是因为全球化的特征让它如此与众不同"②。所以，当虫草季来临牧民之间展开的虫草大战或许是全球化在藏区的一个生动表征。牧民们在虫草与生活之间进行抉择时，为了生存，他们只能把手伸向前者。

　　几乎与《三只虫草》同一时间发表的《蘑菇圈》（《收获》，2015 年第 3 期）讲述的是大森林中的蘑菇与虫草一样面临着消亡的危机。小说以时间为序，依次围绕蘑菇展开。曾经，人们与蘑菇保持着和谐友好的关

---

①　阿来：《三只虫草》，《人民文学》，2015 年第 2 期。

②　［英］吉登斯：《全球时代的民族国家》，郭忠华编，江苏人民出版社 2010 年版，第 3—4 页。

系,但是,随着工作组进村以及机村不断向外开放,当人们看到蘑菇可以带来巨大的经济利益时,人们纷纷把手伸向蘑菇。即便蘑菇在1958年"大跃进"时期、1959年至1961年三年困难时期帮助人们渡过了难关,但在市场利益的驱动下,那种敬畏与感恩之心早已消失得无影无踪,就连一贯清心寡欲的寺庙僧侣也把持不住了,他们竟圈山垄断山上的松茸资源,以谋取利益。人们拿着六个铁齿的钉耙上山翻找,于是"好些白色的菌丝——可以长成蘑菇的孢子的聚合体被从湿土下翻掘到地表,迅速枯萎,或者腐烂,那都是死亡"①。当越来越多的人因松茸而为之疯狂时,阿妈斯炯却为如何守住蘑菇圈而煞费苦心。然而,丹雅利用高科技手段派人偷偷跟踪阿妈斯炯,发现了蘑菇圈,并以国家的名义企图霸占和掠夺,这让阿妈斯炯陷入了深深的迷惘。"你以为你把我的蘑菇圈贡献出来人们就会被感动,就会阻止人心的贪婪?不会了。今天就是有人死在大家面前,他们也不会感动的。或者,他们小小感动一下,明天早上起来,就又忘得干干净净了! 人心变好,至少我这辈子是看不到了。也许那一天会到来,但肯定不是现在。我只要我的蘑菇圈留下来,留一个种,等到将来,它们的儿子孙子,又能漫山遍野。"②其实,早在1991年阿来就曾写过名为《蘑菇》的小说,书中就已经写日本人动用直升飞机到山里高价收购松茸,一石激起千层浪,山里面从前自生自灭、只被松鸡取食的一种蘑菇,突然成为稀罕之物——当地嘉绒藏族的人们第一次知道它名为"松茸"。在找松茸的混战中,亲情、友情和

---

① 阿来:《蘑菇圈》,《收获》,2015年第3期。
② 同上。

人们原本质朴的生活观念都开始面临挑战,虽然松茸给大家带来了经济收益,但明显有一些东西在失落:当年小嘉措与外公"抓"松茸的亲切场景,以及外公给蘑菇生长地取名的诗意举动,都在经济利益的驱使下一扫而空了。原本无名的自然之物被命名、被标价,无异于对前现代世界诗意的"祛魅",这令人倍感失落和不适。这篇作品和 20 世纪 90 年代的文学表述一起,构成了对市场经济蓬勃兴起的见证,表达了对经济全球化的感知,也几乎本能地具备了对现代性的反思视角。在《蘑菇圈》的写作中阿来自己也谈道,他警惕自己不要写成奇异的乡土志,不要因为所涉之物是珍贵的食材写成舌尖上的什么,从而把自己变成一个味觉发达,且找得到一组别致词汇来形容这些味觉的风雅吃货。阿来相信,文学更重要之点在人生况味,在人性的晦暗或明亮,在多变的尘世带给我们的强烈命运之感,在生命的坚韧与情感的深厚。他愿意写出生命所经历的磨难、罪过、悲苦,更愿意写出经历过这一切之后,人性的温暖。即便看起来,这个世界还在向着贪婪与罪过滑行,但他还是愿意对人性保持温暖的向往。就像他笔下的主人公所护持的生生不息的蘑菇圈。①

《河上柏影》也和前两部小说一样,作者关注的是消费时代下备受消费者青睐并且行将消亡的一种植物——柏树。"岷江柏木为中国特有,为长江上游水土保持的重要树种,和干旱河谷地带荒山造林的先锋树种。岷江柏(渐危种),常绿乔木,分布于四川和甘肃两省的大渡河流域、岷江流域和白龙江流域海拔 890 米至 2900 米的峡谷两侧或干旱河

---

① 阿来:《蘑菇圈》,人民文学出版社 2016 年版,序。

谷地带。……岷江柏为喜光、深根、耐旱的树种，对坡向选择不严，多生于立地条件极差的悬崖徒壁，仅在少数峡谷地带有小片林地，常以纯林状态出现，……现今的岷江柏分布于三个连续不同地区，即岷江流域的四川省茂县、汶川、理县为一分布区；大渡河流域和四川省马尔康、金川、小金、丹巴为一分部区；白龙江流域的甘肃省舟曲、武都、文县和四川省九寨沟县为一分布区。三处水平分布范围共约 18580 平方千米。……岷江柏在其分布地区内还有若干大树，单板或几株聚生。这些大树一般是生长在寺庙、学校、宅院以及交通不便的山上，被当作神树、风水树而被保存下来。"①虽然岷江柏木对于保持长江上游地区的生态平衡发挥着巨大的作用，但如今这一神奇的树种也面临着消亡的危机。《河上柏影》中，村民们在柏树的荫庇下过着简单而宁静的生活，一年又一年，一代又一代，柏树成为村庄兴盛与衰败的见证者，更成为村民代代繁衍的记录者。"当一株树过了百岁，甚至过了两三百岁，经见得多了：经见过风雨雷电，经见过山崩地裂，看见过周围村庄的兴盛与衰败，看见一代代人从父本与母本身上得一点隐约精血便生而为人，到长成，到死亡，化尘化烟。也看到自己伸枝展叶，遮断了那么多阳光，遮断了那么多淅沥而下的雨水，使得从自己枝上落在脚下的种子大多不得生长。还看见自己的根越来越强劲，深深扎入地下，使坚硬的花岗岩石碎裂。看见自己随着风月日渐苍凉。"②然而，时过境迁，中国大地发生了巨大的改变，商品经济已迅速蔓延至遥远的村庄，利欲熏心的商

---

① 阿来：《河上柏影》，人民文学出版社 2016 年版，第 4—5 页。
② 同上，第 9—10 页。

人们接踵而至,那个静谧和谐的村庄也变得躁动不安。当村民们认识到山上某种石头值钱时,便开启了疯狂抢挖的模式,于是,手里的采挖工具变成了驱逐外来人的武器。好几场本地人和外来人激烈的冲突后,双方都有人被打裂了脑袋,打折了手脚。但人们的疯狂互相传染的速度是那么迅猛,一个小村庄的人无法阻止越来越多做着怀着暴富梦想的人的涌入。他们无奈地停止了不见效果的砚石保卫战,重新加入了疯狂的采挖大军。后来,更有功能强大的挖掘机械开进了现场。很快,村子四周好几平方千米范围内两三厘米深的地表就被翻掘了不止一遍。原先布满了野桃树林和栽植了许多小岷江柏的河岸与山坡像被重炮反复轰击过一样。于是,有人开始向地下更深处实施爆破了。① 然而,这仅仅只是一个开始,人们把目光转向了与村民风雨相伴的柏树。为了促进经济发展,县里的领导发现了村中柏树的商机,于是大力开发旅游资源。为了开发旅游景点,投资商们用石灰水泥糊树,并筑造通往柏树的台阶,供人们瞻仰朝圣,但是石灰水泥却断绝了柏树的根须从土壤中吸取柏树生长所需的养分,导致柏树枯死。最后,村庄没了,柏树也消失了。这是一个悲剧,导致这一悲剧的不是村民的愚昧无知,而是在现代化的步伐下,那些被欲望冲昏了头脑的干部们、商人们以及消费者们。因为利益、因为消费,中国大地上的柏树正如村前的那五棵岩中的柏树一样在迅速走向毁灭。

2016 年 8 月 21 日阿来在上海做客节目《一席》时以"以自然本身的面目热爱自然"为题做了演讲。在演讲中,阿来谈道:

---

① 　阿来:《河上柏影》,人民文学出版社 2016 年版,第 4—5 页。

去太行山旅行,到了太行山感受到了太行山的雄伟,但是另外一种情形也非常地触目惊心,就是那些有着巨大坚硬岩石身体的山,就剩下满山的石头了,很少有草,几乎没有树,但是即便在这样的情况下,还看见岩缝当中到处有人活动,他们并不是在做某种类似攀岩的活动,而是在寻找一种太行山几乎消失的东西——崖柏。因为在岩石中生长,所以它的纹理很漂亮,我们消费主义时代的这些人,这些年来我们又有了另外一个特别疯狂的特别奇怪的爱好,就是喜欢一些很扭曲的东西做点小东西小摆件,更重要的是我们现在喜欢戴珠子,用木头做成的珠子受到人们疯狂的追捧,以至于要驱使更多的人冒着生命危险在山里头去把最后残存的一点树根都要挖出来运到市场上,把大自然当中保存的最后一点点生命的根子都重新挖出来。如果这些东西不把它挖出来有一些还可以重新萌发出新芽,大自然还可以进行自我修复。我们经常讲没有需求就没有杀戮,我们不光是在动物界进行杀戮,我们在植物界也在进行。这种对自然的疯狂破坏跟杀戮,我觉得非常痛心。虽然太行山上的崖柏已经没有了,但是手串爱好者对这个东西趋之若鹜,人们只能用岷江柏代替崖柏,尽管岷江柏是国家濒危二级保护植物,但是人们还在盗伐然后偷运到别的地方。也许再过十年二十年,那么我故乡的这片大地上,大河两岸,那些雄伟的树影终有一天可能也会从我们的眼界里头彻底消失。所以我就提前为一种还没有消失的树木给写了一个悲悼文。①

正是因为人只看见利益所以才会贪婪地并且不断地向自然界索取,当然,阿来并不是一味地对其进行指责批评,他也明白,有些索取是为了吃饱饭,为了生存。他不能容忍的是那些没有必要的索取,因为它既不是为了解决我们的生存问题,也不是为了解决我们心灵的问题,更不是为了解决人与人之间的问题,而是为了满足自我的私欲,正是这些私欲岷江柏才会遭受如此残忍的对待。为了守住大森林中的岷江柏,阿来在《河上柏影》的最后说出了自己的心声:"是的,树不需要人,人却需要树。因为这种需要,人使这个世界上的树越来越少。有某一门类的科学考证出,正是某个气候大变化的时代,树大面积死亡,森林变成草原,某种猴子不得不从树上下来,从而慢慢变成人。而这些人,正在获取越来越大的力量,正有越来越多的欲望支配他们制造越来越多的理由,使这个叫作地球的星球上的树越来越少。这个世界上已经消失过很多树了,这个世界也已经消失过很多人了。科学告诉我们,最终连生长树与人的地球都会消失。所以,本书所写的岷江柏和岷江柏下人的命运也是一样。但自有人类以来,就有人在做记录那些消失的人与物的工作,不为悲悼,而为正见。不然,人就会像从来没有在地球上出现过一样。"②在阿来看来,人与自然的关系不是利用与索取的关系,作为大自然生命共同体当中的一员,我们与自然是彼此平等、彼此友好的

---

① 阿来:《以自然本身的面目热爱自然》,引自阿来坐客节目《一席》中的演讲。
② 阿来:《河上柏影》,人民文学出版社 2016 年版,第 217—218 页。

关系,我们不能自高自大,以傲慢或者粗暴的态度对待自然,而应该学会尊重自然,学会欣赏自然,学会像利奥波德所说的那样"像山一样思考"。站在自然的角度反观我们自身,就像阿来所说,当我们每个人都在不断索取,不断需求的时候,我们又希望我们是喝干净的水,我们又希望我们呼吸到新鲜的空气,我们希望我们的地里都没有农药,那几乎是不可能的,没有希望的。所以环境问题不是直接把农药喷到地里的那一个人造成的,空气、水也不是直接播放污染源的那个人造成的。那些人直接造成污染,当然他们负有更大的责任,但其实我们每个人也负有相当的责任,因为他那么做是由消费来支撑的,我们也是这样循环链条上的一个链条,我们经常有很多环保主义的、自然主义的宣传,今天不要汽车了,明天不要干什么了,其实最最重要的还是从更深层次的情感上来解决问题,更深层次的认知上面解决问题。[1] 阿来进一步说道:"这些年来,我有一些思考。今天我们中国的生态问题、环境问题,越来越严重。在这样一种严酷的生态环境、自然环境里头,我们从大自然索取物品,消费到一个什么样的程度,必须要考虑到让大自然还有再生和自我修复的那种能力,而不是我们今天做的竭泽而渔。同时,我们的消费行为,不管你消费任何一个东西,它都一定会增加我们环境的负担。"[2]

　　阿来用他冒险家的步履和眼光,在藏区对那些被人类自身所破坏的地区进行一一寻访。他怀抱着守护藏区自然生态的使命感,试图将

---

① 阿来:《以自然本身的面目热爱自然》,《一席》,2016 年 8 月 21 日。
② 阿来:《尊重自然,与每个人都有关系——阿来访谈》,《江南》,2017 年第 2 期。

大自然中那些美好却又正在一点点消失的绿意——珍藏。藏区自20世纪 50 年代开始大力发展经济以来,生态环境就遭到极大的破坏。尽管阿来意识到个人的力量无法扭转藏区生态日益恶化的事实,但是还义无反顾地充当着藏区环境保护的先驱者。多年以来,他用笔记录了人们在利益的驱使下无情地踩躏大地母亲、并且残忍地摧毁美丽的大自然的事实,书写藏区自然生态一步步走向破坏的现实,希望用书写唤醒人们麻木的心灵,呼吁人们伸出呵护自然的双手。

三、轮荒与乱牧下的土地退化与荒芜

在藏民族的传统观念中,人们认为土地是有灵性、有生命的,所以,土地也可以孕育出生命。藏地一直是一个以农业为主的地区,有着源远流长的农业播种历史,积淀了灿烂的农耕文化。直到今天,农业在藏地农业产业的比重比其他任何产业都高。"土地"不仅是农业生产和发展的基础,而且也是人们生存和繁衍的场所。"土地"在藏民的心中扮演着非常重要的角色,人们相信土地是神所赐,代表着神对黎民百姓的爱。土地神不仅掌管着土地上的一切,还掌管人们的生活。所以,在藏历规定的春播节前的某一天,人们会筹备青稞酒,准备给牲畜佩戴的装饰品。到了春播节的那天,人们要举行隆重的祭祀仪式,把准备好的牲畜赶到自己的土地中祭祀土地神,祈愿土地神能够保佑并祝福收成。此后,人们带着青稞酒,以及其他的供品和经幡,高唱颂词来到自己的田地开始春天的播种。人们相信自己能够有今天的生活全都是因为土地的赐予,土地生出土产养育人们。人们对土地不仅充满了感激之情,在日常生活中对土地也怀有敬畏之心。人们不会随意对待土地,更不

会随意开垦土地。人与土地之间的关系不再是一种简单平等的关系,土地是具有灵性的赐予者,人们只能在神明的允许下才能使用土地,因而也就不会有盲目开垦土地和滥用土地的行为。人不仅要爱护土地,更要怀着一颗敬畏的心使用土地。

所以,为了保护土地,藏区实行半农半牧的生产方式。当家畜的数量大幅增长,会适当地加以限制,为了保护草原也会选择季节,采用逐水草而居的生活方式,当然也不会为了高产量而无限制地开发土地。无论是放牧还是进行农业耕种,人们都只是为了获取日常生活的基本需要。因为不追求经济效益与经济利益的生产活动,藏族民众的生活生产资料也极为匮乏,生活异常艰难。可以说,正是一代又一代藏族民众的努力与坚守,才为地球保存了一块优美与宁静的人间净土。然而,时移世易,藏区被迫从前生态向生态转换。藏区的土地面临着危机,人与土地之间那种和谐友好的关系已荡然无存。

首先,土地荒漠化问题越来越严重。藏区人口不断增加,加大了对土地资源的利用强度。为了发展农业人们肆意地开发森林、草地,但是过度开发却导致了生态退化。对自然资源的开发使得沙化进一步加剧,而沙化破坏了土壤的结构,土壤结构的破坏又造成了可供利用的耕地及草地逐渐减少。土地沙化后长期处于裸露与半裸露的状态,加上缺乏治理和植被保护,极易形成风沙,对人们的生产和建设带来严重的影响。另外,土地沙化也容易形成沙尘天气,不仅影响当地人的生活,也会影响到周边民众的生活。

其次,草原退化、水土流失问题也异常突出。长期以来,由于不合理的开垦和过度放牧,草原遭到严重破坏,而草原破坏后得不到及时修复和保护,导致草原生态日趋恶化。造成这一问题的根本原因主要是人们忽视了草地承载牲畜的能力,盲目追求牲畜的数量,扩大畜牧的范围,致使牲畜的采食量远远超过牧草的恢复与再生速度。除此之外,人们加强了对草原的开发,并且采取掠夺式经营,忙于开发建设却疏于保护,加上草原监管的滞后及环保意识的淡薄,导致了草原资源的破坏与枯竭。随着草原的被破坏,沙化的加剧,草地蓄水能力也逐渐降低,水土流失现象日益严重。

另外,生物多样性遭到破坏。生物多样性是人类赖以生存的基础,生物多样性的保护与生态安全屏障保护和建设相辅相成。青藏高原草地、森林、湖泊和湿地等生态系统受到破坏,高原特有物种和特有遗传基因面临损失的威胁。由于不合理的放牧和脆弱环境的综合影响,青藏高原草地原生植物群落物种减少。① 青藏铁路的建设开通对该地区的生物造成了一定影响,铁路工程建设活动对这些群落类型会造成较大的破坏和影响,除了路基工程的直接占用造成该类群落植被、土壤的破坏外,路基工程的切割分化,也将导致该类群落的萎缩和退化。调查表明,在年平均降水量 200 毫米以上的地段,破坏三十年后物种丰富度基本上可恢复到破坏前的水平。但植被覆盖度的恢复要慢得多。在一般情况下,植被覆盖度恢复到破坏前的水平至少需要四十五年以上;如原始土壤受破坏程度较严重,植被覆盖度的恢复需要六十年以上。②

---

① 孙鸿烈等:《青藏高原国家生态安全屏障保护与建设》,《地理学报》,2012 年第 67 卷第 1 期。

② 《揭秘青藏铁路环评报告,植被覆盖度恢复需 60 年》,《第一财经日报》,2006 年 6 月 28 日。

作为一个土生土长的藏族人,阿来深受藏区土地伦理的影响,明白土地与民众之间的血肉联系。当看到藏区从前生态向生态转换的过程中土地遭受严重的破坏时,他的内心也异常地痛楚。但是,阿来并没有从一开始就对破坏土地的行为给予抨击,而是循序渐进,在叙述故事中把土地危机带来的严重后果娓娓道来。在《尘埃落定》中麦其土司为了牟取暴利,巩固自己的权力,在他的领地上开垦了大片的罂粟地,叫原本以种谷物为生的农民投入耕种罂粟中来。罂粟的确给麦其土司带来大量的财富,但是罂粟也带来了频繁的战争,为了争夺罂粟种子,土司与土司之间展开了激烈的较量,黎民百姓也深受其害。然而即便因罂粟战火连连,也不能阻止罂粟花红遍土司大地的每个角落。罂粟的推广不仅使土地遭受破坏,粮食减产,又加上旱灾令鸦片价格下降,"饥荒"使村民的生存受到严峻的挑战。土司大地上出现了饿死人的现象,而土司的官寨中却囤积了吃不完的麦子和玉米。当人变得狂妄自大不尊重自身赖以生存的土地时,也丧失了原始的道德、理性和情感,取而代之的是赤裸裸的占有、杀戮和可怕的死亡。但是土司们并没有意识到罂粟给这片大地带来的伤害,罂粟不仅破坏了这里的宁静,夺走了人们的心灵,还加速了土司的覆灭。自此,土司由盛转衰,并最终从这片土地上消失。阿来在另一篇小说《荒芜》中也讲述了类似的情形,荒芜给机村人带来了生存的压力与恐慌,被饥饿折磨的机村人为了生存,开始开荒,机村的土地也由此遭到破坏,毁坏土地并没有给机村带来财富和机遇;相反,人们的生活陷入更加艰难的境地,日子过得更加不易。

虽然如此,在人类仍然扮演着征服者的角色,他的土地仍处于奴隶和仆人地位的时候,(土地)保护主义便只是一种痴心妄想。只有当人们在一个土壤、水、植物和动物都同为一员的共同体中,承担起一个公民的角色的时候,保护主义才会成为可能;在这个共同体中,每个成员都相互依赖,每个成员都有资格占据阳光下的一个位置。^① 但是当把土地的破坏与人们的生存联系起来的时候,就会发现人们破坏土地是为了生活,仅仅是为了能够活下去才把自己的双手伸向养育自己的土地。《尘埃落定》中的村民,他们受土司的辖制,服从于土司的命令而疯狂地开垦土地种植罂粟,因为只有这样他们才能活着。《荒芜》中的村民忍受饥饿,不得已才走出家园开始毁林开荒。所以人们破坏土地,违背内心的意愿是出于对现实的无奈,在生存与毁坏两者之间只能选择前者,而毁坏带来的苦果也只能默默忍受。对于这样的现实,是否定批评,还是怜悯宽恕,我想阿来也没有答案。不过,可以肯定的是,阿来的书写把这样一个复杂的事实展现在读者面前,展现出了他对藏民族的爱和关注,更显示出他想通过这样一种方式寻找人与土地能够和谐发展的出路。

第二节　动物形象的书写与物种消失的反思

地球上,人类与动物有着千丝万缕的关系,人类与动物相生相克、不弃不离。人类曾把很多动物当作神物而膜拜,但是在人类以自我为

---

① ［美］奥尔多·利奥波德:《沙乡年鉴》,候文蕙译,吉林人民出版社1997年版,第98页。

中心的时代语境中,动物在被奉为人类朋友与伙伴时,又成为人类残杀的对象,成为人类刀俎下的食物,成为人类牟取暴利的工具。作家们在惊惧之余思考人和动物的关系,反思人类曾经的作为。

动物书写并不是时下才出现的文学创作现象,因为在世界文学漫长的历史长廊中也有动物书写的印记,尤其是奥地利、英国、加拿大、美国、日本等国的动物书写有着深厚的历史积淀,涌现出许多杰出的动物书写作家,他们创作出了许多的经典佳作。如:厄尼斯特汤·西顿的《雷鸟红领子》,法利·莫厄特的《与狼共度》《鹿之民》,杰克·伦敦的《野性的呼唤》,约瑟夫·鲁德亚德·吉卜林的《丛林之书》,欧内斯特·米勒·海明威的《老人与海》,赫尔曼·梅尔维尔的《白鲸》,弗兰兹·卡夫卡的《变形记》,埃诺莉·阿特金森的《义犬博比》,维·阿斯塔菲耶夫的《鱼王》,阿普列尤斯的《金驴记》,塞万提斯的《双犬记》,乔纳森·斯威夫特的《格列佛游记》,安娜·休厄尔的《黑美人》,霍夫曼的《雄猫穆尔的生活观》,列夫·托尔斯泰的《霍尔斯特梅尔》,尤奈斯库的《犀牛》,特罗耶波利斯基的《白比姆黑耳朵》等,奠定了动物书写在世界文学长廊中的独特地位。

当然,动物书写并非西方独有,早在《诗经》《山海经》《庄子》《搜神记》《任氏传》《太平广记》《西游记》《聊斋志异》等中国古典名著中就有书写动物的故事。从《诗经·国风·相鼠》中的"相鼠有皮,人而无仪! 人而无仪,不死何为? 相鼠有齿,人而无止! 人而无止,不死何俟? 相鼠有体,人而无礼! 人而无礼,胡不遄死?"。从以鼠论人品,到《西游记》中以动物为原型对各种神怪的描绘,再到《聊斋志异》中对具有超凡能力的动物群像的歌赞。先贤们用智慧书写动物的故事,或是描绘人与动物的和谐共处,表达人与动物的密切关系,或是寄情于动物以此反抗社会的黑暗。这些动物被人们赋予了丰富的文化内涵,凝聚了古人的智慧,展现了丰富的想象力和创造力,真实再现了古代先民的生活,成为珍贵的历史遗产,更成了我们走进历史、认识历史的重要指南。动物书写成为中国文学创作中的重要一脉,并在历史的发展中不断传承下来。现代文学史上的作家们仍衷情于动物书写,鲁迅的《兔和猫》、郭沫若的《天狗》、臧克家的《老马》、许地山的《缀网劳蛛》、老舍的《猫城记》等可以说是对古代动物书写的延续与拓展,作家们或是表达对动物的喜爱,或是借动物反观自身或者是考察社会抑或是剖析中国的国民性。但是在那个动荡不安的年代,作家们书写动物并不是以动物的视角看动物,而是从自身的立场,从人的视角看动物,作家们所塑造的动物无形之中被披上了神秘的面纱。所以,这一时期还未出现真正的动物书写。真正的动物书写的出现是在文学进入新时期以后,中国文坛陆续涌现出了许多书写动物的作家,他们也创作出了许多优秀的作品,如:蔺瑾的《冰河上的激战》,宗璞的《鲁鲁》,莫应丰的《鹿山之迷》,赵本夫的《那原始的音符》,王凤麟的《野狼出没的山谷》,金曾豪的《苍狼》,朱新望的《秃尾狮王》,沈石溪的《第七条猎狗》,李传锋的《退役军犬》,姜戎的《狼图腾》,杨志军的《藏獒》,李克威的《中国虎》,叶广芩的《老虎大福》,雪漠的《大漠祭》《猎原》,郭雪波的《大漠狼孩》,贾平凹的《库麦荣》《怀念狼》,郭雪波的《银狐》《母狼》,京夫的《鹿鸣》,张炜的《刺猬歌》,马福林的《一只俄罗斯狗在中国的遭遇》,严歌苓的《爱犬颗韧》,王瑞芸的《画家与狗》,迟子建的《越过云层的晴朗》,漠月的《父亲与驼》,温亚军的《驮水的日子》,叶楠的《最后一名猎手和最后一头公熊》,陈应松的《豹子最后的舞蹈》《松鸦为什么鸣叫》《狂犬事件》等,都涉及人与动物之间的关系问题。

姜戎的《狼图腾》以知识青年陈阵等人的视角,讲述了在内蒙古插队时期与游牧民族、草原狼相依相存的故事。在知识青年进入内蒙古以前,这里保存着游牧民族的生态特点,他们在草原上放牧马、牛、羊,自由而和谐,他们的生活简单而快乐。虽然他们的牲畜也经常遭到草原狼的残害,但是,狼也是捕食不利于草地生长的大黄羊,这在一定程度上保持了草原的生态平衡。牧民深知是草原狼给草原带来了生机,带来了宁静,带来了和谐,所以把狼当作他们崇拜的图腾。但是当插队工作组进入以后,这一切也随之改变,因为人们无耻贪婪的欲望,狼及草原上的野生动物遭到大规模的捕杀,甚至将草原狼完全消灭,草原生态由此遭到破坏。除此之外,工作组还私自填湖泊盖工棚,强行把牧业改成农业,这不仅加速了草原的退化,沙化也越来越严重。作为破坏草原的参与者,陈阵等知识青年目睹了草原生态的变迁,面对日益严重的沙化,他们意识到是人类对草原生物的残杀,以及对草原资源掠夺把草原推向毁灭。见证过这一巨大的灾害,他们明白了草原上的一切包括人类都是生而平等的,是和谐而统一的整体,每个物种之间不应该彼此伤害而应该彼此相爱。作为自然的一分子,人不应该凌驾于其他生物之上,而应去尊重其他生物,使人与其他动物得以在地球上各安其所。作者这种尊重生命、尊重土地的生态理念,饱含了自然和历史的文化智慧,把人与动物的关系上升到生态伦理层面上,不仅透出作者对保护自然动物的生态平衡念想,也对人类自身发出警告,提醒我们应该跳开狭隘的个人主义,学会以草原上的各种生命为视角来看待眼前的世界。

无论是温亚军《驮水的日子》中守卫边疆哨卡的战士们与翠驴之间从对抗到彼此接纳的故事,张云《寻找太阳》中边塞战士与小羊羔相互依存的关系,还是马福林《一只俄罗斯狗在中国的遭遇》中俄罗斯狗与主人惺惺相惜的故事,书写的都是人与动物的故事。这些小说将人与动物相互依存的关系描述得淋漓尽致,表达了人与动物亲密无间的关系。动物是人类的好朋友,动物不仅能丰富人的生活,还能让人的生命增添诗意,体会生命的勃勃生机。人应该转变对动物固有的思想和观念,才能更好地尊重动物,善待自然,与动物和谐相处。

作家们从动物的角度进行创作,不仅写出了人与动物之间的亲密关系,而且也从动物立场来观察现实社会,进而反观人类社会,在审视动物命运的同时也在反思自身的行为。因为随着人类社会的发展,人类加深了对自然的掠夺,森林的破坏和环境污染的日益加剧,越来越多生活在自然中的动物失去了它们的家园,有的甚至惨遭人类无情的杀戮。对此,作家们纷纷推出自己的作品为动物立言,就如朱新望所言:"我写动物小说,的确是想为世界上的另一部分生灵说话。"①为动物立言,也就是关心动物的生活,关心动物的生命。其实,动物也和人类一样有着它们生活的世界,有着它们的喜、怒、哀、乐,有着它们的情感归属,但是当遇到灾害或者迫害时它们无法言说自身的疼痛,作家们的书写为的是呼吁人们保护自然界当中那些可爱的生灵,因为"我们越是观察自然,我们就越是清楚地意识到,自然中充满了生命……每个生命都是一个秘密,我们与自然中的生命密切相关。人不再能仅仅只为自己

---

① 朱新望:《狮王退位以后》,新蕾出版社 1998 年版,自序。

活着。我们意识到,任何生命都有价值,我们和它不可分割。出于这种认识,产生了我们与宇宙的亲和关系"①。

作家们从自身的角度或是从动物的立场书写动物,但由于每个人的生命体验不同,对动物也就有着不同的认识和理解,因而所赋予的情感和得出的结论也不同。对阿来而言,他没有上述所列举的那些作家有那么多书写动物的作品,但是,在阿来的创作中也有书写动物的故事,透露出他对动物的独特情感与思考。其主要体现在以下几个方面。

一、万物有灵:尊重与敬畏生命共同体的真实写照

"敬畏生命"是阿尔贝特·史怀泽生命伦理学的核心思想。史怀泽把伦理的范围扩展到了自然界当中的一切动物和植物,他认为对于自然界中一切有生命的个体,都必须对它们给予敬畏。"善是保持生命、促进生命,使可发展的生命实现其最高的价值,恶则是毁灭生命、伤害生命、压制生命的发展。这是必然的、普遍的、绝对的伦理原理。"②在史怀泽看来,如果生命的伦理只包含人的生命伦理那是不完整的,只有将自然界当中一切有生命的个体纳入伦理的范畴,生命伦理才是完整的。之所以要敬畏一切生命,是因为人并不是孤立地存在于这个世界,而是无时无刻不与周围其他的生命发生着密切的联系,人类与其他生命是唇齿相依的关系。敬畏其他个体的生命,也就是在敬畏人的个体生命,

---

① 陈泽环、朱琳:《天才博士与非洲丛林:诺贝尔和平奖获得者阿尔贝特·史怀泽传》,江西人民出版社 1995 年版,第 156 页。

② [德]阿尔贝特·史怀泽:《敬畏生命》,陈泽环译,上海社会科学院出版社 1995 年版,第 9 页。

如果人不懂得敬畏与尊重生命共同体,那么总有一天,人类也有可能遭到大自然的惩罚。所以,人应该懂得反省自身的行为,承认其他生命的价值,在彼此尊重中,与地球上的其他生命风雨同舟,携手共进。

"万物有灵"这一思想最早由活力论者(vitalist)格奥尔格·恩斯特·斯塔尔(Georg Ernst Stahl)提出,是一种原始的宗教教义,指的是自然界中的神灵。爱德华·B.泰勒在格奥尔格·恩斯特·斯塔尔的基础上做了进一步的阐述,他用"万物有灵"去分析和解释远古人类对灵魂和神灵的普遍信仰,他认为"万物有灵"是所有宗教的哲学基础。古人形成"万物有灵"的思想是因为"在人类发展的初级阶段,由于人的力量是有限的,所以在大自然面前表现出敬畏情绪是理所当然的。人类在恐惧大自然的同时,也力图战胜大自然。在人类自身力量薄弱的远古时代,人们只能把希望寄托于超然于人类力量之上的神灵"[1]。"在灵魂观念滋润下的原始宗教思维中,人与野兽及万物的灵魂并无明显界线,人与动植物、无生命的事物的灵魂之间可以互相转移。同时,万物都具有它自身的灵气,人性和生命不仅被归之于人和野兽,更被归之于物,山川河流、草木石头、工具物件等都被当作有灵性的对象看待,而神话传说此时便应运而生。"宇宙间充满了许多有神的性质的幽灵"[2]。

藏地传统文化中有非常浓厚的"万物有灵"思想因子,这得益于他们丰富的宗教文化及神话传说。苯教是藏区的传统宗教,有"本波""木本""钵教""黑教"等称法,所谓"苯"指的是人对自然万物的朴素认识和

① 胡铁生:《生态批评的理论焦点与实践》,《吉林大学社会科学学报》,2009 年第 5 期。
② 北京大学外国哲学史教研室编译:《古希腊罗马哲学》,商务印书馆 1961 年版,第 105 页。

总结,它有一个最为核心的内容就是相信万物有灵,无论是在天上地下,沧海旱地,高山湖泊,日月星辰,还是在人和各种动、植物中都存在着神性。也就是说,世间的万物都居住着神灵。后来,随着佛教的传入,这种新型的宗教逐渐取代了苯教的正统地位,对苯教的生存和发展造成了极大的冲击。但是佛教中的"六道轮回""灵魂不灭"等思想与苯教的"万物有灵"有着不谋而合之处,大多数藏民也并没有因为佛教的传入而放弃对苯教的信仰,使得苯教在艰难的处境中得以流传下来,成为一股强大的力量。在万物有灵的观念下,藏族人民对自然极为崇敬。在藏族人民的信仰中,自然是永恒存在的,自然界是无限的,神灵遍布在天地之间,这些神灵的活动使得自然现象发生,而这些神灵的性格中也涂上了自然现象本身的特性。由于藏族人民认为大自然的每一种现象创造了一个大致反映其特点的神。在藏族神话中,代表自然现象的神祇系列包括日神、风神、星神、山神、河神、世纪神、年神、月神、日神、小时神、春神、夏神、秋神、冬神。被拟人化的自然力成为藏族神话中一个个活生生的神的形象。他们自身的特征就是这种自然力的特征,这一点表现了藏族人对自然力的朴素理解和基本认识。藏族人将满腔热情诉诸形象思维,这种形象思维虽然粗糙却很有原创性。各种印象都没有经过深思默想或者综合分析,只是印象式的。这些促使藏民形成了各种各样的自然崇拜,如对山川树木的崇拜,对日月星辰的崇拜,对龙神、年神、赞神的崇拜,对土地神和家神的崇拜,他们以平等之心对待万物,这些神灵各司其职,共同守护着整个藏区大地。这种崇拜自然的宗教理念,不仅是藏族人民敬畏自然的本真表达,更是藏族人民的一种精神寄托。在他们看来,自己所信奉的神灵不但为藏区带来福祉,也为自己带来了平安和幸福。"万物有灵"帮助藏族人民认识自然、感受自然并进而指导人们与自然和谐相处。这一生态观成为藏民族传统文化中最为重要的组成部分,在时间的长河中显现出越发耀眼的光芒。

在藏民族心目中具有至高无上地位的佛教为生态保护提供了理论依据。佛教传入藏区,最根本的意义在于:"它在藏区建立了一种人与环境同生共存的系统思想,从理论上对人与环境的关系做了阐述,从而使藏族保护环境的伦理规范纳入了佛教博大的思想体系中。"①

在藏文化中成长的阿来,深受宗教文化的熏陶。"万物有灵"的传统生态观念,不仅影响了阿来对这个世界的认知,也影响了阿来的文学创作,并形成了他独特的创作风格。阿来的生态书写透露出一股神秘的气息,他对自然万物保持着一种宗教式的敬畏,他告诉人们世间万物神圣不可侵犯,人们应该怀着崇敬之心与自然相处,怀着谦卑的心理去走进自然、讴歌自然、赞美自然、拥抱自然,进而从自然中发现自己、了解自己、认识自己。

阿来是以观察的方式去描写他的故乡,那个偏僻、传统又显得有些落后的乡村。现代文明似乎离这里非常遥远,但是不管世事如何变幻,人们对自然近乎狂热的崇拜,体现的却是藏族人最为真实的生活。因为人们坚信正是有万物神灵的眷顾才有了今天的生活。在《最新的和森林有关的复仇故事》中谈到交则和隆的村民时,阿来说道:"那两个村子,叫交则的在山沟的东边,叫隆的在山沟的西边。在部族传说中,两个村子共有一个祖先,处在大渡河上游名叫嘉绒的这支二三十万人口

---

① 南文渊:《藏族生态伦理》,民族出版社 2007 年版,第 162 页。

的部族,在文化特征和祖先崇拜等方面和印第安人有些相像,大部族中有小部族,小部族中有再小的部族。这两个村子属于一个共同的小部族。祖先据说是由白色的风与蓝色的火所生的一枚蓝色飞卵。祖先诞生时,大地飞旋,平展的大地变成千沟万壑,诞生了森林和牧场,诞生了林中的动物和草地中的动物,还有天上的鸟,水中的鱼。"①因为这个美丽的传说,村边自然中的一切对村民而言就有了更深的含义。所以,村民越发地珍爱身边的自然。而这一切源自藏民们的信仰,由于虔信宗教,他们敬畏自然、尊重生命、敬重力物、善待生灵,"因为有了对自然与生命的敬畏,雪山成为人间神山;因为有了对自然生命的祝愿,草原变得美丽吉祥;因为有了对自然与生命的虔诚,圣湖涌现人间百象;因为有了对自然与生命的向往,千里朝圣道路上每一步土地都珍贵可吻;因为感恩于自然与生命的博大宽容,高原万物被视为相亲相爱的生命园地"②。

阿来的创作中,没有把一草一木神化化,但他在自然的一切事物中看到神的存在,也在自然的一切事物中发现了神话的诗性。草木有情,花鸟有爱。阿来俨然将它们当成了有生命有灵魂的造物。如果我们对神的理解不是局限于神话故事中的神的话,那么在阿来的文学创作中,处处都有神的存在。小说里的自然充满灵性与神秘感,这种神秘感还带有强烈的宗教色彩,阿来固有的宗教情结体现在小说中,让读者能够轻易地理解阿来的信仰,以及以阿来为代表的藏民族的信仰,"万物有

---

① 阿来:《奥达的马队》,四川民族出版社 2005 年版,第 88 页。
② 南文渊:《藏族生态伦理》,民族出版社 2007 年版,第 9 页。

灵"无疑是藏民族生活的核心,也是文化的核心。阿来的小说之所以有一股神秘的气息,这与宗教信仰是密不可分的,他笔下的人物在现实中纠缠,思考着人生的意义,思考着宇宙,对宗教无比虔诚,并在信仰中思考着万物的规律,进而思索自身存在的价值。

敬畏一切生命虽然是一个极具生命关怀意味的理想,但是,在现实生命中,这种美好的理想是很难实现的。人类为了生存和发展,就需要从自然界中获取相应的食物。当然,人类为了生活适当地从自然中索取资源,本无可厚非,但是私欲在人的心中滋长,那种敬畏、那种尊重早已被抛到九霄云外。这样就造成了人们只看到自身,而很少顾及其他生命体的利益,阿来也在《草木的理想国:成都物候记》中说道:"这个世界对一个个体的人来说,真的是太过阔大。我开始观察植物的时候,也仅局限于青藏高原,特别是横断山区这一生物特别丰富多样的区域。这不仅因为自己在这一区域出生、成长,更因为这是我写作的宝库,这许多年来,我不断穿行其间。就在这不断穿行的过程中,有一天,我突然觉悟,觉得自己观察与记录的对象不应该只是人,还应该有人的环境——不只是人与人互为环境,还有动物们、植物们构成的那个自然环境,它们也与人互为环境。于是,我拓展了我的观察与记录的范围。"①这使得阿来更加细心地关注身边的事物,对他们充满了爱与敬意。

《鱼》是一篇很特别的小说,讲的是作者和朋友在草原深处进行垂钓的故事,小说特别之处在于,作者虽然知道"草原上流行水葬,让水与鱼来消解灵魂的躯壳。所以,鱼对很多藏族人来说,是一种禁忌。……

---

① 阿来:《草木的理想国:成都物候记》,江苏人民出版社2012年版,序。

藏族人在举行传统的驱鬼与驱除其他不洁之物的仪式上，要把这些看不见却四处作祟的东西加以诅咒，再从陆地，从居所，从心灵深处驱逐到水里。于是，水里的鱼成了这些不祥之物的宿主……总而言之，藏族人不捕鱼食鱼的传统已经很久很久了"[①]。但是不顾这些禁忌和传统，与同伴分好工便开始垂钓了。虽然作者也承认钓鱼不是好的选择，并且一开始就感觉不大对头，"两个对鱼没有禁忌的汉族人选择了猎枪，他们弓着腰爬向视野开阔的丘岗。我跟扎西下到河滩上。脚下的草地起伏不定，因为大片的草地实际上都浮在沼泽淤泥之上。虽然天气晴好，视野开阔，但脚下的起伏与草皮底下淤泥阴险的咕嘟声，使即将开始的钓鱼带上了一点恐怖色彩"[②]。对于钓鱼这件事，作者内心是惶恐不安的，但是，"我今天钓鱼是为了战胜自己。在这个世界，我们时常受到种种鼓动，其中的一种，就是人要战胜自己，战胜性情中的软弱，战胜面对陌生时的羞怯与紧张，战胜文化与个性中禁忌性的东西。于是，我们便能无往而不利了。现在，我初步取得了这种胜利；而且还想让同伴们知道这种胜利。于是，便挥舞着双手，向他们大声喊叫起来"[③]。人为了证明自己的能力，不顾各种文化禁忌与传统，而那些弱小的动物往往成为人为了显示自我的牺牲品。当然，人不会为了那些已经牺牲的动物产生一丝的怜悯，阿来清楚地知道这一点。垂钓结束，看到那些横在草丛中的鱼睁着眼睛，大张着嘴巴渴得难受，费劲地吞咽着湿润的空

---

① 阿来：《阿来文集：中短篇小说卷》，人民文学出版社 2001 年版，第 206 页。
② 同上，第 206 页。
③ 同上，第 213 页。

气,作者的内心异常痛苦:"当雪霰消失,只剩下雨水的时候,我干脆趴在地上,痛痛快快地淋了一身。同时,我想自己也痛痛快快地以别人无从知晓、连自己也未必清楚意识到的方式痛哭了一场。但是,直到今天,我也不知道是哭终于战胜了自己,还是哭自己终于战胜了自己。或者是哭着更多平常该哭而未哭的什么。"①在此,阿来以痛哭的方式缓解自己内心的煎熬,是对自己行为的一种忏悔。一个对动物没有爱意,不心存敬畏的人,不会对自己所做之事心存愧疚,更不用说是做某种悔改的举动。阿来用这样的心情,看待常人眼里的鱼,才会在垂钓过后痛哭流涕。

在另外一篇同名的《鱼》中,小说开篇作者就向读者展现出一幅人与自然和谐共存的图景,由于人们心存敬畏,对周围的小生灵充满了友爱和同情,人与动物和谐共存。作者在文中写道:"鱼是令人敬畏而又显得神秘的东西,这一带的河里只有一种鱼,在这条河沿岸,好多深处林间的安静的村子的语言差异极大,但对鱼的称呼都是两个相同的音节:久约。'久'音重浊,'约'音舒缓轻细,然后在齿缝中慢慢消失。就这样,敬畏与神秘之感充分展示出来了。"②但是随着时间的流逝,对鱼的敬畏之情也逐渐淡出人们的生活,越来越多的人开始食鱼,食鱼人数的增多,捕鱼的人、捕鱼的方式也就水涨船高,尽管在河岸边立了诸如"禁止炸鱼"的牌子,但是人们还是会通过各种途径捕食河里的鱼,从而导致河里的鱼越来越少。照此情形,河中之鱼终究会有被捕绝的一天。

---

① 阿来:《阿来文集:中短篇小说卷》,人民文学出版社 2001 年版,第 216 页。
② 阿来:《灵魂之舞》,人民文学出版社 2012 年版,第 3 页。

在阿来看来，动物的生命也值得人们去尊重、去爱护。他用文字把动物受到的伤害表达出来，用文字记录人们对待动物的粗暴行为。动物在人类面前只能逆来顺受，毫无还手之力，它们唯一能做的只是在遇到灾难时逃跑或者惨死在人的屠刀之下。它们无法再安然地生活在它们生活已久的栖息地，因为人类已无孔不入。人们不仅扰乱了它们的生活，有的还将动物贩卖，中饱私囊。所有的这一切都源于人类不懂得敬畏生命，敬畏动物。阿来想要告诉人们，人与动物是生命共同体，每个动物都是一个鲜活的生命，而生命是神圣的，都需要人们对它们给予尊重。我们应该试着去了解动物，尊重他们，有一颗爱动物的心，更有一颗敬畏动物的心。人们应该学会敬畏其他动物的生命，就像敬畏人类的生命一样，并且应该明白，我们与动物都生活在大自然的屋檐底下，我们是一家人。一旦我们失去这些可爱的小生灵，人类会变得孤独而且可怜，我们独居于这个世界还有什么意义？人的生命世界何尝不是如此，以动物反观人，这才是阿来动物书写的本质。

文学创作是一段心灵的旅程，文学作品则是这段旅程的结晶。阿来把自己对生态的认知，对生态的感悟一并放进文学作品中，力求真实并以此感染别人。他带着一颗敬畏之心踏上行程，投身崇山峻岭之间，化身为一条小鱼，化身为一只小鸟，以更开阔的视野对待身处的自然，以更谦卑的心对待身边的动物，以更诚实的心面对自己的书写。读到那些触目的情形，都使人对那些可怜的动物产生同情之心，使人在不知不觉中对生命产生一种敬畏。"它显示了人类无论是在潜意识之中还是在清醒的意识之中，都未完全失去对人类以外的世界的注意与重视。那些有声有色的，富有感情、情趣与美感甚至让人惊心动魄的文字，既显示了人类依然保存着的一份天性,又帮助人类固定住了人本是自然之子,是大千世界中的一员,并且是无特权的一员的记忆。"[1]

二、与动物共舞:倾听鸟兽虫鱼的对话与心声

我们常常认为动物只拥有本能,所谓知识、情感、智慧、能力、记忆,那是人类的专属,与动物们没有半点关系。可是在作家阿来的笔下,动物们也有自己的情感归属,也有自己的知识和理性,有着人类需要向它们学习、向它们汲取智慧的地方。人类在与动物接触时,应该学会认真倾听它们的对话与心声,阿来在他的动物书写中一再强调这一点。

关于马,阿来这样写道:"马,对于一个藏族人来说,可是有着酒一样效力的动物。"[2]马在藏民的生活中扮演着非常重要的角色,它不仅是身份的象征,也是财富的象征。"我们要牛羊,是要它们产崽产奶,形象问题可以在所不计。但对马来说,我们是计较的:骨架、步态、毛色,甚至头脸是否方正都不会有一点马虎。如果不中意,那就宁愿没有。中了意,那一身行头就要占去主人财富的好大一个部分。以至于有谚语说,我们这族人,如果带了盛装的女人和马出门,家里就不会担心盗贼的光顾了。"[3]阿来为何如此频繁地提到马呢?因为,对藏族人来说,马不再是简单的牲口,而是有着灵性的圣物,它们低沉、庄重、老实、憨厚,是人类的亲密伴侣,它们不会背叛也不会欺骗,在人们最需要的时候,它们也会伸出援手。当然,马能够得到人们的尊重与喜爱,也与它

① 曹文轩:《动物小说:人间的延伸》,《儿童文学研究》,1997 年第 1 期。
② 阿来:《语自在》,重庆出版社 2015 年版,第 29 页。
③ 阿来:《阿来文集·诗文卷》,人民文学出版社 2001 年版,第 133 页。

们的品性有关。它们洁身自爱又特别注重饮食，"看够了一片风景，思绪又到了马的身上。马所以是马，就是在食物方面也有自己特别的讲究。在这一点上，马是和鹿一样，总是要寻找最鲜嫩的草和最洁净的水，所以它们总是在黎明时出现在牧场上，寻食带露的青草。故乡的一个高僧在诗中把这两者并称为'星空下洁净的动物'。"①马已渗透藏民生活的方方面面，甚至影响藏民族的历史进程。在《格萨尔王》中，阿来这样写道："历史学家说，家马与野马未曾分开是前蒙昧时代，家马与野马分开不久是后蒙昧时代。"②马的桀骜不驯，马的自由奔放，已然成为主人公的精神象征。而马的这种独立自主、自由奔放却是我们这个时代的人要学习的，我们生活在日益趋同的时代，人变得没有脾气，变得没有性格，变得失去自我。马的自由状态是阿来所颂赞的。在一首题为《马的名字》的诗中，阿来这样写道：

在如此空旷的地方/大陆迅疾向西/是黎明时分，我想起它们/一个个名字，潮润而又亲切/就看见一匹匹马的出现/在飞掠向后的景色中/带着露气与云雾/泥土与花朵混合的气息/由低到高，由晦暗到明亮/顺着上升的气流，马的名字/一一出现，金鞍银镫/叮当作响，如此腥膻热烈/汗水的气味啊，血的气味啊/汹涌在日出时一片金光中间。③

<hr>

① 阿来：《阿来文集：诗文卷》，人民文学出版社2001年版，第135页。
② 阿来：《格萨尔王》，重庆出版社2009年版，第1页。
③ 阿来：《阿来文集：诗文卷》，人民文学出版社2001年版，第41—42页。

从马的身上人应该学会对镜自照,看看自己得到了什么又失去了什么,千万别以为马只是为人所用的工具而已,那样会显得人很愚蠢。除了学习马的沉着、老实、自由、执着,阿来还告诉人们应该学习马的忠诚。《奥达的马队》讲述的是一群驮脚汉与马相互依偎的故事。在交通落后的年代,藏区的物资运输都是通过驮脚汉的工作来完成的,漫长崎岖的山路,一座座高大险峻的山峰,驮脚汉们的孤独寂寞可想而知,只有马与他们相伴,也只有马能体会他们的心情,多少个寒冷饥饿的日夜,多少个悲伤难过的时刻,只有马默默地守候在一旁。当驮脚汉阿措奄奄一息之时,他的那匹与他相伴了十八年的白马挣脱缰绳,来到阿措旁边与他道别,并流下了伤心的泪水。阿措离世之后,白马也消失在月色之中。人时常会残忍地对待像马这样老实的动物,但是,人不会明白,动物一旦与人建立起亲密的关系,就会真心地对待人,它们会非常忠诚,就像那匹白马,风雨同舟相依相伴。而在《狩猎》中我们又看到了动物的另一种爱的表达。小说讲的是作者与两伙伴外出狩猎,在狩猎过程中与伙伴到林中的棚寮休息,一进棚寮一只獐子从棚子飞窜而出,原来棚子里还有一只刚生下不久的小獐子,被人吓到的母獐窜出棚子,但是并没有离开,而是守在棚子周围,因为棚内还有它的孩子。即便人拿枪口对准它,它也不曾离开,为了幼崽它大声哀求:"我们背后突然传来羊子似的叫声。一声,两声,又突然中止。叫声悲哀而又凄凉。……终于一只母獐子从雨水中走了出来,獐子被雨水完全淋湿了。这是一只正在哺乳期的母獐,丰满的乳房里奶水自己渗漏出来。看来,它已很久没有给幼獐喂奶了。它的叫声焦灼而又凄凉,它的眼中甚至露出了狼的光芒。"①或许是母獐的呼求感动了朋友，朋友放下了已经抬起的猎枪。作者与朋友离开之后，母獐与幼獐获得团聚。即使母獐身陷险境，但是为了幼崽，依然挺身而出。这种爱、这种情就像世间所有母亲对待自己的孩子一样，为了孩子甘愿牺牲自己的一切，不求回报的爱让人感动。

阿来用这些温暖的动物故事告诉我们动物之间的情和义，它们简简单单，它们忠诚，它们老实，它们善良，这些都值得我们去学习，去效法。或许我们应该转变我们的观念和看法，尝试着去亲近动物，去了解它们，去认识他们，去聆听他们的声音，以爱去接纳他们，我们才能与它们建立更亲密、更和谐的关系。

在《空山·天火》中，动物们赖以生存的家园燃起了熊熊大火，"灼热的空气熏得森林好像自己就要冒烟燃烧了。鹿、麂子、野猪、兔子、熊、狼、豺、豹，还有山猫和成群的松鼠，都在匆匆奔逃……种类更多的飞禽们，却不像走兽那样沉着，他们只是惊慌地叫着，四处奔窜。刚刚离开危险的树林，来到空旷地带，又急急地窜回林中去了"②。火势仍旧不减，反而越发地旺盛，溅起了更明亮的火焰。

> 在呛人的烟火味中，一股浓重的腥气弥漫开来。大火也把林子里的最后一些野兽驱赶出来，满山乱跑，平常那些对人警觉万分的动物差点就跑到人群里来了。野兽奔跑出来，人

---

① 阿来：《格拉长大·狩猎》，东方出版中心 2007 年版，第 134 页。
② 阿来：《空山》（三部曲），人民文学出版社 2008 年版，第 166 页。

们立即齐声发出恐吓的吼声,吓得野兽又返身往火海那边跑去。但那带着热力的风,又驱使着它们跑回来。人是聪明的,它们用水打湿了毛巾捂在口上,一有动物跑过来求一条生路时,他们就拿掉捂嘴的毛巾大声吼叫。终于,火舌伸过来,伸到那些动物的身上,轻轻一舔,这些动物自己也就变成了一个旋动不已、哀叫不已的火团。

也有胆子更小的动物,在人与火之间来往几下,自己倒在地上,一命呜呼了。也有凶猛动物,真就横冲直撞,硬生生从人群中冲过去,逃往生天里去了。

……林中的很多飞禽,有很多种类其实都不善飞翔。这时都惊慌地聒噪着,上升,上升,爬到了最高的树上,火头扑过来时,它们都展翅起飞了。火头带过来的气浪,让它们飞得比平常更高更轻盈。但它们没有本事一直往上直达天堂。在降落的过程中,火焰已经恶龙一样腾身而起,一下,就舔去了它们借以飞翔的羽毛,变成一团肉,直直地落到火海中去了。[①]

在呛人的烟火味中,可怜的动物跑向人类,期待人类的救援,但是人却将其无情地吓了回去。动物为了逃离火海,发出了惊恐的呼叫。其实,那就是动物求救的呼喊声,那一声声呼喊中包含着对生存的渴望,也期待着人类的回应。但是人们却对此无动于衷,遭到人类拒绝的动物只好转身跃入火海,最终葬身火海之中。没有人为动物的这一行

---

① 阿来:《空山》(三部曲),人民文学出版社 2008 年版,第 174—175 页。

为伤心难过；相反，为了消灭火势，人们去炸毁山上之湖的堤坝，不仅炸死了湖中之鱼；眨眼之间，在轰然一声爆炸之后，神湖突然消失了，而且久居神湖的金野鸭也飞走了。

在《达瑟与达戈》中，阿来写到机村的树林被大片大片砍伐之后，机村人把居住在林中的猴子赶下山，面对惊慌的猴子，人们用机枪进行扫射，非但没有一丝的犹豫与怜悯，反而剥皮割肉将其卖到市场上。阿来借用索波的话道出了人们的反应："他妈的你们这些家伙，真以为自己有多了不起，干了什么捅破天的大事了？他妈的，给老子把这些该死的东西拖回去，剥皮剔骨，该干吗干吗，老子就看不惯敢做不敢担的人！……不就是几头野物吗？打死的又不是人。"[1]人们不仅冷漠，还异常残忍。像《鱼》《天火》《达瑟与达戈》中人们残忍对待动物的背后，透露出既矛盾又痛苦的书写者内心。阿来用近乎愤怒的情绪写出了异常冷漠、异常残忍的世界。

阿来笔下的牛、羊、马、猴、熊、金野鸭、鱼、鹰等众多动物成为他小说中一道美丽的风景，他把这些可爱的生灵当作自己亲密的朋友。但是，当人类破坏了动物的生存家园，我们不仅看到了生死瞬息的鱼类，看到动物不安的眼神，还感觉到了动物哀求的声音，但是人们却听不到动物哀求的声音。看到它们的悲惨遭遇，阿来内心充满哀愁与忧伤，他希望人们懂得倾听动物的心声，在爱中体恤与接纳它们，并在美好的自然家园中与它们携手共舞。

---

① 阿来：《空山·达瑟与达戈》（三部曲），人民文学出版社 2008 年版，第 270 页。

三、动物的悲惨命运：从滥捕乱猎向共生共荣的理想迈进

曾几何时，我们作为自然界中弱小的一员，我们谨小慎微，懂得谦卑，懂得如何与动物和谐共存于世界之上，但是随着人类文明的不断进步，以及科学技术的不断发展，人类从弱小走向强大。逐渐强大的人类变得蛮横，变得骄傲，人类为了私欲、为了口腹、为了钱财，野心满满，用不断杀戮动物的方式填补自己的欲望。大规模的掠杀动物不仅破坏了动物物种的多样性，而且很多动物也惨遭灭绝。日益频繁的人类活动，也使很多生活于自然中的动物被迫离开了它们的生存家园，变得无家可归。若人类继续这样任意妄为，丧失了人性，不懂得关爱动物，那么自然也会以同样的方式对待人类，那么动物今天的下场将会是人类明天的结局。阿尔贝特·史怀泽曾说过："敬畏生命、生命的休戚与共是世界中的大事。自然不懂得敬畏生命。它以最有意义的方式产生着无数生命，又以毫无意义的方式毁灭着它们。包括人类在内的一切生命等级，都对生命有着可怕的无知。他们只有生命意志，但不能体验发生在其他生命中的一切；他们痛苦，但不能共同痛苦。自然抚育的生命意志陷于难以理解的自我分裂之中。生命以其他生命为代价才得以生存下来，自然让生命去干最可怕的残忍事情。"[①]大自然始终会做它自己该做的事情，它会赐予也会收回。人类应该明白，人类在自然面前是非常渺小的，我们能够代代繁衍生息是因为享受着大自然无尽的关怀。但是人常常以为自己是世界的主宰。所以，对于存在于自然界当中的一

---

① ［德］阿尔贝特·史怀泽：《敬畏生命》，陈泽环译，上海社会科学出版社 1992 年版，第 9 页。

切，人只会不停地索取，甚至歧视它们，或者将其杀害，根本不会想到回报自然、关怀自然、关怀自然中的一切。

阿来曾不止一次地写到人类没有丝毫的关怀之心。在《空山》中人们将枪口对准了可爱的鸽群，"这时，鸽群就降落下来了。他们落在庄稼地里，在那些剩余的麦茬中寻找食物。鸽群最繁盛的时候，能有两三千只之多。他们从天上飞过的时候，落下来的影子像是稀薄的云影，可以遮住整个村庄。但那都是更早期的机村记忆之中的情形了。后来，机村人对什么东西都能开枪了，对这么漂亮的鸽群也不例外。村里甚至出现了一种从来没有过的猎枪。这种枪名字就叫作鸟枪，火药在枪膛里爆发，发射出去的不是一颗铅弹，而是一团细小的铁砂。这种枪没有准星，不能瞄准。只要抬起枪口，对着鸽群的方向轰然一声，一团铁砂喷射而出，就会有好几只侧身飞翔的鸽子从空中跌落下来。鲜血从身上的某个地方伸出来，染红白色的羽毛"①。因为人们的滥捕乱猎，鸽群已消失不见。即便机村附近竖立着禁止捕猎的标语，但是人们依旧会偷偷进山捕猎。在人们无休止的偷捕与滥猎中，不只是鸽群，机村中的许多动物早已不见了踪影。

在《人熊或外公之死》（发表于《四川文学》1993年第2期）中，老奸巨猾的猎人想方设法要置人熊于死地，这里的人熊也就是野人，阿来不明白，猎人为何要杀人熊？为何人类不能给予人熊一丝丝的关怀？况且野人也特别想向人类学习，想和人类成为朋友。

---

① 阿来：《空山·天火》（三部曲），人民文学出版社2008年版，第193页。

　　传说中野人总是表达出亲近人类模仿人类的欲望。他们来到地头村口，注意人的劳作、娱乐，进行可笑模仿。而被模仿者却为猎获对方的愿望所驱使。贪婪的人通过自己的狡诈知道，野人是不可以直接进攻的，传说中普遍提到野人腋下有一块光滑圆润的石头，可以非常准确地击中想要击中的地方；况且，野人行走如飞，力大无穷。猎杀野人的方法是在野人出没的地方燃起篝火，招引野人。野人来了，猎手先是怪模怪样地模仿野人戒备的神情，野人又反过来模仿，产生一种滑稽生动的气氛。猎手歌唱月亮，野人也同声歌唱；猎手欢笑，野人也模仿那胜利的笑声；猎手喝酒，野人也起舞，并喝下毒药一样的酒浆。传说野人第一次也是最后一次喝下这种东西时脸上难以抑制地出现被烈火烧灼的表情。但接近人类的欲望驱使他继续畅饮。他昏昏沉沉地席地而坐，看猎人持刀起舞，刀身映着冰凉的月光，猎人终于长啸一声，把刀插向胸口，猎人倒下了，而野人不知其中有诈。使他的舌头、喉咙难受的酒却使他的脑袋涨大，身子轻盈起来。和人在一起，他感到十分愉快，身体硕壮的野人开始起舞，河水在月光下像一条轻盈的缎带，他拾起锋利的长刀，第一次拿刀就准确地把刀尖对准了猎手希望他对准的方向，刀揳入的速度非常快，因为他有非常强劲的手臂。

　　传说中还说这个猎人临终时必然发出野人口中吐出的那

种叫喊。这是人类宽恕自己罪孽的一种独特方式。①

野人想与人类有更亲密的关系，所以主动走进村子，观察人类的动作，然后进行模仿。但是狡猾的猎手利用野人的好奇心将其招引到村子，一边假装与他同声歌唱，一边让野人喝下酒浆。野人根本不知道猎人的诡计，不停地喝下猎人给的酒，直至昏倒在地。看到昏昏沉沉的野人，猎人拾起锋利的长刀刺向野人。野人怀着一颗单纯的心想要接近人类，没想到中了人类的计。人类的狡猾与奸诈在此显露无遗。阿来在《大地的阶梯》中借与一位藏族老头的对话揭穿了人类杀野人的阴谋，"有人尝过人熊肉吗？老头回答：'听说人熊肉很腥臭。'那就是有人尝过了。老头看了我一眼，从腰间抽出烟袋，挖了一锅，用火柴点燃，说：'人连人自己的肉都尝过，还有什么不尝。不信，你没有见过人吃老鸹肉嘛，但人人都听说老鸹的肉是酸的。人人也都知道马肉有汗水的臭，'"②。

人为了生存从自然中索取资源，使生命得以延续，但是，人类过度的贪婪进而丧失了怜悯与关怀之心。人类似乎忘记了自己也在享受自然的恩泽，享受着自然的怜悯与关怀。而这种忘恩负义也使人类遭受自然的惩罚，这种惩罚不仅是日益恶化的生态环境，还在于人性的贪婪所导致的人性的恶化。在《红狐》中，政府为了保护仅有的一些野生动物，在村口开始张贴一些类似于保护森林人人有责、保护动物人人有责

---

① 阿来：《野人》，《青年作家》，1989 年第 6 期。
② 阿来：《大地的阶梯》，云南人民出版社 2000 年版，第 72—73 页。

的标语;而此时,村中的森林已消失殆尽,野生动物也已了无踪影。为响应政府的号召,曾远近闻名的猎手金生被迫上交了与他相伴多年的猎枪,但这个时候,那只金生追踪多年的狐狸又开始出现在林子里了。他为寻找这只狐狸付出了很多心血,还为此瘫痪在床,且一瘫就是三年。但是,即便如此,金生在梦中也不肯放过它,"金生继续做梦,梦见狐狸用柔媚的女人声音叫他。即使在梦中,他还是怀疑,这只漏网的狐狸可能真像传说中的那样,她成了精了。就恨恨地说:'我怎么放过了你?'"①,这只狐狸不断地在纠缠着他,使他久久不能释怀,他对狐狸充满了仇恨,虽然最后硬撑着自己的身体把狐狸打死了,可是他如行尸走肉一般,了无生气。

动物是人类的好邻居、好伙伴,人类与动物同属大自然家庭中的一员。其实,动物比我们弱小可怜,在以往的经历中,人类对动物太残忍,致使动物惨遭厄运。阿来透过他的动物书写,想要告诉我们,动物带给人类的恩赐实在太多太多,而人类给动物造成的伤痛不计其数,我们应该反思自身的行为并试着关心动物的生存和生活。无论动物生活于何种环境,哪怕它们看起来多么微不足道,都有其存在的意义和价值。所以,千万别歧视或虐待我们身旁的动物,给予动物自由的生存空间也就意味着人类需要更多地关心和爱护动物,照顾好它们,也就是在守护人类美好的家园。动物身上有很多值得人类学习和借鉴的地方,比如勤劳、智慧、勇敢、忠诚等。学会与动物共生共荣,有助于人类与动物建立更加亲密和谐的情感关系,创造一个人与动物的和谐之境。

---

① 阿来:《红狐》,《西藏文学》,1994 年第 1 期。

第三章

社会生态书写：传统村落的瓦解与藏民族文化的衰落

所谓社会生态书写,主要指书写人与社会、人与人、人与文化之间的关系,以及社会环境、社会伦理、社会结构的变迁。社会生态是一个庞大而复杂的生态系统,它是由社会性的人与其所处的环境形成的生态系统。按照鲁枢元的分类,社会生态系统包括八个方面的因素。

1.生物圈提供的基本的自然环境,如大气、水系、土壤、气候等。

2.地球自身储备的物质资源、能量资源。

3.自然环境中存在的与人类相关的其他生物物种。

4.在社会生产过程中创造的人工系统,由人直接控制的植物或动物物种,如农田、果园、牧场、渔场。

5.在社会生产过程中形成的人工设施,如楼房、广场、医院、饭店、公路、铁路、矿山、电站。

6.人口及人种,即人类种群,社会生态系统的主体。

7.社会生产的技术方式,专业化程度,包括自然科学技术和社会生产的管理。

8.社会的经济关系、社会制度、政治体制、意识形态。

以上八个方面,可以看作三个大小不一的同心圆球:一、二、三方面的内容构成最外层的自然生态环境;四、五方面为人工制造的生活环境;六、七、八方面则是人类自身及其从事的种种社会活动,这个三层结构的"同心圆球"的核心之处,说到底,还是人类的欲望和意志。在欲望的支配下的人类行为强有力地向外辐射着,使得凡经人的目光触及的自然全都染上人工的色彩，凡经人的意志干预过的地方全都刻下了人的印痕。①

其实，除了以上八个方面的因素之外，社会生态系统中还有一个重要的组成因素，那就是文化形态。文化是一个民族思想与智慧的结晶，是人们精神活动的产品，包括语言、习俗、人情、历史、文学、艺术、观念、思想、制度、法律、生活方式等。但是在现代化的语境中，在人类肆意的改造与践踏中，文化也渐渐失去它的色彩。在人类欲望的支配下，社会生态系统也陷入了一种危险的境地。因为社会生态的发展并不是按照自身发展规律向前推进，而是在人的观念、人的逻辑、人的意念控制下发展的。"在社会生态系统中，人，显然是主体。随着人类社会的发展，人口越来越多，人的科学技术水平越来越高，人的欲望也越来越强大，人对其外部世界的改造也越来越普遍、深刻。于是渐渐造成了这样的局面：社会越是进步，距离自然就越远；人改造自然的水平越高，社会发达的程度就越高，人类历史的进程似乎就是在这样一条直线上不停地向前迈进的。在高度发达的社会生态系统内部，通过人工的生产制作活动，人与自然已经渐渐被剥离开来。这个系统内部的能量流、物质流、信息流的运动循环已经发生了与自然生态系统完全不同的改变，甚至于传统的社会也有很大不同的改变。地球生态系统的惨重的悲剧就是在这样的情况下酿成的。"②由此可见，鲁枢元所说的社会生态并非与

---

① 鲁枢元：《生态文艺学》，陕西人民教育出版社2000年版，第104页。
② 同上，第105页。

自然生态分割开来孤立存在的,而是与自然生态相辅相成。社会生态系统的破坏导致人与自然的分离,人与自然的分离又进一步加速了社会生态系统的危机。鲁枢元认为地球生态危机的罪魁祸首是资本主义,"通常,人们在谈论地球生态危机时,都把环境污染、资源短缺、水土流失、物种锐减的责任归结为人口与科技:人口数量的激增与科学技术的滥施。应当说,这只是表层现象,因为人们没有看到,在人与自然之间还横亘着一个庞大而又复杂的社会生态系统,在地球生态危机的背后,有一个强大而又畸形的社会生态范式在起着支配作用,在制造并导演着一幕幕惨绝人寰的生态悲剧,那就是'资本主义'。自然生态遭此荼毒,是由资本主义特有的精神属性与资产阶级的特定人格决定的"①。这种论断未免有些偏颇,生态危机、环境恶化虽然随着资本主义的发展、扩张、繁荣而急速蔓延开来,但是人类在掌握了新的工具之后,就开始了破坏自然的征程。所以,不断频繁的人类活动才是导致自然生态破坏、社会生态失衡最为根本的原因。随着农业工业化的推进,现代生产破坏了动物、植物的生存环境,在利益的驱使下,人们滥杀动物、随意砍伐森林,致使大量的动植物惨遭灭绝。这一切使社会生态陷入失衡的状态。除此之外,随着现代化的推进,人与人之间的贫富差距也逐渐被拉大,富人更富、穷人更穷的社会中,不公正、不平等的现象日益凸显。财团与财团之间的利益角逐,国与国之间的利益竞争,都使底层民众的生活更加艰难,这一切成为社会生态中的不安定因素。

    中国快速推进的现代化,不仅让自然环境付出了沉重的代价,也使

---

①   鲁枢元:《文学艺术与社会生态》,《当代作家评论》,2001 年第 3 期。

中国的社会结构发生了翻天覆地的变化。社会结构的变革也迅速波及中国广大的乡村地区，在乡村地区的社会引发了剧烈的震荡。遥远的藏区也遭受了这一系列震荡的冲击，藏区的社会结构、社会生活、人伦关系也随之发生变化。还处于农耕文明的藏区突然要迎接来势凶猛的现代化，藏区变得无所适从。站在时代的节点，身为藏族的一分子，阿来深刻地感受到时代变换之下，藏区社会、民俗、人民的生活经历了巨大的变化，以及这种变化之下乡村的没落及乡村社会中人们生活的不易。

现代化不仅给藏区带来了严重的生态危机，也给藏区社会的发展带来了严峻的挑战。藏区人民在长期封闭的历史环境中形成了他们特有的生活伦理、风俗习惯和文化传统。在漫长的发展中形成的土司制度、宗教制度等对藏民的生活、藏民的精神世界、藏民的生态伦理产生过积极的影响。但是这些制度和观念并没有随着时代的变迁而改变，人们反而墨守成规，一成不变，"这些以制度化的方式幸存下来的东西相当成熟，刚出现的时候，是合理的，甚至是进步的，但一成不变地延续太久，整个世界都在大幅前进的时候，你却老是固守不动，确实就一天天显得荒诞。对这些东西，我毫不怀念。但是人民显然又是无辜的，你把他放在那么一个情境之下，那他必然会受到相应的局限，他就在那种局限下建立自己对世界与对人生的一些基本看法，形成与之配套的自然与人文的伦理，并且停滞在那里。最后，历史说要前进了，对将要去到的理想国的描述，是他们很难懂得的，于是，这部分人在这个过程中必然承受巨变中的困惑、疑难和痛苦，不管是在物质上，还是在精神上，这部分人都必须承受"①。当新的生活方式、新的文化、新的市场机制等一并涌入藏区时,原始、古老、封闭的藏区由于没有做好相应的准备,人们表现得无所适从,也就不得不承受其中的痛苦。

第一节　传统村落原始性与整体性的瓦解

冯宪光曾指出:"阿来的小说创作从根本上说具有现实主义的特色。然而,阿来的作品却不像周克芹的小说那样对现实生活做直接冷峻的描绘,为历史留下时代生活的逼真画卷,而是从他自己对现实的理解、体验中去发觉现实生活与历史文化、未来前景的联系。立足于现实生活的土壤,去体味历史文化的巨大力量,又从本民族传统的深远影响中,去审视现实的状态;站定在从历史传统衍生出来的现实上,去瞻望未来的发展。又从一种不大确定的理想境界,去反思与评价现实和过去。这就是阿来的作品表现出来的直面人生、正视现实的独特观点。"②作为藏区一系列变革的见证者,他目睹了现代化对藏区的涤荡,以及涤荡后藏区社会的复杂与混乱,这促使着阿来去审视本民族在现代化进

① 何言宏、阿来:《现代性视野中的藏地世界》,《当代作家评论》,2009 年第 1 期。
② 冯宪光:《现实与传统幻梦与梦境的交织——评阿来的短篇小说》,《当代文坛》,1990年第 6 期。

程中的境况。随着现代化的推进，新的制度、新的文化、新的观念、新的交通工具、新的设备设施一并进入古老而又悠久的藏区村落，藏区的村落乃至由村落形成的村落文化面临着没落的危机。村落中的那些古老建筑，村落中的牲畜，村落中的风俗习惯，村落周围的自然环境，都渐渐淡出人们的视线。村落将走向何方？对此，阿来并没有急于做出自己的回答，而是置身于村落之中，仔细观察村落的变化，并从历史、现实、未来的层面将村落的挣扎与艰难一一呈现出来。

一、半农半牧自然村落的瓦解

村落是在漫长的历史中随着人们不断迁移定居而形成的社区，有着自身独具特色的物质构成和文化内涵，是一个充满生命力的个体。村落是人们繁衍生息之地，也是人们进行娱乐活动的场所。未被现代文明波及与渗透之前，藏区处在一个封闭的环境中。半农半牧是藏民传统的生活方式，这一生活方式已持续了上千年，因为深受农耕文明的影响，这里的村落也深深刻印上了农耕文明的印记。村落的地形、房屋、庭院、街道、广场等无不深印着藏民族的风俗及性格。村落中的建筑，那些用青石板铺成的街道，以及穿村落而过的河流，凝聚了藏民族的智慧，无不展露出一幅和谐宁静之美。

每一个民间社会都形成自己独特的文化景观。民间建筑物在民间景观中最明显。民间建筑物中包含着丰富的民间文化内容，如建筑物设计的传统：保守观念，实用，朴素观念，与自然环境和谐协调。[①] 藏民

---

① 金其铭、董昕、张小林：《乡村地理学》，江苏教育出版社 1990 年版，第 163 页。

的建筑也是如此,依着藏地独特的地理区位而建的寺庙、房屋等显示出浓郁的藏地风味,建筑的设计蕴含着丰富的藏文化内容,反映出藏民族对天地、自然及自我的认识。可以说,藏地的建筑反映出藏民们的生活观念及对生活的理想。在《空山·随风飘散》中,阿来介绍了藏族村落中人们的居所,机村的房子都是两层或三层的石头建筑,三层的建筑上两层供人起居,下一层是畜圈,而两层建筑的人家畜圈都在房子外边,畜圈便建在树篱围出的院落里。① 机村人的房屋就是川西北藏族典型的民居建筑。它是用石头砌的平顶碉房。墙壁最厚处甚至达一米,大多数墙壁上面都比下面薄,整面墙呈梯形。也有的碉房为土木结构,其外形看起来与石碉房没有多大差异,但它的厚度比石墙约薄三分之一,也没有石头墙坚固,但与石碉房一样,冬暖夏凉。一般来说,碉房大多为多层建筑,底层可以做牲畜的圈,二层可以做人的居室、储藏室等,三层可以做经堂,供佛像、点酥油灯等。石头碉房的顶通常是平整泥顶,起防水防寒的功能;为了美观和实用,还用木瓦盖出一个倾斜的顶。当火灾来临时,人们就揭去木瓦的顶。在《空山·天火》中,阿来进一步详细描述了碉房高碉建筑是藏族建筑中的一种特殊建筑,它既体现于各类传统建筑之中,同时又常以独立形式存在,成为藏族建筑的一大奇观。高碉建筑的历史十分悠久。在西藏,于公元前 2 世纪建造的雍布拉宫,那高耸入云的高层建筑,就是当时高碉建筑的典型范例。后来,高碉建筑成为防御性建筑的一个体系而不断伸延。在高山河流纵横交错的今四川藏区是藏区高碉建筑发育的核心地区之一,直到清代初、中

---

① 阿来:《空山》(三部曲),人民文学出版社 2008 年版,第 7 页。

期,这一地区都还在广泛建碉。①《尘埃落定》里麦其土司官寨就是典型的高碉建筑。整个建筑有四面,东、西、北三面有七层楼高,向东南的一面是骑楼,三层楼高。麦其土司的官寨的确很高。七层楼面加上房顶,再加上一层地牢,有二十丈高。里面众多的房间和众多的门用楼梯和走廊连接,纷繁复杂犹如世事和人心。官寨占据着形胜之地,在两条小河交汇处一道龙脉的顶端,俯视着下面河滩上的几十座石头寨子。这种高碉建筑既可居住,也可作为堡垒,抵御外来的进攻。麦其家的官寨一层是下人的房间、厨房,二层是下人的房间及管家的应事房,三层是家丁们住的地方,四层是麦其土司及家人的住处,五层是经堂,六、七层用作防守、进攻的窗口。地下室一半用来存放银子和粮食,一半用来关押犯人。后来,麦其大少爷组织工匠在他家领地南北边境各修了两座和麦其官寨一样的建筑。由此说明当时藏区的高碉建筑技术已非常成熟。

村落中的这些建筑有着浓郁的藏式传统风格,人们就世代生活于其中。由于与外界缺乏联系,无论是村落的建筑风格还是村落中人们的生活,都很少受到外界的影响;可以说,村落处在一个幽静的环境中。村落与周边的自然环境也保持协调一致,人们日出而作、日落而息,生活宁静而安逸。阿来也曾描写过这种情形:"山谷不断闭合又不断敞开,不时闪出一个又一个石头寨子的村庄。石头砌成的寨子很坚固,显出与天地同在的永恒模样。精工雕绘的彩饰门窗,总是显出一种繁复却又质朴的美感。村子面前,生生不息的水转动着石磨;村后,生生不

---

① 阿来:《空山·天火》(三部曲),人民文学出版社 2008 年版,第 105 页。

息的风,拨弄着经幡。那些村庄是青稞的村庄,是玉米与小麦的村庄,是土豆与向日葵的村庄,是苹果树、梨树与桃树的村庄。"①不仅如此,"庄稼地与房舍之间,是一株株柳树,在雨中显得分外的碧绿"②。这些安静的村落在闭塞的环境中存在了好久好久,岁月好像未曾在此留下足迹。但是,随着藏区逐渐向现代化转换,村落也被迫卷入这股巨大的历史洪流之中,在新的时代背景中,它们已不能,更无法掌握自身命运。因为现代化将挡在藏区与外界之间那堵厚厚的墙瞬间摧垮了,一个崭新的世界突然出现在藏民面前,这个新世界与自己一直生活的世界有着天壤之别。一边是先进开放,一边是落后保守,这种巨大的反差使人们陷入绝望。人们还未从惊惧与恐慌中缓过神来,外力就已开始不断地以强硬的方式在改造藏区,改造他们的生活方式,改造他们居住的环境,改造他们安歇的房子。这使藏民们不得不放弃原来的生活,去开始自己不想要也不愿意面对的生活。放弃并不是藏民的主动选择,他们是被强行拉入现代生活,踏上了未知的旅途。《机村史诗》讲的就是一个自然村落逐渐走向瓦解的过程,阿来以编年史的方式把机村从20世纪50年代到90年代的沉浮与变迁钩沉了出来。阿来用六个不同的故事向读者讲述了机村近五十年的发展与变化,表面上讲的好像是六个完全不相干的故事以及六个完全不相干的人物,实际上却是紧密相连的。因为机村丧失了过去那种自我演进的能力,机村的命运完全由外在那个看不见的国家、政治或者说城市来决定。所以,机村没有自己的

---

① 阿来:《阿来文集·诗文卷》,人民文学出版社2001年版,第146页。
② 阿来:《大地的阶梯》,云南人民出版社2000年版,第26页。

发展道路，很多事件都是零散破碎或者被外力所打断，它不能按照某一条预定的轨迹发展下去，而是随时都有可能发生突变或者被终止。所以，书中六个不同的人物也就是机村六个不同发展阶段的显现。曾经这个故事中的中心人物，因为时代的巨变，在下一个故事中这一中心人物就会被另外的人物所替代。这种变化、这种更替其实也就是机村命运的外在折射。那个安静、和谐的村庄已消失不见，在政治运动与经济浪潮的不断震荡与冲击下，机村不断被打碎、又不断被重组，在改造、断裂与修复的恶性循环中机村已变得支离破碎。阿来无意给逝去的机村谱上一曲挽歌，而是深爱着机村，以及机村中的一切，对机村艰难的现代"转换"表示同情和理解。

"在这些村子，过去的时代只是大片的荒野，而在这个世纪（20 世纪）的后半叶，嘉绒土地上的土司们的身影从政治舞台上，转过身去，历史深重的丝绒帷幕悬垂下来。他们的身影再次出现，作为统战对象出现在当代的政治舞台上时，过去的一切，在他们自己（来看）也是一种依稀的梦境了。历史谢了一幕，另一重幕布拉开，强光照耀之处，是另一种新鲜的布景。"①这一新布景拉开的背后是藏区半农半牧自然村落的破败与瓦解，紧接着现代村落开始登场。阿来明白，藏区终究会走向现代化，也清楚藏区的一切都将会改变。他并不反对现代化，反对社会的进步，而是不希望进步与改变带来的成果只能由一部分人来分享，而另一部分人却被遗忘。看到藏区村落在现代转换的过程中失去了太多东西，阿来的内心充满了痛苦，却又无能为力。生存带来的压力使人们陷

---

① 阿来：《大地的阶梯》，云南人民出版社 2000 年版，第 192—193 页。

入慌乱与迷茫，在盲目慌乱中人们又失去了自我，追逐幸福生活的梦似乎离他们越来越远。他深爱着他的同胞，他不希望那些淳朴善良的同胞遭遇那么多灾难。但是随着村落现代转换的逐渐深入，阿来发现这只不过是故事的开始，更多的悲剧正在一幕幕上演。

二、新农村建设后的破落与挣扎

那些在安静中熟睡的村落被汹涌而至的现代化惊醒，它们不晓得外面的世界到底经历了怎样的变化？更没有做好迎接现代化的准备。所以，当现代化到来时村落显得惊慌失措，无所适从。它们无法找到自身的定位，也不知道对此应该做什么样的选择。因为没有方向，所以只能紧紧地跟随城市发展的步伐，为了构筑如城市般梦幻的生活，人们开始大规模新建自己的家园。于是，藏区大地上大批建筑纷纷涌现，钢筋水泥混合成的建筑逐步取代了传统的木石结构建筑。它们在悄悄改变着藏区的自然景观，也在悄悄改变着藏区古村落的格局。

新建的村落是不是如人们所预期的那样美好，能迅速地改变村落的面貌、人们的生活？情况恰恰相反，在新的时代环境中，村落面临着更加严峻的考验。习惯了悠闲宁静的村落并不清楚残酷的现实，由于准备不足而表现出极大的不适应，由此引发了一系列的连锁反应，绵亘千年之久的村落及村落文明开始土崩瓦解。阿来发现了村落正在经历的变化，并把这些变化认真地记录下来。在藏区大地上迅速涌现出了许多新的建筑，但是这些建筑与周围的自然环境显得格格不入，它们的出现进一步加速了古村落的瓦解与衰落。阿来在《大地的阶梯》中也写过类似的情形。

就在我这个下午依次走过的几个村子中间，从 20 世纪 50 年代到 90 年代，一座座新的建筑开始出现。兵营、学校、加油站。叫作林业局的其实是伐木工人的大本营。叫作防疫站的机构在这片土地上消灭了天花与麻风。现在，有着各种不同名目的建筑还在大片涌现。这些建筑正在改变这片土地的景观。[1]

村落没有按照人们预想的方向前进，而是向着人们所不知道的方向纵深，越来越偏离人们所熟悉的路径。前方是安全还是危险，是平坦还是崎岖，人们完全无法预料。"乡村已不能决定自己的命运，被城镇和外面的社会影响，乡村生活的线索常被打断，由另一个事件更替，现在的乡村生活是多线索、多中心的，不能一个事件一以贯之，乡村生活可以说是一幅幅拼图，我的新小说的结构就是一幅拼图。"[2]古老的村落逐渐被新的城镇所取代，那些古村落中的建筑也淹没在尘埃之中，从阿来的叙述中，透露出他一丝丝的隐忧。因为他看见原本平静安稳的村落已被改造得支离破碎，村落变得面目全非。这种不计后果的建设与改造，使得原本就处于落后的村落陷入更加艰难的境地。在《走过了那些村落》中，阿来继续写道：

---

① 阿来：《大地的阶梯》，云南人民出版社 2000 年版，第 193 页。

② 袁晞、阿来：《小说的深度取决于情感的深度——作家阿来谈新作〈空山〉》，《人民日报》，2005 年 4 月 28 日。

两层三层的房子因为平顶也因为四周高大雄浑的山峰而显得低矮，房子都由黄泥筑就或石头砌成很厚的城墙，因此都显出很坚实的样子。过去，部落战争横行，再后来，中央政府设立了各级政府后，却又是土匪横行的时代，于是，这些寨房无一例外都只开着枪眼般的小窗户。在那些时代，这些寨房本身就是一个又一个堡垒。一个村子，总是这样十几座几十座堡垒般的房子攒聚在一起，不仅形成了一个个生产上自给自足的群落，也形成了一个个武装的自我防卫的群落。但在五十年代初那最剧烈的社会动荡过后，这些村落就只是一个又一个的基本行政单位与生产群落了。

这些文化交汇带上的村落在一切将被破坏殆尽的时候，终于迎来了和平。

和平带给这些村落的最大的变化就显现在窗户上。过去枪眼般的窗户越来越轩敞，这一带村落自乾隆年间史无前例的那场大战以后，被汉文化同化的趋势越来越强。所以，那窗户也多半是照了官方修建的乡政府窗户样子，卫生院和派出所的样子，一个长方形中分出双扇的窗门，每只窗门装上三格玻璃。三格玻璃大多是那些有政府机关的砖瓦房子，而这些农家的窗户却多是接近正方形的两扇两格玻璃的窗子，这种窗户倒是与农家房屋那种朴拙的样子十分相配。

我不知道当建筑史学家考察社会变迁时会不会特别注意到房屋的眼睛窗子的变化。但在这个地方我是特别注意到了这种变化。①

　　阿来明白，这是一个快速发展的时代，这是一个好的时代也是一个坏的时代：说好，是因为新的时代带来了更多的选择与机遇，只要抓住机遇就能跟上时代的步伐；说坏，是因为新的时代也伴随着更多的挑战与困难，无法应对挑战与困难，就意味着遭受打击与失败。藏区村落被迫走上现代化发展的道路，但是由于没有做好任何准备，也就无法应对这突如其来的一切，它们四处碰壁，摔得鼻青脸肿。阿来在《空山》中，向读者描述了一个藏区村落在现代化过程中分崩离析的故事。小说中的机村是一个原始美丽的自然村落，它坐落于群山环绕之中，有着茂密的原始森林，有着美丽的神湖色嫫措，有着神秘的金野鸭，以及林中数不清的野生动物和植物。然而，这么神秘而美丽的机村也很快就会消失了。因为，随着日益频繁的人类活动，人们对森林的不断破坏和砍伐，加之一场突如其来的天火，机村往日的美丽不复存在。对于这场大火，阿来自己也曾提道："《天火》有一个中心事件，即一次严重的森林火灾，火灾发生于六十年代（20世纪）。这篇小说当然牵涉甚多，但最重要的，也是在我们这个社会具有相当普遍意义的是，面对自然灾害时，我们的态度与处理方式往往使天灾连接上人祸。'文化大革命'期间，当然是所有这种荒诞表演最为登峰造极的时期。但这种余绪，今天仍然还有相当的影响。从写法上讲，这个故事的着力点，首先是森林大火这样一个事件，然后才是事件当中的人，而

① 阿来：《大地的阶梯》，云南人民出版社 2000 年版，第 101—102 页。

且不是一两个人,是更多的人。"①天火只是加速机村消亡的一个助推器,更为主要的原因是人。人们的不觉醒,没有任何的防备措施,也没有任何的解决方案。所以,天火过后残留的是一个破败、落后、贫瘠的村庄,村庄已变得破败不堪,了无生气。

对于支离破碎的村庄,阿来说道:"既然是一个碎片化的乡村,那么我能不能发明一种全新的长篇小说结构,它是不完整的,但它每一个碎片是相对完整的,我可不可以用短篇小说或者中篇小说的方式来写这些碎片,然后把它们拼贴在一起?这样,它们就构成了乡村五十年的编年史,而这些碎片的原则就是,在这五十年当中,谁在乡村这个舞台中心表演,谁就是主人翁。所以《空山》的六个大故事,依据便是这六个人物所处的不同时代。大家可以在小说中很清晰地看到:要做一个乡村的中心人物,平均寿命不到十年,不管是经济的还是政治的,不是自然生命,是平均你在乡村算个人物的时间,不会超过十年,我写了六个主要人物来结构这个故事。后来还不过瘾,又写了十二个短篇小说,《空山》这部书其实是六个中篇小说加十二个短篇小说,这样一个拼贴画。到了出版社手里,他们发明了一个词——'花瓣式'结构。这个结构呢,能尽我所能让我笔下破碎乡村生活的描述相对完整。"②正因为乡村发展的零散和破碎,阿来也无法用一个相对完整的故事对藏区乡村的整体面貌进行描述与勾勒,只能用拼贴的方式将其不同时期的故事与人

---

① 阿来:《一部村落史与几句题外话》,《长篇小说选刊》,2005 年第 3 期。
② 阿来、谭光辉等:《极端体验与身份困惑——阿来访谈录(上)》,《中国图书评论》,2013 年第 2 期。

物组合在一起，力图呈现当代藏区发展的脉络。但是，藏区的发展有其特殊性，它是从原始的前生态突然向现代生态转换。是要完全摒弃原有的生活，开始全新的生活？是要完全保留原有的生活，对现代生活避而远之？还是应该在保留传统生活的基础上做出相应的调整以适应现代生活？其间有许多矛盾性与复杂性。要把这种复杂性与矛盾性立体地加以呈现，这让了解藏区现实、了解藏区百姓生活的阿来也感到了些许的困难。所以，阿来才说：

> 多年来，一直想替一个村庄写一部历史，这是旧制度被推翻后，一个藏族人村落的当代史。……但我迟迟没有动笔。原因是，我一直没有为这样的小说想出一个合适从头到尾贯穿的写法，肯定会在呈现一些东西的同时，遗落了另外一些东西。我一直在等待天启一样，等待一种新的写法。现在我明白，这样一种既能保持一部小说结构（故事）完整性，又能最大限度地包容这个村落值得一说的人物与事件的小说形式，可能是不存在的。所以，只好退后一步，采用拼贴的方式，小说的重要部分的几个故事相当于几部中篇，写值得一说的人与事，都可以单独去看，看上去都可以独立成篇。但拼贴起来的时候，会构成一幅相对丰富与全面的当代藏区乡村图景。①

阿来用新闻特写的方式，把藏区从前生态向现代生态转化过程中

---

① 阿来：《一部村落史与几句题外话》，《长篇小说选刊》，2005 年第 3 期。

凸显的问题更加真实地展现了出来,藏区不再是那个遥远而神秘的存在,而是个血淋淋的生存战场。现代公路、新的交通工具、新的房屋建筑已经渗透到乡村的腹部。乡村不得不跟着时代在改变,这种变化是历史的必然。只不过,乡村在新时代中没有走出一条既符合自身实际,又能顺应时代发展的道路,于是才出现了各种矛盾导致乡村的瓦解与破败。《空山》中的机村是中国无数个村落的缩影,阿来想探讨的恐怕不仅仅是藏区村落的变迁及当代境遇,还可能想借此考察整个中国乡村在通向现代化的过程中遇到的问题。村落面临的危机如此深重,应该如何应对这一棘手的问题? 还村落以自然、还村落以和谐,这或许就是阿来写此书的初衷吧! 如论者所说:"实际上,阿来的内心是有两个空山的,什么样的空、什么样的山,始终贯穿和游弋在阿来的写作过程之中。一方面,阿来的内心一直存在着他生于斯长于斯的一个具体的藏地的乡村,沉浸在那一派远山之中的村落,蕴藏着那个世界里具体的艰辛、痛苦、迷茫、苏醒和希望,这无疑是阿来写作的原动力;另一方面,我们会意识到,在阿来小说的叙述背后,必定耸立着一座我们的肉眼所看不见的'空山',这座空山,不是神灵能够从高处俯瞰的世界,也不是航拍的地图可以洞悉的地表样貌,而是一种存在,这种存在是物质的、精神的,更是心灵的和诗性的。而就在这个实体性的存在和看不见的浑穆的空山之间,潜抑着阿来许多的情结。并且,这些已经远远超越了单纯的人与自然的关系。"①

　　这种潜抑的情结也就是阿来对藏区村落浓烈而质朴的爱。在人的

---

① 张学昕:《孤独"机村"的存在维度——阿来〈空山〉论》,《当代文坛》,2010 年第 2 期。

生命中，每个人都会有为之珍爱而想守护的东西。从阿来表述的语言文字中，我们可以知道藏区村落，以及生活于村落中的藏民同胞就是他的珍爱。当看见藏区村落不可避免地走向衰落与破败，藏民生活陷入艰难的困境之时，阿来内心充满了忧伤与痛苦。他知道这一切都将无法挽回，只是在阿来的心中还有着期许。因为，对那些古老的村落而言这一切来得太突然，这一切变化之快以至于人们根本来不及做出反应。如果能在慌乱中安静下来，认清形势，就能够在快速发展的现代社会中找准村落的定位，建设出符合自身实际的现代新型村落。

三、建构与自然和谐的新型村落

藏区村落走向没落是一个无法逆转的事实。那么，村落要如何应对周遭的这一切，阿来寄希望于未来，寄希望于生活在藏区大地上的人。对他而言："作为我本人，我比较看重地域意义相对彰显的作品。这类作品本身的物理涵盖量，能反映出写作者的个人与社会容量，也反射出写作者的个人能量。这类作品的写作者，本身就有很浓的乡村情结或者说很浓的地域情结。作品在他们那里所展现的，常常超越地域或者乡村本身。乡村，作为永恒的叙事场所之一，与城市一样，演绎着时光下的苍茫与沧桑。从乡村出发，走向远方，不仅仅只是时间或者空间意义，更多的是写作者的灵魂追求或者是内心皈依。当乡村叙事成为一种语境上的可能，写作者本身，就已经具备了内在心理上的叙述欲望。"①

---

① 阿来：《乡村叙事的可能性表达——兼及长篇小说〈曾溪口〉》，《青年作家》，2011 年第 7 期。

这种欲望促使阿来在书写藏区村落的时候,不仅写出了村落面临的问题,还写出了村落解决这些问题的可能性。既然已逝的古村落不可挽回,现有的、新出现的城镇与周围的环境又显得格格不入。那么,新的村落形态应该是怎么样的呢?阿来心中有自己的期许:

> 但至少在眼前这个时候,在离城不远的乡村里,嘉绒人传统的建筑还维持着嘉绒土地景观的基本情调。
>
> 我希望这种基调能够维持久远,但我也深深地知道,我在这里一笔一画堆砌文字正跟建筑工匠们堆砌一砖一石是一样的意思。但是,我的文字最终也就是一本书的形状,不会对这片土地上的景观有丝毫的改变。我知道这是一个设计的时代,在藏族人新成长起来的知识分子中,我希望在相关部门工作的我的同胞,把常常挂在嘴边的民族文化变成一种实际的东西,我一直希望在这片土地上出现一种新型的建筑,使我们建立起来的新的城市,不要仅仅只从外观上看去,便显得与这片土地格格不入,毫不相关。
>
> 很多新的城镇,在从四川盆地到青藏高原这些渐次高升的谷地中出现时,总是显得粗暴而强横,在自然界面前不能保持一种谦逊的姿态,不能或者根本就没有考虑过要与周围的自然和人文环境保持一种协调的姿态。
>
> 但在进入这些城镇之前的村庄,却保持着一种永远的与这片山水一致的肃穆与沉静。我常常想,为什么到了梭磨河谷中,嘉绒的村庄就特别美丽了呢。我这样问自己,是因为

梭磨河是我故乡的河流。我害怕是因为有了一种特别的情结，因而做出一种并不客观的判断。现在我相信，这的的确确是一个客观的判断。

马尔康，作为一个城镇，在中国土地上，大多数情况下，是一个不为人知的地方。但就是这样一个地方，也像是进入中国任何一个城镇时一样，有一个城乡结合的边缘地带。在这样一个边缘地带，都有许多身份不太明确的流民的临时居所，也有一些不太重要的机构像是处于意识边缘的一些记忆碎片。流民的临时居所与这些似乎被遗弃但却会永远存在的机构，构成了一种特别的景观。在这种景观里，建筑总是草率而破旧，并且缺乏规划的。这样的地方，墙角有荒草丛生，阴沟里堆满了垃圾。夏天就成了蚊蝇的天。这样的地带也是城市的沉沦之地。城镇里被唾弃的人，不出三天立马就会出现在这样的地方。这样的地方，在中国的城镇与乡村之间，形成了一种令人绝望的第三种命运景观。

一个城市如果广大，这个地带也会相应广大；一个城市小，这个地带也会相应缩小，但总是能够保持着一种适度的均衡。

……

我希望地球上没有这样的地方，我更希望在故乡的土地上不存在这样的地方。因为每多一个这样的地方，就有一大群人，一大群不能左右自己命运的人，想起这里，就是心中一个永远的创伤。

马尔康也像任何一个中国城镇一样,一过了这样一个令人难堪的地带。一个由一批又一批人永不止息,刻心经营的明亮整洁,甚至有点堂皇的中心就要出现了。[①]

原来,在阿来的心中,村落应该是与自然和谐统一的。不是在破坏自然的前提下建设新的村镇,也不是为了求快速度而盲目建设,而是在尊重自然的前提下设计和建造;不是以人的标准、人的需要、人的欲望去建构村庄,而是以自然的标准、自然的原则规划村庄。这就要求那些在藏族中新成长起来的知识分子,以及在相关部门工作的工作人员在开始一项新的决策,准备进行新的规划与建设时,要懂得尊重自然,让自然保持原来的姿态,在不破坏、不违背、不盲目的前提下建设新的村庄、建设新的乡镇。当然,还应该考虑到村落的可持续发展问题。这样的村落将会是一个规划合理,与自然和谐并且适合人居住的村落。阿来也希望生活于村落中的人们会学着去爱护身边的自然,尊重自己生活的土地。因为,土地是生命依靠的根本,如果不懂得尊重土地,无节制、无限度地播种,就会使土地失去肥力,最终导致土地的荒芜。就像《空山·荒芜》中所描述的一样,解放后,机村的驼子也跟村里的其他人一样拥有了自己的土地,当时土地肥沃,人们播种粮食也播种希望,对未来的生活充满了期待。但是,在"大跃进"时期,在"总路线鼓干劲!争取亩产到三万"的指标下,驼子带领村民展开了"咚咚呛!咚咚呛!苦干苦干再苦干,每人积肥六十万"的运动,地里堆积了过多的肥料,结

---

① 阿来:《大地的阶梯》,云南人民出版社 2000 年版,第 193—195 页。

果播种下去的麦子，刚刚冒出嫩芽就全部被烧死了，土地也荒芜了。为了生活，人们只能去毁林开荒，但是这又引发了泥石流等自然灾害，机村的土地变得更加荒芜了。一心想要种出粮食的驼子，在几经努力之后仍一无所获，最终在绝望中死去。当然，荒芜的不仅仅是土地，机村也随着荒芜了。

所以，在建构新型村落的时候，不仅要帮助村落寻找新的经济发展点，帮助村民通过其他渠道获取生存物资；而且也要引导村民合理地利用和开发自然资源，提高村民生态保护的意识。藏区村落自然生态恶化很重要的原因是人们环保意识淡薄，所以，有必要对他们进行适当的环保教育。只有这样，藏区村落才能走上良性发展的道路。在一个良性发展的村落中，村民不必为生存而担忧，也不会为利益与自然为敌。反而，人们会珍爱身边的大自然，也更会珍惜自己所拥有的。人们也不会盲目建造新村落，而是在尊重自然与自然和谐的前提下小心翼翼地建设，这样的村落也就是新型的藏区村落。阿来通过查看他国的现代乡村，已给出了自己理想中的村落——既与自然融合又遵循自然法则基础之上建立的村落，它既不会在快速推进现代化的时候表现出彷徨，也不会在以崭新的面貌出现之时显得突兀。它会适时做出必要的调整，在新的时代释放自己的色彩。就像阿来自己在他国乡村旅行时所看到的乡村景象："在异国的乡村，我看到那些乡村还有自己的纵深。一个农夫骑着高头大马，或者开着皮卡出现在高速路边上，但在他的身后，原野很广阔。一些土地在生长作物，而另外一些土地却在休养生息，只是生长着野草闲花。一定的时候，拖拉机开来，把这些草与花翻到地下，就成为很好的有机肥。把那些土块隔开的是大片的森林，在林子的边缘,是那些农庄。这种景象,在经济学家或政治家的描述中,就是中国乡村的未来——大部分人进入城市,一些农村也城镇化,然后,剩下的农村大致就成为这个样子。"①新型的村落并不会因为现实的压力而急于做出改变,它们会保留自己的传统,也会有自己的风格,也不会因为外面世界的风云变幻而迷失自我。在新的村落中人们过得恬静安详,人们自由自在地享受着与自然同在的美好与幸福。

这样的乡村有着自己的纵深,有着自己的生存空间,有着自己的文化,有着自己可以驰骋的精神世界。在这里,人们可以像惠特曼在《庭院中的紫丁香再次盛放时》中所吟诵的那样:

> 现在,我在白天的时候,坐着向前眺望/在农民们正在春天的田野里耕作的黄昏中/在有着大湖和大森林的不自知的美景的地面上/在天空的空灵的美景之中(在狂风暴雨之后)/在午后的时光匆匆滑过的苍穹之下,在妇女和孩子们的声音中/汹涌的海潮声中,我看见船舶如何驶去/丰裕的夏天渐渐来到,农田中人们忙碌着/无数的分散开的人家,各自忙着生活,忙着每天的饮食和琐屑的家务……②

这是阿来梦想的藏区村落的未来,也是中国乡村的未来。为了这

---

① 阿来:《有关〈空山〉的三个问题》,《扬子江评论》,2009 年第 2 期。
② [美]沃尔特·惠特曼:《惠特曼诗歌精选》,李视歧译,北岳文艺出版社 2010 年版,第 69 页。

个梦,阿来一直努力地行走着,一直努力地书写着,一直努力地观察着,也一直努力地等待着。这个梦是不是离藏区的实际太遥远? 其实,这个梦近在咫尺,因为,阿来以自己的切身体验书写出了藏区村落走向现代化过程中存在的问题。虽然问题多到让人绝望,但是只要努力更正出现的问题,并且效仿其他地方村落发展的方式,同时正视自身存在的问题,将问题一个一个击破,那么就能创造出一个全新的村落。虽然,这将是一段漫长的路程,但是只要每个人意识到这一点,并且行动起来,那么这一天终究会到来。

第二节 藏族传统文化与语言的衰落

一、藏族传统文化的消亡

传统藏区和中国其他地区的少数民族一样,在衣、食、住、行等方面有着自己独特的文化,在漫长历史进程中形成了有别于其他民族的习俗以及语言风格等,这是先民们留给后人的珍贵的历史遗产,也是中华文明的重要组成部分。但是,时代风云巨变,藏族地区的文化在外来文化及汉文化的影响下,已经开始慢慢失去自身的特色,有的已经消亡。

民族文化是一个民族想象力与智慧相结合的结晶,能深刻体现一个民族的性格,是一个民族有别于其他民族的重要标志。民族文化在不断与其他文化的交流、融合、碰撞中学人之长补己之短,以求得生存和发展。藏区封闭之门的开启,使得藏区的文化不得不面对汉文化及其他的文化。但是,当藏文化遇上汉文化,阿来有种强烈的衰落感。这种衰落感源自哪里?阿来在《大地的阶梯》中说出了缘由:

在嘉绒藏区,很少能看到在别的藏区常见的那种大规模的寺院。但寺院无论大小,都有一个明确的归属。第一,它属于苯教还是佛教。如果属于藏传佛教,还要看它是属于宁玛、萨迦、噶举、觉囊和格鲁等教派中的哪一个教派。每一种宗教,每一种教派,都有自己鲜明的特点与教义。

但在莫尔多神庙,我却看到了一种不可思议的景象。

这座庙从外观上看,那两楼一底的亭阁式的建筑,更像是一座汉式的道观,而鲜少藏式建筑的特点。

走进道观,不,我还是应该说走进神庙,就进入了底层大殿,正中供养着莫尔多山神像。原来莫尔多山神的坐骑不是战马,而是一头黑色的健骡。山神就披一件黑毛毡大氅骑在骡子背上。更令人吃惊的是,骡子的缰绳不是控在山神自己手里,而在前边一个侍从手里。骡子屁股后面,还跟着另一个手持大刀的战将。不论如何,这都与我想象中的山神形象相去甚远。这也是我第一次看到人们为一座山神所造的神像。

同一层的大殿中面南方向,还供有千手观音像一座。

第二层,是汉人崇信的镇水的龙王。

第三层,更是汉藏合璧。计有汉族道教尊崇的玉皇大帝一座和藏族普遍崇信的莲花生大像与宗喀巴像和毗卢遮那像各一座。

在这样的寺院里，你当然也不会指望看到常见的藏族寺院里那种无论从历史文化还是艺术价值的角度着眼，都有着非常价值的那种壁画。

离开这座寺庙的时候，我心里有种失落了什么的凄楚的感觉。我从来不是一个主张复古或者是文化上顽固的守成论者。但在这样一个地方，你只看到了文化的损毁，而没有看到文化的发展。你只看到了一种文化上的拙劣杂糅，而没有文化的真正的交融与建构。

莫尔多山周围地区，是藏族文化区中别具特色的嘉绒文化区的中心地带，但现在你却在看到自然界的满目疮痍的同时，看到了文化万劫难复的沦落。①

阿来内心的那份凄楚与忧伤笔者深有体会，因为笔者自小就生活在少数民族地区。作为少数民族群体中的一员，我亲身经历了落后山区从封闭逐渐走向开放的过程。汉文化以迅雷不及掩耳之势席卷笔者所生活的地区，它和藏区一样面临着文化沦落的危机。人们无法回到过去，也无法融入新时代的生活，内心惶恐却又无可奈何。那些先辈们留下的优秀的传统文化，如独特的饮食习惯、穿戴服饰、房屋建筑以及语言风格已然消失不见，取而代之的是汉式的饮食、汉式的服装、汉式

---

① 阿来：《大地的阶梯》，云南人民出版社 2000 年版，第 94—95 页。

的建筑,以及汉式的语言。每当行走在故乡的大地上,看见那些与周围的自然环境格格不入仓促建成的房屋,看见离开了自己延续上百年甚至上千年生活习俗的亲人们,内心总会有种莫名的感伤。看到自己故乡经历巨大的变革,看见自己所爱的乡亲身处困境,自己对此却无能为力,这种无力感或许就是导致阿来内心失落与悲伤的原因吧!

面对社会的巨大转型,人们应该做出相应的调整以适应社会的发展。但遗憾的是"'……时世越发艰难,古代光荣业绩越成为陈迹,各式各样的传奇就越发赋予它们以各自的解释,用缤纷的色彩涂饰过去的幽灵。几乎所有贵族家庭都自夸是古代赞普、大臣、将军、幕僚的后代。'但现今,大多数世袭的贵族失去权力与尊贵的地位半个多世纪了。原因可能是在历史的重要转折关头,高原上的人们做出了一个错误的选择,把希望的实现完全委托于出世的佛法。于是僧侣集团成为权力的中心,形而上的信仰变成了现实的约法。于是,民族与国家如何强健这种现实考量,却依凭了虚无的祈禳。比如说,轮子在所有文化中的出现,都是制造去到远方的车,更进一步,是造成种种机械。但在青藏高原上,除了水磨房,所有该出现的都没有出现,出现的是经轮。具象者是手摇的,手推的,水冲的种种经轮。抽象的,金光灿然,在寺院的高顶之上"①。在充满苦难的现实世界,佛教以彼岸世界的信仰给予藏民人生意义的终极关怀和精神寄托。藏民通过积德行善、供奉神灵、施舍别人的方式获得幸福感,但是过多地追求来世生活的幸福而轻视现世生

---

① 阿来:《有一种生活让人觉得世界也许没有未来——山南记之雍布拉康》,腾讯大家,2015 年 8 月 5 日,https://dajia.qq.com/blog/19760075741437.html。

活的信仰导致了藏民"缺乏利己驱动机制,鄙视商业行为……只追求稳定和维持现状,不追求生产方式的改进和产业的产出增大,更不会追求生产要素的合理配置"①。面对巨大的社会转型,藏民们并没有做好充分的准备,"对于这种转型,用我们官方的表述就是从奴隶社会、农奴社会一下子进入到了社会主义社会,而且我们对这种巨大的跨越毫无准备。汉民族社会走到今天,有那么多人曾经进行思想、文化、政治、科技和实业方面的种种努力和准备,这些努力从严复、龚自珍他们就开始了,终于走到今天;而且即使这样,这种震荡还在进行当中。对藏民族来说,却完全没有任何准备,它的社会精英对此没有准备,老百姓更加没有,没有前行的准备,也没有接受这些新东西的准备,可想而知,老百姓会经历怎样的命运,这个过程对他们将有多么艰难。"②所以,"当整个民族文化不能孕育出富于建设性的创造力的时候,弱势的民族就总是在通过模仿追赶先进的文化与民族,希望过上和外部世界那些人一样的生活。当全球化的进程日益深化时,这个世界就不允许有封闭的经济与文化体存在了。于是,那些曾经在封闭环境中独立的文化体缓慢的自我演进就中止了。从此,外部世界给他们许多的教导与指点,他们真的就拼命加快脚步,竭力要跟上这个世界前进的步伐。正是这种追赶让他们失去自己的方式与文化"③。迫于现实的压力,藏区不得不努力追赶现代化,学习先进的现代文化,对先进文化的囫囵吞枣造成的结

---

① 李健:《对于西藏经济发展进程的制度变迁分析》,《西藏发展论坛》,2008年第1期。
② 何言宏、阿来:《现代性视野中的藏地世界》,《当代作家评论》,2009年第1期。
③ 阿来:《没有一种固定不变的民族文化》,《青年作家(中外文艺版)》,2009年第2期。

果是非但没追上、反而在追求中失去了自我,失去了自己的文化个性。加之自身文化的局限性,所以当与新的文化(汉文化)对接的时候就表现得力不从心,既不能从新文化中汲取养料为我所用,也不能利用自身的文化创造出新的文化,在强势的汉文化面前处境也就变得极为尴尬。对于这一点阿来也曾在《有关〈空山〉的三个问题》中感慨道:"是的,消失的必然会消失。特别对文化来说,更是如此……这些文化所以消失,大多是因为停滞不前而导致其在现代社会中适应性,也就是竞争力消失……文化不是一个单独的问题,而是与政治、经济紧紧地纠结在一起。任何一个族群与国家,不像自然界中的花草,还可能在一些保护区中不受干扰地享有一个独立生存与演化的空间……基于这样的认识,我不悲悼文化的消亡。但我希望对于这种消亡,就如人类对生命的死亡一样,有一定的尊重与悲悼。悲悼旧的,不是反对新的,而是对新的寄予了更高的希望。希望其更人道,更文明。"①

造成这种境况与藏区自身的文化有关,也与汉文化的迅速推进有关。汉文化在藏区一路高歌猛进,并以自身的立场给出了许多的教导与指点,表面上看是对藏区文化给予帮助,实际上并不是建立在尊重藏文化基础之上的,并没有对藏文化有真正的认识和了解,忽视了藏区文化的实际,不清楚藏区到底需要什么,其结果是给藏区文化带来了极大的伤害。在无法推陈出新的情况下,藏区文化在时代环境中面临着消亡的危机。另外,现代国家的进入也引发了藏民的焦虑,因为"人们怎么也不太明白,他们祖祖辈辈居住的山里一夜之间就有了一个叫作国

---

① 阿来:《有关〈空山〉的三个问题》,《扬子江评论》,2009 年第 2 期。

家的什么东西。当他们提出疑问时，那些代表了国家的人就说，你们也是国家的主人，所以你们仍然还是山里的主人。……但是后来却来了一个叫作国家的人，而且这个人并不存在，他看不见、摸不着，却又宣称对什么东西全都领有，这就超出了他们的理解和思维能力"①。

随着国家而来的却是乡村大小规模的规划和建设，乡村、道路在一点点失去他原来的样子。阿来在《落不定的尘埃》中写道："小城里已经是另外一种生活，就在那些乡野里，群山深谷中间，生活已是另一番模样。故乡已经失去了它原来的面貌。血性刚烈的英雄时代，蛮勇过人的浪漫时代早已结束，像空谷回声一样，渐行渐远。在一种形态到另一种形态的过渡时期，社会总显得卑俗；从一种文明过渡到另一种文明，人心猥琐而浑浊。"②其实不只藏区发生了巨大的社会变革，面临着社会转型，中国广大的少数民族地区也经历着同样的遭遇，"但藏区的问题有意思就在于，这个对现代性的追求最初不是民族内部自发的，是外力作用强制的。所以，对现代性还没有基本理解的时候，就在接受了……对整个社会可以叫转型，但对一些特定的人、特定的现象，那就是消失，就是死亡。这些多年形成的旧的东西本身就有惯性，但更重要的是，他们根本不懂现代性的东西，你硬是给他，他只能勉强接受，但是为什么接受呢？这一点他始终想不清楚。人们接受一件东西，首先必须理解它，但是就他们的思维水准来说，怎么都是无法理解的"③。所以，面对

① 何言宏、阿来：《现代性视野中的藏地世界》，《当代作家评论》，2009年第1期。
② 阿来：《灵魂之舞》，人民文学出版社2013年版，第276页。
③ 何言宏、阿来：《现代性视野中的藏地世界》，《当代作家评论》，2009年第1期。

藏区现代转换过程中出现的一系列问题,阿来的用意不仅仅是用笔墨写下自身的感受,而是真实地面对国家在现代化过程中出现的问题,以期获得某些转变的可能。用阿来自己的话讲,就是一个作家写下一部关于南部非洲某个国家的书,并不是为了给远在万里之外的"我"这样的读者提供一个关于远方的读本——客观上它当然有这样的作用。更进一步说,当作家表达了一种现实,即便其中充满了遗憾与抗议,也是希望这种现状得到改善。但作者无法亲自去改善这些现实,只是诉诸人们的良知,唤醒人们昏睡中的正常感情,以期某些恶化的症候得到舒缓,病变的部分被关注,被清除。文学是让人正常,然后让正常的人去建设一个正常的社会。[1] 在《嘉绒曾经的中心:雍忠拉顶》中,阿来也遇到了同样的情形,"这年的秋天,我来到雍忠拉顶。当那座新建起来的寺庙出现在眼前时,我简直失望之极。我向来不主张恢复一切已被毁弃的建筑。因为那时的建筑,是一种活生生的存在,是一种历史与风习的自然凝聚,时事变迁,物换星移,按原样恢复的建筑,至多复原了一种外在的形式,而内在的东西,早已随着无情的时光,消逝得无影无踪"[2]。在《找不到过去的影子》中,阿来行至小金县的美兴城,希望能有新的发现,但是,眼前的景象让他大失所望。因为,县城里没有一座具有藏族风味的建筑。走进唯一一个具有异国风味的天主教堂,可是堂内已经没有任何与宗教相关的东西。没有圣象,也没有祭坛。不仅如此,这个

---

① 阿来:《善的简单与恶的复杂》,载《看见》(散文随笔集),湖南文艺出版社 2011 年版,第 119 页。

② 阿来:《大地的阶梯》,云南人民出版社 2000 年版,第 261—262 页。

曾经在该地区存在且传播过相当长一段时间的宗教在美兴县没有留下任何踪迹。对此,阿来说道:"我不由得为一种曾经艰难进入的文化那么容易就消失得无影无踪而感到惆怅。虽然我不是崇洋媚外的人,但我相信,当年,教堂里风琴声响起,藏人们用生硬的腔调念诵祈祷文时,应该也是非常虔敬的,他们吟唱圣歌时肯定别具一种生涩而又妙曼的美感。"①藏区没有办法也没有能力守住已有的传统文化,只能眼睁睁地看着祖先留下的遗产慢慢消失殆尽。对于外来的,那些与自身文化不同的异质文化,它们也没法适应,也不能从中吸收丰富的营养壮大自己。所以,只能盲目跟随那些先进文化,处境极为尴尬。

面对藏区文化日益消亡的危机,阿来的心中满是感伤。他用怀念的笔调和心情书写着那些消失与正在消失的文化,书写那些正在消失的生命以及他们的生存处境。他明白,这就是所谓历史进程,旧的文化消失,新的文化成长。"是的,消失的必然会消失。特别对文化来说,更是如此。自从有人类社会以来,族的形成,国的形成,就是文化趋同的过程,结果当然是文化更大程度上的趋同。如果说这个过程与今天有什么不同,那就是因为信息与交通的落后,这个世界显得广阔无比,时间也很缓慢。所以,消失是缓慢的。我至少可以猜想,消失的缓慢会有一个好处,那就是人们在不知不觉中习惯这个消失的过程,更可以看到新的东西慢慢地自然成长。新的东西的产生需要时间。从某种程度上说,进化都是缓慢的,同时也是自然的。但是,今天的变化是革命性的:迫切、急风暴雨、非此即彼、强加于人。理解要执行,不理解也要执行。

---

① 阿来:《大地的阶梯》,云南人民出版社 2000 年版,第 123 页。

不然,你就成为前进道路上一块罪恶的拦路石,必须无情地毫无怜悯地予以清除。"①这就是让阿来心痛的原因。藏区的文化日渐消亡,可是在藏区大地上并没有生出新的文化,有的只是汉藏合璧之后杂糅拼贴出来的文化,这种文化既不是藏区的文化,也不能代表藏区的文化。阿来不是反对现代化,也不是反对民族文化之间的融合,而是不希望看到当先进的文化碰到古老落后的文化时,总是摆出一副傲慢的姿态。"任何一个族群与国家,不像自然界中的花草,还可能在一些保护区中不受干扰地享有一个独立生存与演化的空间,文化早已失去这种可能性了。基于这样的认识,我不哀悼文化的消亡。但我希望对这种消亡,就如人类对生命的死亡一样,有一定的尊重与悲悼。悲悼旧的,不是反对新的,而是对新的寄予了更高的希望。希望其更人道,更文明。"②

为何阿来对藏族传统文化的消亡如此敏感?这种敏感又是从何而来的呢?在《文学表达的民间资源》中阿来这样说道:"我知道民间文化的精华是怎样被忽视,被遗忘的。而我生于民间,长于民间,知道在藏民族的日常生活中,强大的官方话语、宗教话语并没有淹没一切。在这里,我必须说,不是我开掘了这个宝库,而是命运给了我这个无比丰厚的馈赠。"③阿来的情感总是与民间联系在一起,阿来不仅通过自然来思考藏区的现代化,同时也以在场者的身份注视着民间发生的一切变化。因为是热爱民间的人,因而也能最敏感地发现民间的细微变化,对自然

---

① 阿来:《有关〈空山〉的三个问题》,《扬子江评论》,2009 年第 2 期。
② 同上。
③ 阿来:《阿来散文》,人民文学出版社 2015 年版,第 183 页。

生态、社会生态、精神生态也能给出独到的见解，深刻地展示自己的生态哲思。我们可以把民间比作一处未经发现的宝藏，要了解它就需要深入腹地。在这个过程中，人的心智与民间建立起一种存在与发现的关系，那么，我们这里提出一个问题，阿来是如何书写民间的呢？又是如何将民间的资源转化成生态表达的呢？回到阿来的表述中来回答这一问题，作者最初的情感认知无疑是来自自己生于斯长于斯的民间。但是经过一段时间，另外一种复杂而矛盾的情感随之产生，但是另外一种情感与最初从民间获得的情感并不相同。前者是静态的，后者是动态且复杂的，是由作者自己不同的感受造成的。

综观阿来的文学创作，可以发现阿来是一位善于利用民间资源的作家。从《尘埃落定》《空山》《格萨尔王》《蘑菇圈》，到《瞻对：一个两百年的康巴传奇》，阿来都是从民间获取了写作的源泉，让民间的那些故事、人物在自己的文字中复活。2009年阿来完成了他的《格萨尔王》，并在北京国际图书博览会上首发。在开始创作这部作品前，阿来花了多年的时间进行田野调查，在康巴大地上四处游走，穿梭于甘孜、德格、石渠、道孚等县，寻访一个个名胜古迹，拜访一个个民间艺人，整理了很多历史文献资料，为的是重述"格萨尔王"这个神话故事。故事主要讲述的是格萨尔作为天神之子降生人世，在完成了降妖伏魔、安定三界任务后返归天界的故事。关于重述这个故事，阿来曾说："重述的本质是要把神话的东西具象化，重述《格萨尔王传》，我主要做了三个方面的工作：一是到藏民族腹地调查研究。《格萨尔王》反映的是藏民族从原始部落联盟到国家产生，也就是从格萨尔称王起这段历史。它涵盖了藏民族独特的文化精髓，我身为藏族作家，过去也掌握了一些这方面的资料,但很不够,所以还得从案头走向藏区。二是钻研史诗。一百多年来,《格萨尔王》一直都是口头传承,现在要用现代手法来表达,研究成果很多,也很杂,还得花费很大力气去研读、梳理。三是核实史料,国家由小到大扩张,牵涉到一些战争,时过境迁这么多年,需要重新核对。"①即便如此大费周章,阿来为何还要东奔西走不辞辛苦地收集整理各种材料?因为格萨尔王的故事一直都是口口相传至今,但都是一些碎片化的故事,缺少完整性;并且随着藏区的现代化,像《格萨尔王》这样一些优秀的民间故事也受到极大的冲击。如果不认真加以整理,就会被越来越多的人误读,甚至贴上宗教神话的标签。人们就不会对藏区有真正的认识。"现在大家认识藏文化的时候,基本上把它跟一个宗教等同起来,但是其实这个文化内部可能更丰富,绝非是一个宗教就可以把它全部覆盖、可以代表的。我想我所有写过的东西里,包括格萨尔也是这样,为什么要寻找口头传统,口头传统包括很多非宗教的跟民间的因素。我也很难总结什么,但是我希望我在所有场合都会这么讲,不希望仅仅把藏族、把它的文化形态完全用宗教覆盖……当然我们现在已经有了很多别的民族在发展的同时,丢掉传统文化的时候,我们对这个问题略微注意一下——我们在发展的时候,不要对传统文化破坏太多就可以了。"②作者用心良苦的目的可以说:"格萨尔王作为一个史诗中的民间英雄,在代代相传的叙述和回忆中,早已投射为藏民族民间文化和

---

① 《格萨尔王:阿来准备了一辈子的小说》,搜狐读书,2009 年 1 月 5 日,http://nr. book. sohu. com/20090105/n261580497. shtml。

② 阿来:《藏文化不能用一个宗教来全部覆盖》,新浪读书,2009 年 9 月 3 日,http:// book. sina. com. cn/author/authorbook/2009-09-03/1225260039_3. shtml。

民族文化的复合体。阿来正是通过重述,让我们看到了一个民族的民间信仰和民族意识。在阿来的重述中,时间已被定格,过去的民族英雄被召唤到现在,而这种召唤的现实意义,无疑增强了今天藏民族的群体认同。作为一个带有鲜明宗教色彩的隐喻形象,格萨尔王南征北战的一生演绎了藏传佛教的转化和发展历程。作为一个神话英雄的理想范本,格萨尔王把我们带向了佛教超验的高度,让我们看到了奉献、牺牲、自由与永恒。这些超越世俗的精神追求,赋予我们克服人性弱点的勇气,促使我们成为一个人格完整的个体。从这个角度看,阿来的重述如同一种启蒙仪式,引领着我们回归遥远而神圣的生命关照领域。"①这或许是在这人心荒芜的时代,阿来希望人们重拾信心与勇气而做出的一种努力吧。

长篇《瞻对:一个两百年的康巴传奇》的着眼点是瞻对土司部落,作者将该地两百余年历史变迁与部落融合钩沉了出来,讲述了汉藏交汇之地藏民艰难而又苦难的生存境地,并借此传达了作者对藏族文化的现代反思。瞻对藏民生活在汉藏交界地带,这里是重要的交通要道,是茶马古道的必经之地。由于处在特殊的地理位置,并深受汉文化的影响,他们既不同于藏区的藏民,又与汉族有着巨大的差别。他们信仰藏传佛教,但是又不同于藏区的其他教徒,他们成了一群离开藏族原有的生活方式又无法融入汉族生活的一群人,处境极为尴尬。阿来就是从这些人的处境入手,并以瞻对土司的兴衰展现了藏民一段艰辛而又坎坷的旅程。作者之所以选取这样一个地方作为描述的对象,其实也是

---

① 梁海:《阿来文学年谱》,复旦大学出版社2014年版,第144页。

现今藏民走向现代化的一个真实写照。用阿来自己的话说:"'瞻对'现在叫新龙县,这个地域很有意思,按康巴地区的方言,'瞻对'是'铁疙瘩'的意思,也就是强悍、好胜,历史上这个地方跟清政府之间的冲突达六七次之多,而且是大规模的战争。虽然融入这个国家很艰难,但'融入'是历史的大趋势,在瞻对,这个'融入'用了两百多年。不只是中国,整个世界的所有民族都是慢慢走向融合的。从长一点的历史阶段来看,很多冲突的结果就是融合,而不是对立。在我看来,我们对于历史的研究还不够,民族关系问题自古以来就存在,过去可能还更严重,我们需要从历史的源头很好地认识、梳理这些问题,汲取经验教训。而且目前对于历史往往是粗线条的说法,从微观上关注不多,《瞻对》就能从微观层面上说明一些东西。对于今天社会出现的问题,我们也不要大惊小怪,觉得是了不得的事情,其实跟历史上的冲突相比现在要好多了。没有从历史的视角来看的话,无论是老百姓还是基层政府,看待这个问题就容易简单化,也有可能操作失当,反而加重了这种隔阂,酿成真正的文化冲突。"①阿来正是选取了瞻对土司这一典型的历史样本,表面上呈现的是川属藏民的精神变迁,以及生活困苦艰难的过往,实际上作者是忆古思今,站在人类文明的高度去反思和重审历史,目的是着眼于藏民的现在和未来。

阿来怀着悲悯的心去书写文化的消亡,他希望在新旧文化交替的过程中能尽量减少一些悲剧。民族文化是一个民族存在的根本,是人们勤劳和智慧的结晶,如果不懂得保护和传承,或者不懂得与时俱进,

---

① 阿来:《我不能总写"田园牧歌"》,《南方日报》,2014 年 1 月 21 日。

创造出新的文化，那么民族文化就会走向消亡。而民族自身也没有发展的未来，只能被先进的民族文化淘汰或者取代。藏区正处于尴尬的境地，但要如何应对这一切，并且找到属于自己的发展道路，阿来也没有明确的答案，他说："我所能做的，只是在自己的作品中记录自己民族的文化——在全球化的背景下，她的运行，她的变化。文化在我首先是一份民族历史与现实的记忆。我通过自己的观察与书写，建立一份个人色彩强烈的记忆。"①

二、藏族语言的衰落

语言是人类最为重要的交流工具，是人们沟通与交流思想的媒介。人们借助语言保存和传承文明成果。语言是一个民族有别于其他民族的重要标志，语言是民族文化传承与发展的载体；没有语言，文化将无法继承，更无法发展。过去，藏民族用自己的智慧创造了本民族的语言文字，用本民族的语言文字创造了灿烂的文化，向世界展示了藏族语言强大的生命力和无与伦比的魅力。但是，随着藏区从前生态向生态的转换，藏族语言也在发生着巨大的转变，这种转变使藏族语言正渐渐失去它的色彩。藏区走上现代化的发展之路后，藏区封闭已久的门被迫打开，汹涌而至的是汉文化，而汉文化的背后是势头强劲的汉语。一切新的事物、新的概念、新的思想、新的观念以汉语的方式呈现在藏民面前。这一切对藏民而言既新鲜又惊奇。为了能认识和接受新的事物，人们不得不开始学习并使用汉语，以便融入新的时代并适应新的生活

---

① 阿来：《没有一种固定不变的民族文化——在法兰克福书展上的演讲》，载《看见》，湖南文艺出版社 2011 年版，第 172 页。

方式。

为了方便藏民的学习,政府在藏区各地开办了汉语学校,并从全国各地招收汉语教师,委派他们去藏区给藏民教授汉语,这不仅有助于藏民学习汉语,而且也让汉语在藏区迅速普及开来。汉语渐渐成为藏民生活的重要组成部分,影响着人们的行为习惯与日常活动,并且这种影响力也在与日俱增。对此,阿来曾说道:"从童年时代起,一个藏族人注定就要在两种语言之间流浪。在就读的学校,从小学,到中学,再到更高等的学校,我们学习汉语,使用汉语。回到日常生活中,又依然用藏语交流,表达我们看到的一切,和这一切所引起的全部感受。在我成长的年代,如果一个藏语乡村背景的年轻人,最后一次走出学校大门时,已经能够纯熟地用汉语会话和书写,那就意味着,他有可能脱离艰苦而蒙昧的农人生活。我们这一代的藏族知识分子大多是这样,可以用汉语会话与书写,但母语藏语却像童年时代一样,依然是一种口头语言。汉语是统领着广大乡野的城镇的语言。藏语的乡野就汇聚在这些讲着官方语言的城镇的四周。"①阿来与藏族的其他知识分子一样通过学习精通了汉语,并且离开了自己的故乡。但是他们中大多数却只会书写汉字而不会书写藏族文字了。为何会出现这样的情形?因为在新的时代环境中,藏语已不能满足人们表达的需要,对于新出现的事物藏语还没有与之相应的语言表达,人们需要时就要借助汉语来表达。这时,就已充分显示出藏语和汉语两种语言的不同特质,藏语并没有随着时代的改变而发展变化;汉语则是与时俱进,随时都在发展与变化之中。当

---

① 阿来:《穿行于异质文化之间》,《中国文化报》,2001 年 5 月 10 日。

汉语与藏语相遇，汉语显出明显的优势。这种优势用阿来的话讲就是：

> 我们讲汉语的时候，是聆听，是学习，汉语所代表的是文件、是报纸、是课本、是电视、是城镇、是官方、是科学，是一切新奇而强大的东西；而藏语里头的那些东西，则是与生俱来的，是宗教、是游牧、是农耕、是老百姓、是家长里短、是民间传说、是回忆、是情感。就是这种语言景观本身，在客观上形成了原始与现代，官方与民间，科学与迷信，进步与停滞的鲜明对照。在这样两种不同的语言间不间断地穿越，我对不同语言的感觉，就绝对不是发音不同与句式不同那么简单。而是发现，可能我们面对这个世界的基本立场，都是由所操持的语言所决定的：对世界与人生认知或者拒绝认知，带着对传统的批判探寻的理性或者是怀着自足的情感沉湎在旧知识体系的怀抱。①

"语言消亡现象与各种语言间的接触有着非常密切的关系，而各种语言间的接触则意味着操各种语言的社团的接触。操各种语言的社团从本质上讲是客观现实。相互接触的社团的文化、社会、历史、经济、人口和政治等特殊性，以及相互之间可能随着时间而变化的关系，都会影响有关语言的命运。"②有着强大生命活力的汉语逐渐渗透到藏族的文

---

① 阿来：《汉语：多元文化共建的公共语言》，《当代文坛》，2006年第1期。
② ［法］C.克莱里斯：《语言消亡的过程》，王秀丽译，冯韵文校，《外国社会科学》，1994年第6期。

化中,正以不可阻挡的气势裹挟和覆盖着藏语,以及藏语形成的语言文化。藏语作为一种边缘性质的语言种类,正被处于中心地位的汉语同化为汉语的各种表达方式与表达习惯。作为内在精神的语言习惯与情感表达,藏语正在失去它的自在性与独立性。阿来作为藏民族文化的书写者,对于藏语遭遇的这种困境应该说是相当清醒同时也是非常无奈的。阿来用文字记录藏语在当下渐渐失色的过程,说到底是作者对他的民族及其所属语言和文化的一种爱的体现。但这种行为本身对于挽回渐渐失色的语言文化是于事无补的,阿来也清楚地知道这一点。因为日益快速推进的现代化,藏区走上了从前生态向生态转换的道路,藏区从封闭走向开放,从原始自给自足的自然经济走向了社会主义市场经济。新的生活方式也随之出现,为了便于沟通和交流,语言的学习与借鉴也就成为必然的选择。

对于像阿来这样有机会进入学校,并且能将汉语学好的知识分子来说,学好汉语就意味着命运的翻转与改变。但是,对于大多数普通藏民来说,即便政府开设了许多汉语学校,由于地理、环境等各方面因素的限制,他们很少有机会走入校门学习知识,所以他们本身没有多少文化知识,想学好本民族的语言对他们而言就已经是非常困难的事了,现在又有新的语言需要他们面对,要开始学习新的语言并且运用到实际生活中简直难如登天。这种情形早在《尘埃落定》中就有所体现,农奴们生活在土司的领地上,完全受土司们的摆布,他们时常忍受着饥饿与痛苦,温饱问题都难以解决,读书求学对他们而言是一个可望而不可即的梦。随着藏地与外面世界交流的逐渐增多,土司们管辖的领地上出现了许多新事物,如罂粟、鸦片、气枪、收音机、眼镜、西装、钞票等,这些都是藏民之前的生活中未曾出现过的物品，人们在藏语中找不到与之相对应的词汇。由于知识的匮乏，人们也没有办法凭空造出一个藏语新词，像汉语那样将舶来的词汇直接翻译成汉语词汇。人们只能用汉语称呼它们，于是藏语中夹杂着许多汉语词汇，藏语失去了它的纯粹性，在慢慢地走向退化，而汉语对藏语的影响却在与日俱增。当藏民们需要和汉人打交道时，人们只能通过"通司"与汉人进行交流。所谓通司，用傻子二少爷的话讲"也就是人们现在常说的翻译。我们那时就把这种能把一种语言变成另一种语言的人叫作通司"①。可以看出，与日新月异的时代相比，藏语发展是严重滞后的。在我看来，藏语的局限性在一定程度上阻碍了藏地的发展，可以说藏语本身的孱弱也是土司制度迅速走向崩溃与灭亡的一个重要因素。语言是一个民族发展与创新的前提与基石，但是我们看到藏语似乎与时代的发展渐行渐远。因为语言的障碍，人们没有办法快速地学习先进的文化知识，为本民族的语言发展注入新的活力，创造出新时代的语言，只能等待着被时代淘汰，最终走向没落。阿来透过《尘埃落定》不仅向我们描述了腐朽没落的土司制度走向土崩瓦解的过程，而且也展现了藏语在新的时代中无可奈何地走向衰落的命运。

藏语的衰落并没有随着时间的推移而停止，反而越发地严重。在《空山》中，当机村开始走向对外开放，机村也涌现出了许多新的事物，如报纸、卡车、电视等，藏民们对待这些新事物的态度与《尘埃落定》中的如出一辙，人们还是用汉语称呼出现的新事物，我们看不到藏语的进

---

① 阿来：《尘埃落定》，人民文学出版社 1998 年版，第 25 页。

步与发展。在《水电站》《脱粒机》《马车》《瘸子》《马车夫》中我们也可以看到相同的情形，在这些小说中阿来向读者描述了机村数十年的发展和变化，当外来马车、纸、脱粒机等进入机村后，人们异常兴奋和激动。人们虽然能够领会新鲜的事物，但是在藏语中却没有与这些新事物相匹配的语言来表达，人们只能借助汉语对其进行称呼。所以，在机村的藏语中已经夹杂着许多汉语。除此之外，随着入藏公路以及入藏铁路的开通，藏区社会的不断开放，藏区与外界的交流更加频繁，与汉文化和其他民族文化的联系更为密切。为了沟通和交流的需要，越来越多的藏族人开始学习和使用汉语。学习汉文化中先进的科学技术、思想观念等来武装自己，为的是进一步发展自己的民族。但是，这也导致学习藏语的人越来越少，藏语在交际中的使用频率日趋减少，它所具有的承载文化的功能也逐渐丧失。

在民族融合的过程中，各民族语言之间不可避免地发生碰撞与交融，虽然语言之间的交流对话建立在保持各自语言个性属性的基础之上，但是，如果双方存在巨大的差距，那么有着优势的一方必然会影响着劣势的那一方，甚至有着优势的一方会同化或者取代劣势的一方。汉藏融合的过程中，汉语是强势的一方，而藏语是弱势的一方。在汉语的强势影响下，藏语失去了勃勃生机，了无生气。"一种语言为各种压力所迫，让位于另外一种语言。在正常的情况下，这是随着说那种语言的人的行为变化而逐渐实现的。一方面，他们在某些场合开始限制使用他们原来使用的语言；另一方面，他们还阻止或不提倡把自己的用语传给下一代。当然，这种态度远不代表他们自己的意愿，而是受社会的文化、经济、政治、人口和其他因素制约的结果，是被迫做出的。"①阿来已深刻体会到了这种变化，他在旅行的途中也遇到了许多会说汉语却不会说藏语的藏族人，也遇到了既不能熟练说汉语也不能熟练说藏语的藏族人。一次，在一个藏族家庭中"男女主人都不能非常熟练地使用汉语或者是嘉绒藏语。听着他们一段话里夹杂地使用着来自两种语言的词汇时，我的舌头感到了这种搅和带来的不便，但从他们脸上却看不出我的那种难受。有一点却非常明确，在这种夹杂的语言中，藏语的发音还很纯正，并且成为一句话中最富有表情的关键部分，而当一个个汉语词汇被吐出来时，声音就变得含混而浊重了，一个个词吐露出来时，难免有些生硬的味道。但我知道，我无权对此表达个人的喜好，这是历史用特别的方式在这片土地上演进时，留下的特殊的脚迹"②。汉语留下了足迹，但是藏语却被渐渐湮没，甚至消逝。

这是一个让人悲哀的事实，因为藏族语言的衰落已无法逆转，人们更无法看到它的未来。当一个民族的语言文化渐渐趋同于另外一种语言文化，或者渐渐被另外一种语言文化所取代时，阿来忧伤的是这个民族在丧失自我的同时也丧失了未来发展的可能性，这事关一个民族的生死存亡。所以，阿来才写下这么多让人动容的字句，提醒我们国家在追求文化的繁荣与发展时，不应忽视本国中存在的那些弱小的文化，因为正是那些小众文化的存在，中华文化才能成长为一棵参天大树。只

---

① ［法］C.克莱里斯：《语言消亡的过程》，王秀丽译，冯韵文校，《外国社会科学》，1994 年第 6 期。

② 阿来：《大地的阶梯》，云南人民出版社 2000 年版，第 108 页。

有做到尊重那些少数民族之间的文化差异,并与之共荣共存,中华文化才能走向繁荣。就如阿来自己所言:"是的,我们已经加入了汉语这个大家庭,同时,我们又有着一个日渐退隐的母语的故土,在这样一种不同的语言间穿行的奇异经验,正是全球化与被全球化过程中,一种特别的经验。这种经验使我们有幸为汉语这个公共语言的大厦添砖加瓦。上古的时候,人类受到神的诅咒,而使用不能互通的不同语言,因此没能建造起想象中的通天之塔,而今天,全球化也使语言领域发生了深刻的变化,使我们在化别人的同时也被别人所化。这个过程提供的可能性中有一种是十分美好的,那就是用不同的文化来共建一种美好的公共语言。"①

---

① 阿来:《汉语:多元文化共建的公共语言》,《当代文坛》,2006 年第 1 期。

第四章

精神生态书写:原始神性的幻灭与消费社会中人性异化

精神生态书写就是在社会剧烈变革之下，人书写人的精神病变，以及这种病变所引发的各种不合常理的行为和生活状态。鲁枢元在《生态文艺学》一书中把精神生态定义为："这是一门研究作为精神性存在主体（主要是人）与其生存的环境（包括自然环境、社会环境、文化环境）之间相互关系的学科，它一方面关涉到精神主体的健康成长，一方面还关涉到一个生态系统在精神变量协调下的平衡、稳定和演进。"[1]按照他的定义，精神生态就是在自然环境、社会环境、人文环境中探讨人的精神状态，不仅关切人的精神健康问题，还要从中考察人的精神状态对整个生态系统的影响。鲁枢元对精神生态的理解基于他对"生态"的认识，在他看来"在我们这个时代，人类所及已经遍布地球的各个角落，所谓纯粹的自然，已经非常罕见了。'生态'作为问题，也早已越出自然的边界，蔓延进社会领域和人文领域，人类生态学、社会生态学、文化生态学都已经成了一些初具规模的学科，原先严格意义上的自然生态学反而作为基本法则，渐渐化入不同门类的生态学中去了"[2]。所以，在鲁枢元那里"生态"并非单一的自然生态，还包含了社会生态和精神生态，它是一个内涵丰富的概念。

"精神"是一种形而上的客观存在，一种充满活力的生命基质，它是人性中最为重要的组成部分。对人而言，失去精神也就意味着失去人性、失去灵魂。然而，"精神"总被以往的生态学家所忽视。鲁枢元认

① 鲁枢元：《生态文艺学》，陕西人民教育出版社 2000 年版，第 148 页。
② 鲁枢元：《文学艺术与自然生态——〈生态文艺学〉论稿之一》，《海南师范学院学报》（人文社会科学版），2000 年第 3 期。

为,应该把精神纳入生态的范畴。在这个物质越来越富足、物欲越来越强烈、人的物化进程越来越紧迫的时代,人类的精神问题日益凸显。而且,精神问题与现代社会的症结、地球生态的危机密切相关。因为,"人类社会发展至今,'人类的精神'已经对地球生态系统施加了巨大影响,人类的精神已经渐渐成为地球生态系统中一个几乎占据主导地位的因素。在构成地球生态系统的'岩石圈''水圈''大气圈''生物圈'之上,已经构成了一个'精神圈',人类凭借'精神圈'在地球上谋得统治地位。然而,不幸也在于此,在于人类自己营造的这个'精神圈'已经出现了严重的问题"[①]。日渐深入的生态危机威胁着人类精神的健康成长,自然生态的破坏、社会生态的失衡在不知不觉地向着人类的心灵世界、精神世界快速蔓延。精神的衰微、精神的衰落严重影响着现代人的正常生活,很多作家、研究者对此表达了自己的忧虑与担心。P. 迪维诺在《生态学概论》一书中就曾指出现代人的精神疾病:"在现代社会中,精神污染成了越来越严重的问题,人们的生活越来越活跃,运输工具越来越迅速,交通工具越来越频繁;人们生活在越来越容易气愤和污染越来越严重的环境之中,这些情况使人们好像成了被追捕的野兽;人们成了文明病的受害者,于是高血压患者出现了;而社会心理的紧张则导致人们的不满,并引起了强盗行为、自杀和吸毒。"[②]阿尔·戈尔在《濒临失衡的地球》一书中也表达了类似的看法:"我们似乎日益沉溺于文化、社会、技

---

① 鲁枢元、侯敏、李勇、王耕、刘峰杰、朱志荣、光鹤鸣:《精神生态:批评理论与实践》,《社会科学报》,2004 年 12 月 23 日。

② [比利时]P. 迪维诺:《生态学概论》,李耶波等译,科学出版社 1987 年版,第 333 页。

术、媒体和生产消费仪典的形式中,但付出的代价是丧失了自己的精神生活。[①] 我们对地球以及社会生活的体验方式是"由一种内在的生态规律来控制的。凭借这一内在的生态规律,我们把自己的感受、情感、情绪、思维以及抉择同我们自身之外的各种力量联系起来。现在的问题是,在科学和技术革命的冲击下,人类的这一内在生态规律彻底失去了平衡,人们在物的丰收中迷失了心的意向,更深层的生态危机发生在人的精神领域。人类需要培养一种崭新的精神上的环保主义。[②] 就现代人的精神症状,鲁枢元将其概括为以下五个方面。

第一,精神的"真空化"。现代人既失去了动物的自信的本能,又失去了文化上的传统价值尺度,生活失去了意义,生活中普遍感到无聊和绝望。

第二,行为的"无能化"。现代人的身心承受着无形的、无奈的控制与强迫,个人显得越来越无能为力,越来越依赖成性,进而引发了内心无端的紧张与焦虑。

第三,生活风格的"齐一化"。现代高效率的文化工业,催促着现代社会生活"齐一化"的到来。文化工业以统一的文化观念、文化方式占领了人们全部的业余生活和空间。这样的社会鼓励人们泯灭自己的个性,放弃独立的思考,一切希望保

---

① [美]阿尔·戈尔:《濒临失衡的地球》,陈嘉映等译,中央编译出版社 1997 年版,第 191 页。

② 同上,第 209 页。

持个人独立而不愿意顺应潮流的人,由于越过了现代文化的保护线,由于经济上的无能为力,就会被划为多余的人、精神上怪癖的人,而被这个社会所遗弃。

第四,存在的"疏离化"。集中表现在人与自然的疏离、人与人的疏离、人与自己内心世界的疏离。人与自己内心世界的疏离,表现在信仰的丧失、理想的丧失、自我反思能力的丧失。精神中心的丧失,引起自我肯定的坍塌。现在人不但倾听不到邻人发出的声音,也听不到自己内心发出的声音。外部世界铺天盖地的物质洪流差不多总能有效地摧毁一个人的人格稳定和自我认同;而心灵的呵护、精神的守望,常常在强大的物欲攻势下破碎成泡影。放弃自我的坚守,随波逐流,成了这个时代的精神流行病。

第五,心灵的"拜物化"。在现代社会中,原本内涵丰富的人,已经完全被指代为"消费者"。消费成了生活的唯一目的、最大乐趣,甚至成了如同抽烟、酗酒、吸食海洛因一样顽固的瘾嗜。拜物化使人的精神物欲化、心灵物质化,随之而来的是人的感悟能力的贫瘠,记忆想象能力的迟钝,审美感受能力的退化。①

可见,现代文明给人们的精神造成了巨大的冲击,甚至使人们的精神发生病变。过去,人们随时都在与充满生机的自然进行着亲密的对

---

① 详见鲁枢元:《生态文艺学》,陕西人民教育出版社2000年版,第152—158页,有删减。

话与交流,现代人却很少亲近自然,虽然有很多外出旅行的机会,但是在人为的策划与经营下,人与自然之间被设置了许多有形无形的障碍。所以,更多时候,人们只能蜗居在狭窄、拥挤的现代都市里,人们不但呼吸不到新鲜的空气、感受不到大自然的神奇与美丽,而且也无法体验到四季的变换。长此以往,人们的生活只会越发地单调与乏味,发生精神抑郁也就在所难免。

所以,精神生态在鲁枢元那里不仅仅是作为一种呼吁的口号,为了引起他人的注意,还是进入人类精神的一种方式。"人不仅仅是自然性的存在,不仅仅是社会性的存在,人同时还是精神性的存在。因而,在自然生态与社会生态之外,还应当有'精神生态'的存在。如果说自然生态体现为人与物之间的关系,社会生态体现为人与人之间的关系,那么精神生态则体现为人与其自身的关系。精神性的存在是人类更高的生存方式,人类的精神因素注定要对人类面临的生存境遇产生巨大影响。新的发展理论将把'精神的进化'看作社会发展的重要尺度。这既是一场社会革命,又是一场人的革命,关于人的心理与素质的革命。把'精神'因素引进生态环境中来,人们将因此获得双重效应:人类内在素质的提高与人类外在环境压力的缓解。"①人的精神体验是复杂而多变的,它与人的生命活动有着密切的关系。有时候,人的精神活动受内在心理、情感的影响,而有时候则是受外部环境的影响,如生活环境、社会环境,以及人与人之间的摩擦带来的压力等。但无论是受内在的还是受外在的影响,如果出现非和谐、非自由、非理性的状态,实际上都是因

---

① 鲁枢元:《将"生态"观念注入文学理论的机体》,《苏州日报》,2014 年 9 月 12 日。

为人的精神健康受到了严重的影响而产生的。面对精神困境,人类需要进行自我救赎。如何救赎?作家们纷纷通过文学创作的方式探索人类精神的处境,试图为陷于精神困顿中的人类寻找新的出路。

当藏区从原始封闭的前生态走向开放的现代生态时,社会环境发生了巨大的变化,自然生态、社会生态都出现了严重的问题。藏区民众遇到了史无前例的生存困境,这种生存困境使人们的精神体验受到困扰,而精神困扰让人的生命活动失去平衡,其结果是人性的变异甚至扭曲。处在纷繁复杂的现代社会,人们不仅要面对复杂的自然环境与社会环境,还要面对自身的信仰、情感和思想。现代化的冲击不仅增加了人们的生存压力,还使得人的精神到了崩溃的临界点,在这种精神状态下,不同的人会有不同的反应,不同的人也会做出不同的选择。阿来对此做了细致的观察,阿来力主从精神的层面上启示人们精神生态危机的严重性,旨在从人们的精神体验中召唤一种关系的改变,试图揭示出广阔的人性世界,为的是重拾那种健康、平衡、和谐的生活。

第一节　神性的幻灭:混沌与矛盾产生的自我散失

在藏民族传统观念中,不仅自然万物有神性,人也是有神性的。然而,随着藏区从前生态向生态的转换,藏民已不再像原始初民那样敬畏与崇拜自然,藏民古老而又传统的宗教信仰正在消逝。从前生态向生态的转换中,让藏区古老的村落陷入迷惘与挣扎,它们无法跟上时代发展的步伐,更无法融入其中。人们无力阻止村落走上逐渐荒芜与消亡的道路。所以,只能默默承受现代化带来的疼痛。随着村落的荒芜,人们不仅失去了自己的家园,而且也失落了自己的信仰。"这些本来自给自足的村庄从 20 世纪 50 年代起就经受了各种政治运动的激荡,一种生产组织方式,一种社会刚刚建立,人们甚至还来不及适应这种方式,一种新的方式又在强制推行了。经过这些不间断的运动,旧有秩序、伦理、生产组织方式都受到了毁灭性的打击。维系社会的旧道德被摧毁,而新的道德并未像新制度的推行者想象的那样建立起来。"①生活于村落中的人们原本有着自身的信仰生活以及信仰追求,但是在现代化的冲击之下无法迅速做出调整,以至于在踟蹰与彷徨中失落了信仰。

《空山》卷一《随风飘散》讲的就是人们失落信仰的故事,故事中的人们迫于现实的压力不得不放弃自己的信仰。阿来在谈到《随风飘散》的创作时说道:"第一个故事是一个私生子与其母亲的故事,着力点始终在人的身上。这是一个很悲情的故事。故事背景是上个世纪五十年代(20 世纪)。那时,新的制度在藏族地区确立。这个制度当然大大加快了历史的进程,因为藏族社会停留在中世纪实在是太久太久了。但这个制度一来,就把人重新分类,重新划分等级——也就是社会等级,这种划分是财产的再分配,也是政治权利的再分配。其间很多矫枉过正的做法,造成很多的人间悲剧,实在值得我们深长思之。"②恩波是个

---

① 阿来:《我只感到世界扑面而来》,载《阿来散文》,人民文学出版社 2015 年版,172 页。
② 阿来:《一部村落史与几句题外话》,《长篇小说选刊》,2005 年第 3 期。

僧人,如果不是被政府强制还俗,他可能还在寺庙里一心向佛。他还被迫与其他僧人一起摧毁佛像,现在,庙已被平毁,金砖的佛像也被摧毁了。一个巨大的绳圈套在了佛祖的脖子上,长长的绳子交到了广场上这些还俗和未还俗的僧人们手上,有人手舞着小红旗,吹响了含在口中的哨子。这次,僧人们没有用力。已经脏污的佛像仍然坐在更加脏污的莲花座上。① 但佛像倒下的那一刹那,僧侣们全体没有出息地大哭起来。而"恩波每每想起那天的情形,心里就有些怪怪的感觉,特别是想起一群僧人在雨地里像女人一样哭泣,心里更是别扭得很。佛像倒下就倒下了,山崩地裂的事情并没有发生。作为僧人的恩波便在心里一天天死去,一个为俗世生存而努力的恩波一天天在成长。② "这一刻,神性的启示已荡然无存,代之而起的是一种俗世人性。在机村的世界里,佛像的被毁暗喻着神性的解体与俗世的人性的张扬。"③ 恩波的舅舅江村贡布当过喇嘛,被迫还俗之后,他也在忙于算计生活,已完全看不出僧人的样子。为了生活,人们失落了自己的信仰,为了生活人们忘记自己曾经有过的信仰。所以,即便村中的尘沙被风吹得日益严重之时,人们也依然在天天毁林开荒,开荒之后又把斧头伸向人们心目中的神树林。那些神树林曾被人们奉为村里的守护之神,如今,一棵棵倒在人们的屠刀之下。直到这时,人们仍旧不清楚自己到底失去了什么,就像可怜的格拉不清楚自己为何死去,等到他明白自己已经死去时,魂魄便随

---

① 阿来:《空山》(三部曲),人民文学出版社 2008 年版,第 18 页。
② 同上,第 18 页。
③ 雷达:《〈空山〉之"空"昨天已古老》,《小说评论》,2005 年第 5 期。

风飘散了。人们不仅失落了人与神灵之间的信仰，也失落了人与自然之间的信约。在《空山》卷三《达瑟与达戈》中，猎人达戈为了得到自己心爱的姑娘疯狂猎杀动物，为的是送她一部电唱机。过去，林中的猴子每年都会在固定的时节下山来到机村，拾取人们散落在地里的麦穗；但如今，疯狂的人类把火药和铅弹射向下山而来的猴群。猴群没了，林中的动物没了，而射猎好手达戈也在癫狂之后选择与熊同归于尽。"随着时代的递进与变迁，在整个嘉绒，已经没有一座寺庙建筑可以傲视天下。但是，嘉绒人民依然崇奉着自己的宗教，分布广泛的寺庙却已经很难再有曾经的辉煌。但是我并不为此而感到失落或悲伤。我愿意看到一座座寺庙与所供养它们的村庄保持格调上的一致，喜欢这种朴素中透露出来的厚重与端肃。在注视着西藏的众多眼光中，可能少不了宏伟的寺庙。所以，我的影集中，便干脆予以彻底的省略。"①藏民们失落信仰让人觉得惋惜，但是，更让人痛心的是在神性幻灭的同时人们也失去了自我。

一说到傻子，我们可能想到他们行为的怪异、思维混乱、语言缺失等身体上的各种缺陷。他们行为方式、语言表达及生活习惯有时看起来与所处的社会格格不入，他们游离于社会和群体之外，不被人们所认可，甚至遭到人们的排挤与歧视。但是，"傻子"一直深受中外作家的青睐，作家们也以此为题创作出了许多优质的作品。外国作家有艾萨克·辛格的《傻瓜吉姆佩尔》，塞万提斯的《堂吉诃德》，拉贝的《愚蠢与爱情的辩论》等。在中国现当代文学史上，书写傻子的作家作品更是数

----

① 阿来：《阿来文集·诗文卷》，人民文学出版社2001年版，第146—147页。

不胜数,他们也塑造了一大批经典的傻子形象。如鲁迅的《阿Q正传》中的阿Q、《孔乙己》中的孔乙己,曹禺的《原野》中的白傻子,田汉的《获虎之夜》中的黄大傻,韩少功的《爸爸爸》中的丙崽,阿来的《尘埃落定》中的傻子二少爷,王安忆的《小鲍庄》中的捞渣,莫言的《透明的红萝卜》中的黑孩,贾平凹的《秦腔》中的引生,阎连科的《黄金洞》中的二憨,迟子建的《雾月牛栏》中的宝坠、《采浆果的人》中的大鲁,苏童的《罂粟之家》中的演义,余华的《我没有自己的名字》中的来发等。作家们笔下的傻子有着自己的情感、有着自己的理想、有着自己的追求、有着自己的精神世界、有着与世界交流的独特方式。傻子是一群特殊的社会群体,由于无法正常融入社会生活,他们的处境极为尴尬。作家们对傻子赋予了太多的想象,作家们通过傻子的故事来带领读者从独特的视角去认识这个世界,同时也以傻子的视角对社会以及人类自身进行反思与追问。可以说,书写傻子不仅是作家心系人类自身命运的一种体现,也是作家对人类精神世界的一种认知方式。

1998年,阿来发表《尘埃落定》后便一夜爆红,而跟着他一起爆红的还有《尘埃落定》中他所塑造的傻子二少爷。一时间,"傻子"成为学术界热议的话题,各种研究的文章也纷纷出现。为何阿来所塑造的傻子能引发学术界研究傻子的热潮? 直到现在,对傻子的研究仍在继续,一个很重要的原因是阿来为读者讲述了不一样的傻子,呈现了不一样的傻子的世界。他笔下的傻子是一群游离于群体之外的失语者,他们生活在纷乱的世界,被纷乱所扰。他们不仅遭受别人的歧视,而且也被世界所抛弃,他们在混沌与矛盾中迷失自我,只能默默地承受一切的磨难与痛苦。

一、神性幻灭后游离与歧视产生的失语

阿来书写了一系列失语的傻子形象,由于身体、心理、思想、行为等方面的原因,傻子常常遭受人们的排挤和歧视,人们忽略了傻子的生存处境以及他们的内心情感需求,使他们游离于社会群体。在人们冠冕堂皇的闲谈和道貌岸然的谎言包围与裹挟之下,他们不能正常地发出自己的声音,长此以往导致他们失语。在《尘埃落定》中,麦其土司的二儿子从一出生就被人认为是傻子。"在麦其土司辖地上,没有人不知道土司第二个女人所生的儿子是个傻子。那个傻子就是我。"①他的父亲、他的母亲、他的奶娘,甚至伺候他的丫鬟都认为"我"是一个十足的傻子。正因为如此,没有人把他当作一个正常人看待,也没有人理解他,连父母也放弃了他:"土司父亲像他平常发布命令一样对他的儿子说:'对我笑一个吧。'见没有反应,他一改温和的口吻,十分严厉地说:'对我笑一个,笑啊,你听到了吗?'他那模样真是好笑。我一咧嘴,一汪涎水从嘴角掉下来。母亲别过脸,想起有我时父亲也是这个样子,泪水止不住流下了脸腮。母亲这一气,奶水就干了。她干脆说:'这样的娃娃,叫他饿死算了。'"②从这简短的几句话中可以看出,面对有缺陷的儿子,父亲并没有以爱拥抱他,以爱接纳他,反而以非常粗暴的口吻对待自己的儿子。作为母亲,看见丈夫严厉的态度,本该护佑自己的儿子,没想到竟然转过脸去,背对着儿子,最后还说这样的孩子不如饿死算了。在此,我们完全看不到父母对儿子的一丝疼爱。作为一个孩子,不管他是

---

① 阿来:《尘埃落定》,人民文学出版社 1998 年版,第 3 页。
② 同上,第 3 页。

否健全，都有被父母疼爱的需要，有被父母呵护的需要，但是"我"什么也没得到，这对孩子而言，无疑伤害了他幼小的心灵。所以，他才会以伤心的口吻说："那个傻子就是我。"我们仿佛听见那颗孤寂而又幼小的心在哭泣，但是没有人会听见，就算是听见了也会置若罔闻。

另外，身为麦其土司家的二儿子，身份尊重，养尊处优，整天无所事事，闭塞的环境也在某种程度上增加了他的孤寂，就如他自己所说："我很寂寞。土司，大少爷，土司太太，他们只要没有打仗，没有节日，没有惩罚下人的机会，也都是十分寂寞的。我突然明白了父亲为什么要不断地制造事端。为了一个小小的反叛的寨子到内地的省政府请愿，引种鸦片，叫自己的士兵接受新式的操练，为一个女人杀掉忠于自己的头人，让僧人像女人们一样互相争宠斗气。明白了这个道理，并不能消除我的寂寞。那些干活的人是不寂寞的。哥哥不在寨子里，没有人知道他去了什么地方。那些人他们有活可干：推磨，挤奶，硝皮，纺线，还可以一边干活一边闲聊。银匠在敲打那些银子，叮咣！叮咣！叮咣！他对我笑笑，又埋头到他的工作里去了，我觉得今天这银匠是可爱的，所以卓玛记住了他的名字并不奇怪。"[1]因为无事可做，生活极其无聊，再加上是个傻子，没有人会在意他的言行举止，没有人会体会他的内心感受，更不会了解他的所作所为。所以，很多时候他会对着天空、对着窗外风景发呆，以发呆的方式排遣内心想说却无处可说的言语。

在《阿古顿巴》中，阿古顿巴因为出生时夺走了他母亲的性命，一个接生的女佣也为此丢掉了自己的性命。所以，他很少受到父亲和其他

---

① 阿来：《尘埃落定》，人民文学出版社 1998 年版，第 25 页。

人的疼爱。阿古顿巴一生下来就不大受当领主的父亲的宠爱。下人们也尽量不和他发生接触。阿古顿巴从小就在富裕的庄园里过着孤独的生活。冬天,在高大寨楼的面前,坐在光滑的石阶下享受太阳的温暖;夏日,在院子里一株株苹果、核桃树的阴凉下陷入沉思。① 这种情形很容易让人想起余华《我没有自己的名字》中的主人公来发。来发没有亲戚,没有朋友,没有自己的名字,别人叫他什么他就答应什么。他受尽了别人的冷嘲热讽,别人嘲笑他是一个没有名字的傻子,在这种人情冷暖的世界,来发备感孤独。他孤苦伶仃,与一条流浪狗相依为命,可怜的他只能从这条流浪狗身上获取些许的快乐,慰藉自己孤单的心灵。来发面对着这个冷漠的世界,他要独自承受着来自别人的嘲笑,他是一个弱者,他渴望得到别人的关怀,可是他得不到别人的关爱和尊重,也无法掌控自己的命运。最后,与他相伴的那条狗也被人夺走了。所以,很多时候傻子们也想发出声音以引起周围人的注意,但是周围人的冷漠、嘲笑、逼视、欺骗使他们无法应对这一切,他们只能沉默不语。

在《空山》卷一《随风飘散》中,私生子格拉不知道自己的亲生父亲是谁,有个母亲却有些痴呆,因为如此不堪的身世,格拉受尽了村里其他孩子的辱骂、欺凌和嘲讽。但是即便如此,格拉还是坚强、勇敢地用自己的能力守护着母亲,照顾着可怜的弟弟。他怀揣着天真的梦想,梦想着能有好的生活,也为着自己的梦想努力地奋斗着,努力地生活着。但是,当兔子被鞭炮炸伤而失去生命时,村中的人都认为是格拉将鞭炮扔向兔子而导致兔子被炸死的,就如同兔子抽搐时人们怀疑是因为格

① 阿来:《阿古顿巴》,载《阿来文集:短篇小说卷》,人民文学出版社 2001 年版,第 237 页。

拉让兔子招惹上了花妖。村中发生所有的不祥之事,人们都习惯性地
将其归咎于格拉,这个不洁的私生子是村中祸患的根源。所以,人们极
尽谩骂之能事,咒骂这个可怜的孩子,完全不顾他只是个孩子,也是一
个需要被呵护、被关心的小孩。这个可怜的小生灵最终在人们的怀疑、
猜忌、谩骂、排斥中走向了毁灭。

当然,很多时候傻子们的失语是由于自身的原因造成的,他们生活
在自己的世界中不善于和这个世界接触,也不善于和其他人交流。在
阿来的作品中,我们看到,有的时候傻子的失语是人们的自私和冷漠造
成的,这些甚至将他们推向死亡。傻子时常要遭受人们猜忌和怀疑,忍
受不能言说的痛苦,但是他们内心纯洁、天真、简单。他们不会顾及周
遭的环境,也不会为自己的衣、食、住、行而忧愁,生活对他们而言是极
其简单而且容易的。"一个傻子,往往不爱不恨,因而只看到基本事实。
这样一来,容易受伤的心灵也因此处于一个相对安全的位置。"①所以,
傻子的世界和常人的世界有着很大的区别,常人往往会把事情想得过
于复杂,但是傻子却把事情想得极为简单。傻子也不会像我们中的大
多数人一样带着复杂的心情看周围的人和物,也不会让周遭的环境缠
绕自己的思绪,被生活、工作压得喘不过气来。当然,傻子并不是没有
情感的冷血动物,不懂得爱与恨,只是我们在乎的他并不在乎,他的心
简单得就像一张透明的白纸,没有心机,没有城府,对别人有着重要影
响的人或物,对他而言根本不算什么,他甚至以傻笑来应对,爱与恨在
他的生活中是可以忽略不计的,不去计较生活中的得与失,所以可以轻

---

① 阿来:《尘埃落定》,人民文学出版社 1998 年版,第 56 页。

松自在地生活。

在《尘埃落定》中傻子二少爷生来就被人认为是个十足的傻子,因为没有玩伴,他也不能将自己的心事与他人分享,于是卧室成了他的小小世界,卧室中有一扇敞开的窗户,透过窗户可以看见外面的世界,也可以看见遥远的天空,在多少个寂寞的日夜里他常常发呆或者通过窗户仰望星空排解自己的孤寂。"从床上看出去,小小窗口中镶着一方蓝得令人心悸的天空。"①天空美得让人如痴如醉,但是除了傻瓜没有人注意到头顶上方那异常美丽的天空,更不会领略到湛蓝的天空带给自己的震撼与感动。傻子确实与我们常人不太一样,不太愿意与他人透露自己的心事,也很难和别人进行沟通;但是傻子简单,能怀着单纯的心发现窗外别人没有发现的世界,享受别人没有享受过的风景。因为简单,傻子也不会迷恋于世俗,身为土司家的二儿子,他有权有势,但是他从来不滥用私权,也对土司的位置不感兴趣。因为是傻子,哥哥对他疼爱有加,他不用担心自己的傻子弟弟与自己争夺土司之位。因为是傻子,他可以按照自己的意愿做自己喜欢做的事而不必拘泥于世俗的眼光。因为是傻子,就连他的敌人也把他当作傻子,以至于到最后还与傻子成了朋友。可能因为简单,对世事的感受力比别人更为敏感一些,傻瓜少爷可以清楚地预知未来,他预知哥哥的死以及整个土司制度最终将会土崩瓦解,走向灭亡。尽管他预见了未来,并且未来满是悲伤,但是他并不对此做出任何抵抗,只是平静地对待即将来临的一切。所以他很清醒,知道一切都将烟消云散,但这是历史的趋势,也是命中注定。

---

① 阿来:《尘埃落定》,人民文学出版社 1998 年版,第 3 页。

所有的反抗都于事无补,就如同空中的尘埃最终会落定一样。在书的最后,傻瓜少爷说了一句这样的话:"我当了一辈子的傻子,现在,我知道自己不是傻子,也不是聪明人,不过是在土司制度快要完结的时候到这片奇异的土地上来走一遭。是的,上天让我看见,让我听见,叫我置身其中,又叫我超然物外。上天是为了这个目的,才让我看起来像个傻子的。"①原来傻子并不傻,而是以极其平淡的心态面对所发生的一切,他虽然看透一切,但是他却不能在变幻复杂的世事中向别人澄明他所看见的一切。

如果说《尘埃落定》中的傻子在憨厚的外表下却有着一颗极为敏感的心,那么《阿古顿巴》中的阿古顿巴,《空山》中的达瑟,《格萨尔王》中的晋美,《蘑菇圈》中的阿妈斯炯,《三只虫草》中的桑吉也是如此。《阿古顿巴》中的阿古顿巴是一个领主的儿子,出生时因为脑袋过大导致母亲难产而死。长大后他离家出走,为了寻找智慧及真理走上了漫游的旅程。尽管他利用自己的智慧帮助了许多人,还帮助一个濒临灭绝的游牧部落的人们通过开垦土地,播种青稞重建他们的家园,并使之成为一个强大的农耕部落。但是世人还是不理解他,甚至还歧视他。为了自己心爱的女人独自赡养一个与自己毫无半点关系的老人,可是他最终也没有得到爱情。可是尽管这样,他还是无怨无悔地付出。继续用自己的智慧去帮助那些需要帮助的人。即便一无所获,他还是继续前行,继续自己的流浪生活,用行动书写了自己传奇的一生。《空山》中的达瑟是机村中上过干部学校的青年人,喜欢读书,渴望从书中找出人生

---

① 阿来:《尘埃落定》,人民文学出版社 1998 年版,第 256 页。

的答案,所以会经常向人们提一些莫名其妙的问题。他很单纯地认为人们能听懂他所说的话,但是没有人能回答他的问题,人们认为他是一个书呆子;可是这样一个呆子在人们仍在睡梦中的时候就已察觉时代将发生翻天覆地的变化,"它们来了。/我害怕。/来了,从树子的影子底下,/来了,那么多,/在死去豹子的眼睛里面。/我看见了,我的朋友没有看见。/来了,从云彩的……/……害怕"①。在《蘑菇圈》中,当所有人都为蘑菇而陷入疯狂时,阿妈斯烱却小心翼翼地守护着山上的蘑菇,遭遇干旱时还亲自从山脚将水背上山浇灌蘑菇,因此阿妈斯烱的蘑菇帮助人们度过了饥荒。而《三只虫草》中天真的桑吉将好不容易采到的虫草交到调研员手中以换取一套《百科全书》,但是因为校长的百般刁难,小桑吉失去了自己的虫草,而他心爱的《百科全书》也没有得到。最终他的那三只虫草一只被书记泡茶喝掉,还有一只卖给了一位挣扎在生死边缘的老人,第三只却不知去向。

这样看来,阿来笔下的傻子并非现实生活中的那些智力低下的傻子,阿来笔下的傻子并不傻,只不过在他人眼中看起来他们像傻子而已,其实他们的内心非常通透明白。因为通透明白,他们才那么简单,不去在乎别人如何看待自己,自己也不会随意评判别人,更不会让周遭的环境影响自己。笃定心中的信念,无论发生什么,只顾勇往直前。阿来通过这样一种书写,似乎想要告诉我们,只有那些内心简单、心无旁骛之人才能超然于物外,才能在复杂的世界中守住内心的单纯。人总是为生活忙碌奔波,但在忙碌中人也往往失去自我,不仅失去自我也失

---

① 阿来:《空山 3》,人民文学出版社 2009 年版,第 281 页。

去方向。阿来笔下的傻子是一群简单的傻子，同时也是一群智慧的傻子。简单是因为他们把一切复杂化为简单，智慧是因为他们总是在危机来临之时能够做出恰当的选择。不急躁、不激进，也不会贸然行动，而是听从内心的声音，在安静中看见自己，也看见前面的道路。

"从常理上说，所谓'傻子'，就是指那些智商完全低于常人、多少有些不明事理的人。他们不同于疯子。疯子是完全没有理性可言的，是一种绝对不可靠的人物；而傻子则拥有一定的理性和智力，只不过这点理性和智力，还难以让他们洞悉世事的复杂和诡异。因此，从叙事上说，傻子的眼光通常具备一定的可信度。更重要的是，由于智力低下，傻子可以轻松地解除常人的防范心理，使得各种幽暗的人性得以随意地表演，这也使他拥有某种独特的合法性视角。像吉姆佩尔和班吉就是如此。他们既是活生生的、极度单纯的傻子，但从本质上说，又承担了社会与人性的见证者的叙事职能。"[1]所以，从某种意义上讲，傻子也是聪明的。因为简单，所以往往也能非常容易地看到问题的本质，但是即便如此，他们也没有任何言说的权利。

《尘埃落定》的故事发生在解放前西藏土司时代，书中的傻子二少爷人人都看不起他，就连他的亲生父母都厌弃他。可是，他却用他的傻智慧征服了一切。他娶到了自己心爱的女人，打败了强大的对手，也继承了父亲的土司之位。他所拥有的这一切原本属于他聪明的哥哥，不过在遇到问题之时，他总是能抓住问题的本质，用极其简单的方法解决问题。在鸦片进入藏地之后，麦其土司通过播种大量的罂粟敛聚了很

---

① 洪志纲：《有关傻子形象的"傻想"》，《文艺争鸣》，2015 年第 7 期。

多财富,随着财富的增加麦其土司也变得更加强大。第二年,当所有土司都在争相播种罂粟的时候,傻瓜二少爷却建议在麦其家的土地上播种粮食。所有人都在嘲笑他这一愚蠢的做法,但是,这一年鸦片却变得不值钱了,因为只种植罂粟,其他土司的领地上出现了严重的饥荒。这时傻瓜二少爷又干出了一件惊天动地的事,他把麦其家边界的堡垒开放成自由贸易的集市,使得土司与土司之间可以自由地进行贸易,开启了藏区自由贸易的先河。通过这一系列的举措,他不仅拥有了众多财富,而且也抱得美人归。这些成就,都是通过傻子自己的方式创造出来的。不得不说,他是一个充满智慧的人。陈晓明认为:"他在日常生活方面与现实常理相悖,但在大是大非方面,却有惊人的睿智,甚至有着超常的预感和决断。他历来就超越常规逻辑,这使他在为家族生存寻求道路时,总是能高出他的竞争对手。"①正因为如此,他才能在非常之时做出非常之事,在历史的风云巨变中,他没有被时代牵着鼻子走,而是顺应了历史的发展,并在其中抓住了机遇。在谈到傻子这个人物时,阿来也曾说道:"在傻瓜这个人物身上,我就寄予了很多想法。他代表了现代化的冲击所引起的反应。一般来说,面对冲击的正常反应应该是抵抗,对这种抵抗如今在全世界到处都在以各种形式上演。但是傻瓜的表现却很'反常'。这种'反常'就好像是在突然加速的火车上,一个正常人会做出一些抵抗性的反应,因为他要通过抵抗重新获得一种平衡,但是反应的结果怎么样呢?你知道这个历史的进程就像是列车

① 陈晓明:《小说的心理特权与历史化的紧张关系——阿来小说阅读札记》,《当代文坛》,2008 年第 5 期。

加速度一样，首先是重创这些做出抵抗性反应的人，最后的结果必然是你的失败。"①

当现代化汹涌而至时他没有惊慌失措，他没有进行顽强的抵抗，也没有选择逃避，而是迎接现代化的到来。他似乎用第三只眼睛看世界，把一切都看得清清楚楚，他仿佛置身事外，而又深陷其中。这样的傻子"在世界文学当中也有这样具有神秘寓言性的形象出现过。中国少数民族作家比汉族作家有一个优势，就是我们除了接受书面的传统文学之外，还有一个口头的民间文学。文盲也有对文化、审美的需求，所以过去很多的家族、部落、村庄都会有自己的一个传说，这个传说并不是用文本固定下来的，而是每每变化着的，就像《格萨尔》一样。在藏区不同的地方都可以听到不同主人公的故事，比如像阿克东巴的故事一样，这个人很有意思，相对于有钱、有地位、有知识的人，他什么都没有。用当下的术语表达，就是说他是一个'弱势'的人，但他不傻，在所有的斗争中，都是他取得了最终的胜利，而且取得胜利的方式都不复杂。别人用最复杂的方式对付他，他却用最简单的方式来应付，最后他取得了胜利，这其实就是代表藏族丰富的民间智慧，就是老百姓的智慧"②。阿来让自己书中的傻子看起来简单且充满智慧，这种民间智慧恐怕是作者对傻子失语人生给予的一点人性关怀吧！

---

① 何言宏：《现代性视野中的藏地世界》，《当代作家评论》，2009年第1期。
② 阿来：《给生我养我的土地一个交代——著名作家阿来访谈》，藏人文化网，2006年3月10日，www.tibetcul.com/people/mrzf/23323.html。

二、信仰失落中混沌与矛盾产生的迷失

阿来所希望的能少一些悲剧,少一些痛苦的事并没有发生,反而,更多悲剧正在藏区上演。为何如此?"他们因为蒙昧,因为弄不清楚尘世生活如此艰难的缘故,而把自己的命运无条件托付给神祇及其人间的代言人已经上千年了。上个世纪(20世纪)以来,地理与思想的禁锢之门被渐渐打开。这里的大多数人才得以知道,在他们生活的狭小世界之外还有一个更为广大,更为多姿多彩,因而也就更复杂,初看起来更让人无所适从的世界。所以,他们跨入全新生活的过程,必定有更多的犹豫不决,更多的艰难。尘世间的幸福是这个世界上绝大多数人的目标,全世界的人都有相同的体会;不是每一个追求福祉的人都能达到目的,更不要说,对很多人来说,这种福祉也如宗教般的理想一样难以实现。于是,很多追求幸福的人也只是饱尝了过程的艰难,而始终与渴求的目标相距遥远。"①所以,一个从蒙昧走向开化的族群中的这些普通人,为了生活、为了理想赴汤蹈火。可是,他们并不知道远方等待他们的是什么? 他们也不知道该如何走向远方? 他们踟蹰、彷徨、盲目,在追求理想的过程中往往失去了自我,并由此引发了一系列的悲剧。

《达瑟与达戈》讲的是机村"读书人"达瑟与军人达戈的故事。达瑟是一个读书读得半知不解的人,他崇拜知识,走出机村去求学,但是他去求学的时候正好赶上"文革",于是他带了很多从捣毁的学校图书馆里流失出来的书回到机村,以为靠着这些书能够认识和了解这个世界

---

① 阿来:《人是出发点,也是目的地——第七届话语文学传媒大奖获奖词》,《黄河文学》,2009年第5期。

的秘密。而他的朋友达戈是一个不相信书本的人,一个相信靠着狩猎能够改变命运的人。他们实现了自己的梦想了吗?没有,他们的梦想被严酷的生活无情地淹没。达戈对色嫫的爱情终究化为泡影,杀了人的达戈被警察追捕,在走投无路下他选择与熊同归于尽。书中的另外一个人物索波是机村新一代年轻人,外来文化对他的思想造成了巨大的冲击,为了跟上外来文化的步伐,他想丢弃机村古老的生活方式和思想观念让自己变成一个新人。但是,对一个从小生活在机村的人而言,想要一下子抛弃所有旧的东西实在是太难了。索波没能成为一个新人,相反他想做回一个普通的机村人,但是,机村也没有再接纳他。所以,当他骑上那匹毛驴时,流下了伤心的眼泪。

在《荒芜》中,当机村的土地荒芜,人们无法通过土地获取生活之需时,机村人渴望到外面的世界谋求生活,于是有很多人走上外出的道路。央金就是其中之一,可是,她到了省城之后,那个天真、善良的姑娘已不见踪影,取而代之的是一个行为怪异,与乡村生活格格不入之人。色嫫也是如此,当她学会唱流行歌曲时,自己民族古老优美的歌声早已从她的记忆中消失。这种情形就像"嘎洛死了,从此成为故事中的人物,和过去的生活联系在一起,生活使一个人的命运充满回环曲折的起伏,但有时作为人生命的本质竟不能得到丝毫改变。伟人依然是伟人,小民依然是小民,崇高者依然崇高,卑贱者仍旧卑贱"[①]。阿来并没有详说是因为环境还是因为生活让这些原本天真的人逐渐失去自我,只是

---

① 阿来:《永远的嘎洛》,《阿来文集:中短篇小说卷》,人民文学出版社 2001 年版,第 56 页。

展示了他们在遇到问题之时的抉择与姿态。实际上,阿来更为关心的还是那些平凡人物的人生际遇,实际上,《空山》所讲述的,"是一些村庄或是事物存在和即将消亡的故事。但在其中,我们既可以感受到人的生存和人性的状况,体味到生命沉重的力量,内心的坚韧和羸弱,以及文化的兴衰,又可以感受到来自村落外部和内部两个方面力量的汇聚和冲撞。尤其是,在一个荒诞或者说是多元的年代里,人的梦想、欲望、变异和虚无的交织、错位。同时,我感到,阿来试图在表现人类整体的一种存在形态,表达人类在面对世界、面对自然也面对自己的时候,他的茫然、冲动甚至乖戾、嚣张、孤独和绝望,以此揭示深层次的人类的孤独感"①。

当然,阿来并不是一味地持悲观的态度。相反,他深爱着他的同胞,在同情和理解中对他们寄予了希望。《芙美,通向城市的道路》讲述的是一个乡村姑娘的城市梦。故事中芙美是一个上过中学的姑娘,她有着自己甜美的梦想,她的梦想就是希望自己有一天能去离家不远的城市,所以在很多个夜晚,她独自一人坐在家乡高高的山岗上眺望远方灯火辉煌的城市,幻想着城市中的生活。她是一个特别擅长跑步的女孩,因着这项特长,她靠着自己擅跑的双腿终于进入城市,也通过自己的努力在田径场上取得了许多骄人的成绩。但是,城市并非她理想中的城市,她不属于城市,城市也不属于她。最终,芙美回到了乡村,回到乡村后,她再也不向城市的方向瞭望了,她重新开始了新的生活。阿来说:"在那篇小说中,我曾经说:城市是广大乡村的梦想,洁净、文明、繁荣、幸福,每个字眼都在那些灯火里闪烁诱人的光芒。我还在小说中幻

---

① 张学昕:《孤独"机村"的存在维度——阿来〈空山〉论》,《当代文坛》,2010 年第 2 期。

想，乡村也是城市夜晚的梦想，那里的灿烂的星空下，是一些古老而又意味深长的，我们最最渴望的安详。但是这一切仅仅是一种不切实际的理想。无论是城市还是乡村，都那么焦躁不安，都不再是我们的希望之乡。于是，我们就在无休止的寻找之中流浪"①。芙美并没有因为环境而改变自己，也没有因为理想而向现实妥协。她懂得聆听自己的心声，也遵从自己内心的选择。所以，当她身处不喜欢的环境时，她才会毅然决然地离开，回到最初开始的地方。在《轻雷》中的藏族青年拉加泽里，为了脱贫致富不择手段谋取利益，为了钱财不惜铤而走险。他机灵狡猾，但又厚道仗义。有时果敢坚毅，有时又犹豫不决。但是，就在这样一个封闭的世界中，受过教育的拉加泽里并没有因为金钱而冲昏了头脑，他仍坚守着自己的道德和良知。"看到将死的老人崔巴噶瓦将亲手编结好的五彩经幡，挂到即将被砍伐的落叶松上，他幡然醒悟。他是许多接受过现代教育的青年的缩影。"②

现代化翻转了人们以往的生活方式，人们不得不告别那种优哉游哉的田野牧歌式生活，然后转身迅速进入一种全新的、快速的生活。新的生活对他们而言是极不适应的，但是，他们也没有其他的选择。所以，为了生存，人们在浪潮中苦苦挣扎，为了生活，人们甚至不择手段。"但人们的生活，如果只是为了生存而挣扎，那人之为人，又有什么意义呢？可在中国乡村，特别是我们这一代人青少年时期生活的乡村，使旧乡村有些意味的士绅与文化人物已经消失殆尽，几乎所有人都堕入动

---

① 阿来：《大地的阶梯》，云南人民出版社 2000 年版，第 239 页。
② 卜昌伟：《阿来终结〈空山〉系列》，《京华时报》，2009 年 2 月 9 日。

物般的生存。树木与花草没有感官与思想,只是顺应着季节的变化枯荣有定。但人,发展出来那么丰富的感受能力,却又只为嘴巴与胃囊而奔忙,而兴奋与悲愁,这样的故乡,我想,但凡是一个正常人,恐怕是无法热爱的。何况,那时故乡美丽的森林正被大规模地砍伐。"①

第二节 人性的异化:消费社会中人性的冲突与癫狂

随着市场经济的不断推进,藏区经济得到快速发展,藏区也从生产社会向消费社会转变。消费作为一种文化开始渗入人们的生活中,并逐渐主导着人们的生活。处在消费社会中的藏区,藏民们也不可避免地卷入消费浪潮中,然而,在利益驱动下,人们的欲望无限膨胀,物欲的膨胀导致人性的异化。相较于傻子,阿来在他的文学创作中为我们书写出了另外一类人——被消费所奴役的"智者",阿来笔下的智者并非真正的智者,而是自诩为智者的一群人。阿来笔下的傻子因为遭受排挤和歧视而变得失语,而"智者"却在消费社会的浪潮中,在金钱与欲望的驱使下变得骄横与癫狂。

一、消费异化导致的人性冲突

"消费异化"是高兹在马克思异化劳动(《1844 年经济学哲学手稿》

---

① 阿来:《道德的还是理想的——关于故乡,而且不只是关于故乡》,载《阿来散文》,人民文学出版社 2015 年版,第 145 页。

中提出)理论的基础上提出的一个概念。它指的是:"消费本来是满足人们需要的手段,但在当代资本主义社会,消费的这一功能却异化了,消费被赋予其他意义。一方面,它成为人们在劳动中失去自由的一种'补偿',成为人们逃避现实痛苦与不幸的'避难所'。另一方面,统治者对消费进行操纵和控制,使消费成为一种实施社会控制的工具。"[①]消费异化是如何产生的呢?"一般而论,消费的一个典型特征在于对于某物或某种对象的使用或占有,然而恰恰是这种'占有'出了问题。在马克思看来,消费的这种占有、使用本身就是异化的表现。之所以如此,是因为作为占有的消费使得我们在面对对象的时候,'单纯占有和使用'的维度异乎寻常地凸显了出来,并占据了统治地位。"[②]马克思指出,现实中真实的消费情况是当它对我们来说作为资本而存在,或者它被我们直接占有,被我们吃、喝、穿、住等的时候,简言之,在它被我们使用的时候,才是我们的,一切肉体的和精神的感觉都被这一切感觉的单纯异化即拥有的感觉所代替。[③] 也有论者指出:"在异化条件下,消费变成了人们逃避劳动痛苦和不幸的避难所,人们误认为不断增长的消费可以补偿在其他社会领域特别是劳动领域遭受的挫折,疯狂地消费以宣泄劳动中的不满,把消费与满足、幸福等同起来,把幸福的大小等同于消费物品的价值和数量,消费成了一种对物品的病态的无度索取和占有。

---

① 骆沙舟:《"西方马克思主义"消费异化论评析》,《厦门大学学报》(哲学社会科学版),1995 年第 4 期。

② 赵义良:《消费异化:马克思异化理论的一个重要维度》,《哲学研究》,2013 年第 5 期。

③ 〔德〕卡尔·马克思:《1844 年经济学哲学手稿》,中共中央马克思恩格斯列宁斯大林著作编译局译,人民出版社 2000 年版,第 85 页。

世界上的一切,无论是自然的还是人造的都成为消费的对象。"[1]

自人类懂得以物易物和使用物品时,人类便开始了消费的生活,它对人类社会的生存与发展产生了深远的影响。消费不仅满足了人类的生活需要,提高了人类的生活水平,而且人类也通过消费进行沟通和交流,促进人类文明在不同地域、不同国家、不同种族、不同宗教、不同文化之间传播,正是消费的存在,人类文明才得以传承和发展。随着生产的发展、社会的变迁、科技的进步,人类正式步入现代消费社会,然而,消费社会却是一把锋利的双刃剑,一方面它给人们带来了物质的丰裕,另一方面也造成了人性的扭曲甚至异化。当今社会,物质生活的富裕已经成为普遍的事实。但在这种情形下,人们并没有因此而获得真正的幸福,相反,人们变得更加不幸了。问题就出在物质生活和精神生活的失衡上,不断满足的物质生活失去了精神灵魂,人们在乎的只是物质幸福,放弃了精神幸福以及精神对物质幸福的引领,表现为享乐主义、消费主义。享乐主义,其根源可追至古希腊时期的快乐主义,它认为人生最大的幸福就在于快乐,在于追求感官的快乐。在当代社会,快乐主义有增无减。当代的快乐主义,把物质的满足作为人生的根本目的,并衍生为享乐主义、消费主义。人失去了精神,失去了灵魂,为金钱和物欲所奴役,变成了"商品饥饿者"。[2]

在传统的消费活动中,人们消费更多是为了生存的需要,可以说人

---

① 吴宁:《消费异化·生态危机·制度批判——高兹的消费社会理论析评》,《马克思主义研究》,2009 年第 4 期。

② 冯建军:《道德教育:引导幸福生活的建构》,《高等教育研究》,2011 年第 5 期。

们的消费行为是自主的、理性的。消费品的存在意义在于它具有某种实用性,满足人们的生活需求,它会改善人们的生活,给人们带来快乐或者幸福。但是,在现代消费社会中,人们的消费变得狂热和不可遏制。人们的生活富裕了,也拥有了比以往更多、更好的物品,但是很多物品却丧失了它们的本质属性,成为一种符号。所以,很多时候人们消费并不是出于某种需要,而是为了消费而消费。"生活在以欲望为动力的社会中的人们,或轻或重地患上了流行性'物欲症',即渴望占有更多的物质,对商品的欲望不可遏止。很多人将拥有多少物品作为自我实现的标志。所谓'我拥有,我存在';甚至拥有也不能标志存在,浪费才能表示存在,所谓'我浪费,我存在'。"[①]消费不再是为了满足人们的生活需要,而是成了人们标榜自我、显示自身价值的一种手段。在消费全面入侵人们生活的过程中,人性面临着前所未有的挑战。"高生产和高消费处处都成了最终目的。消费的数字成了进步的标准。结果,在工业化的国家里,人本身越来越成为一个贪婪的、被动的消费者。物品不是用来为人服务;相反,人却成了物品的奴仆,成了一个生产者和消费者。"[②]除此之外,"消费社会存在一系列悖论,如富裕与贫困或匮乏的两难;增长与停滞的两难;虚拟与真实的两难;周围与突围的两难"[③]。这些日益深重的社会问题困扰着人们的生活,现代人似乎陷入了一种艰

---

① 高德胜:《找回失落的人性——论环境教育的转向》,《高等教育研究》,2008 年第 2 期。

② 马克思、恩格斯:《马克思恩格斯全集》(第二十三卷),中共中央编译局译,人民出版社1972 年版,第 473 页。

③ [法]让·鲍德里亚:《消费社会》,刘成富、全志钢译,南京大学出版社 2008 年版,第11 页。

难的境地。在消费社会中,贪婪、暴力、钩心斗角、尔虞我诈等人性的阴暗面也慢慢地显露出来。

人性的好与坏,有时取决于外界的环境因素。在利益面前,人们会采用各种阴谋诡计为自己谋取利益,不顾亲情、友情,甚至爱情;在权利之下,人们也会采取各种残酷与暴力的手段达到自己的目的,无视规则或是法律。所以,不管是利益还是权位,只要触及人的私欲都有可能使人性发生畸变,而人性的变异与扭曲往往也是导致人性悲剧的重要原因。在阿来的文学创作中,他创作出了很多因为人性异化而酿成悲剧的故事,那些悲剧故事中的人,他们或是因为现实的逼迫而失掉人性,或是因为自身欲望的膨胀而失掉人性,他们的遭遇让人同情。

在由上海九久读书人举办的自然文学三部曲"山珍三部"《三只草虫》《蘑菇圈》《河上柏影》的发布会现场,当记者问阿来是什么原因促使他创作这样的三篇小说时,阿来这样回答:"今天,中国人对于边疆地带,对于异质文化地带的态度,跟过去已经有了很大的改变。过去的中国人向往边疆是为了建功立业,'单车欲问边,属国过居延'。而在今天消费主义盛行的时代,如果这样的地方不是具有旅游价值,基本上已被大部分人所遗忘。除此之外,如果这些地带还被人记挂,一定有些特别的物产。比如虫草,比如松茸。所以,我决定以这样特别的物产作为入口,来观察这些需求对于当地社会,对当地人群的影响。"①虫草、松茸、岷江柏这些都是出自青藏高原的珍贵物品,但这些一直都被消费市场追逐着,成为当下消费社会备受人们追捧的物产。用阿来的话说,就是

---

① 阿来:《三只虫草》,人民文学出版社 2016 年版,序。

"这三种物品，都是稀缺的，被商业市场疯狂追捧的。比如说，今天走到一个人家，你看有张桌子，不是说桌子是怎么样的，而是说这个桌子是什么木头，我有个柜子，这个柜子是什么木头。当成功的人、有钱人消费这些木头，其实意味着在野外稀缺的资源大面积消失。而这种商业的需求，逐利的冲动，影响到当地的居民，带来了心态和生活方式的变化。我想表达一下，这种变化，以及我的一些思考"①。

2016 年 8 月 21 日，阿来在上海做客节目《一席》时以"以自然本身的面目热爱自然"为题做了演讲。在演讲中阿来谈道：

> 我们消费主义时代的这些人，这些年来我们又有了另外一个特别疯狂的特别奇怪的爱好，就是喜欢用一些很扭曲的东西做点小东西小摆件，更重要的是我们现在喜欢戴珠子，用木头做成的珠子受到人们疯狂的追捧。我们经常讲没有需求就没有杀戮，我们不光是在动物界进行杀戮，我们在植物界也在进行。这种对自然的疯狂破坏跟杀戮，我觉得非常痛心。虽然太行山上的崖柏已经没有了，但是手串爱好者对这个东西趋之若鹜，人们只能用岷江柏代替崖柏，尽管岷江柏是国家濒危二级保护植物，但是人们还盗伐然后偷运到别的地方。也许再过十年二十年，那么我故乡的这片大地上，大河两岸，那些雄伟的树影终有一天可能也会从我们的眼界里头彻底消

---

① 这是阿来 2016 年 8 月 19 日在上海市作协大厅参加由上海九久读书人举办的自然文学三部曲"山珍三部"《三只草虫》《蘑菇圈》《河上柏影》发布会上接受采访时所说的话。

失。所以我就提前为一种还没有消失的树木给写了一个悲
悼文。①

正是这种无孔不入的现代消费,带来了藏民心态的变化,而心态的
变化又进一步导致了人性的变化。《三只草虫》中,虫草对桑吉,以及普
通藏族民众而言是因为生存的需要而进行的虫草消费。当然,见到虫
草带来的巨大利益,也有人唯利是图,那些调研员、小干部、大干部、大
书记就是通过虫草进行权钱交易的。副县长贡布因为没有给上司送礼
而被降为调研员;为了官复原职并且寻求晋升,他在调研期间利用自己
的职务之便,以五万多元收购下乡的虫草,把它作为打点上司的礼品。
当他用虫草行贿之后,不仅官复原职,还成了常务副县长。小说中那个
收了贡布虫草的书记还准备着把虫草送给比他更大的书记。在这里,
虫草早已失去本身的价值意义,成为官员们贿赂、谋求升迁的媒介。人
性的腐化堕落在此显露无遗。书中善良的桑吉本可以获得一套《百科
全书》,但是校长却将其据为己有放在自己家中,最终成为他孩子撕扯
的玩具,这体现出校长的冷酷和自私。《蘑菇圈》中,因着消费市场的刺
激,松茸价格持续上涨,当藏民们看见蘑菇带来巨大经济利益时,人们
变得见利忘义,人们忘记了蘑菇曾帮他们走过艰难的岁月。人们一次
又一次地涌进深山,一遍又一遍地翻找山中的蘑菇,甚至有人偷偷跟踪
阿妈斯炯发现了她的蘑菇圈。他们不但采走了她的蘑菇,而且等不及
蘑菇长成,便用六个铁齿的钉耙扒开那些松软的腐殖土,使得那些还没

---

① 　阿来:《以自然本身的面目热爱自然》,引自阿来坐客节目《一席》中的演讲。

有完全长成的蘑菇完全显露出来，看到这种情形，阿妈斯炯伤心地对胆巴说："人心成什么样了，人心都成什么样了呀！那些小蘑菇还像是个没有长成脑袋和四肢的胎儿呀！它们连菌柄和菌伞都没有分开，还只是一个混沌的小疙瘩呀！"①

消费使人们变得利欲熏心，蘑菇并没给藏民带来财富，人们的生活依旧贫困。《河上柏影》中，由于现代人对根雕、佛珠的追捧，价格随之暴涨。人们冒着生命危险爬上悬崖峭壁伐倒柏树做成珠子，这些珠子成为人们的装饰品，像小说中的大老板一样。大老板每只手腕上都戴着不止一串手串：檀香木的、琥珀的、蜜蜡的。硕大的珠串间还有一只大表盘的表，指头上还有一枚硕大的祖母绿戒指，弄得他的手都不被人关注了。他包里还有十多串菩提子的佛珠。② 正是这种畸形的消费心态，人们才对柏树遭遇的厄运视而不见。

其实，这种畸变的人物在阿来早期的小说中就已存在。最为典型的人物如《尘埃落定》中的麦其土司，作为康巴大地上的一个统治者，治理着众多大大小小的村落，在傻子二少爷的眼中，父亲是一个聪明人。但事实并非如此，他不可一世、盛气凌人。他认为他所拥有的一切都是理所当然的，于是变得自高自大，内心的私欲也随着权力扩张而不断膨胀。坐在土司阶层的最顶端，他自以为是，目中无人，用极端残忍的手段在小小的康巴大地上不断巩固自己的势力，但是他完全不了解外面的世界，也不知道外面的世界已变化到哪种程度。他蛮横、专制、好色，

---

① 阿来：《蘑菇圈》，人民文学出版社 2016 年版，第 137 页。
② 阿来：《河上柏影》，人民文学出版社 2016 年版，第 187 页。

为了满足自己的情欲不仅霸占了查查头人的妻子,还吞并了他的家产。而对家人,他也总是一副高高在上的样子,对自己的傻子二儿子,从知道是傻子的那一刻开始,他就没有真正疼爱过自己的儿子,而且总是以傻子之名称呼儿子,毫无关爱之心。表面上已承认把自己的土司之位传给大儿子旦真贡布,但却迟迟不肯让位于他,等到大儿子死去,他容光焕发似乎年轻了二十岁,完全看不到失去爱子之后的悲伤与眼泪。权力本是一种物质性的存在,如果人懂得正确运用权力可以造福于社会,也可以造福于群众;相反,如果人滥用权力不仅会给社会带来危害,自身也会被权力所奴役。麦其土司对权力的贪恋使他失去了人性中最美的亲情,他自以为拥有一切,可以用自己的聪明掌控一切,实际上他一无所有。他完全生活在自己的世界中,生活在自己编织的梦幻中,以至于当翁波意西向他谏言,戳破他的幻想的时候,他下令割下了他的舌头。他的傲慢使他无法接受别人的谏言,也无法倾听那些善意的声音,所以,遇到超出自己认知范围之外的事物,他不是拒绝就是选择排斥。小说中作者并没有着力刻画土司们的丑陋,但是我们可以清晰地感受到他们的傲慢,以及傲慢背后他们的无知,这种无知正在慢慢地将他们摧毁。

麦其土司看似拥有了一切,但是却在追逐权力的过程中渐渐失去了自我,沦为权力的奴隶。他疯狂地敛集财物,又用残忍的手段巩固他的政权,但是这一切最后都在炮火声中灰飞烟灭。麦其土司的大儿子旦真贡布从小被认为是一个聪明的家伙,因此他十分自负,以聪明人自居。他十分渴望继承父亲的土司之位,他也相信土司之位非自己莫属,因为自己的傻子弟弟对土司之位并不感兴趣,所以小时候他很关爱自己的弟弟。但是当弟弟才智逐渐显露时,他却憎恶自己的弟弟,并且常常嘲笑自己的弟弟是傻子,还会说"你这个傻子,你懂什么"之类的话。他说弟弟是傻子,自以为很聪明,其实他除了一身蛮力,喜欢女人与枪之外,并没有什么特别之处,对时事不能做出正确的判断,更没有治理土司大地的雄才大略,最后被麦其家的仇人杀死。作品中的二太太,以及其他的土司等,都是自以为是的一群人,自私、阴险,最终都在欲望与权力的旋涡中沉沦。

作者这样描述自己笔下的人物,或许是对人性在消费社会中异化的一种思考,对这些人物在欲望与权力驱使下表现出来的残酷与傲慢、自私与冷漠表达出一种失望的情绪。但是作者费了这么多的笔墨不可能仅仅只是宣泄自己的某种情感,对他们的行为进行批判。在笔者看来,作者更多是想告诉那些自以为是的智者,放下无知与傲慢,正视自身的不足,懂得反思与悔改,有一颗谦卑的心并没有什么羞耻之处。如果人不懂得谦卑就容易变得刚愎自用,傲慢而无礼,生活在自我的世界中,看不见外边的世界及多彩世界正在变化,那么最终只能让外面的世界牵着自己的鼻子走。权与钱,本是可以让自我变得更好的一些身外之物,人不应该在追求权与钱的过程中迷失自我,成为权与钱的奴隶,而是对其有着清醒的认识,并做出最好的、最正确的选择。

二、物质欲望引发的人性癫狂

"欲望"(Desire)是现代西方文论中颇为热门的关键词之一。在乔治·巴塔耶看来:"人的欲望是多维的存在,不仅有生之欲望、占有之欲望,而且有色情之欲望、死亡之欲望、耗尽之欲望,等等。"①这些欲望可以笼统地称为物质欲望。物质欲望是人的本能属性,它是与生俱来的,是人的生理和心理的需求。物质欲望有时会促使人奋发图强,让人襟怀坦荡,并引导人走向成功;物质欲望也会引导人走向另外一个极端,那就是在物质欲望的诱惑下,人失去自我失去人性,在失去人性中变得癫狂。处在纷繁复杂的现代社会,物质欲望成为人生活中的巨大挑战。现代人因无法抵挡物质的诱惑,往往在追求物欲的满足中沉沦。

作为社会性的存在,人与周围环境的接触是极为有限的,因而对大千世界的认识也是有限的。如果一个人内涵丰富,对世界有足够多的认识和了解,就会知道自己的渺小,也就会更容易谦卑和谦逊;一个人若内涵浅薄,对自身所处范围之外的环境了解越少,就越无知,但是却不愿承认自己的无知,而自以为是,变得顽固、僵化、无礼。因此,在追求物欲的满足中就会变得傲慢、目中无人,很难听取他人的意见,他们会按照自己的习惯、自己的逻辑、自己的需要把自己的想法付诸实践,不会顾及其他的利益及影响,以至于酿成悲剧。所以,有时候他们的决定,以及实践会显得癫狂。

在《尘埃落定》中,当鸦片进入康巴大地之后,土司们看见通过鸦片可以牟取暴利,于是就下令那些往常播种小麦的农奴们在自己的土地上全部种上罂粟。除了麦其土司因为听了傻子二儿子建议后改种粮食,其余土司的领地上一律种植罂粟。很快罂粟花漫山遍野,姹紫嫣红,但是谁也没有想到,鸦片贬值,众土司们没赚到钱反倒是出现了饥

---

① 赵一凡等:《西方文论关键词》,外语教学与研究出版社2006年版,第806页。

荒。饥饿的农奴们只能出卖自己仅有的土地以换取粮食过活。这样，农奴们不仅失去了土地，生活也变得更加贫困。他们没有选择的权利，只能完全听命于他们的统治者。当统治者只顾着追求利益和金钱时，即便他们的仓房中堆满了粮食，他们宁肯让粮食腐坏也不愿救济百姓，所以受苦的永远是生活于底层的普通百姓。

《遥远的温泉》中，措娜温泉是世代生活在那片土地上人们心中的神泉，那里水草丰美，景色宜人。措娜温泉不仅承载着人们对生活的憧憬和想象，而且也寄托着许多的精神诉求。传说中："温泉能治很多的病症，最厉害的一手就是把不光鲜的皮肤弄得光鲜。双泉眼的温泉能治好眼病与偏头痛，更大的泉眼疗效就更加广泛了，从风湿症到结核，甚至能使'不干净的女人干净'。"[①]不仅如此，神泉还可以涤去世间的一切苦难，抚慰人们的心灵。但是副县长贤巴为了利益而开发了措娜温泉，这一神奇的温泉因此遭到破坏。那些粗暴的建在温泉之上的现代建筑与周围的景色显得格格不入。温泉没了，成为遥远的记忆。贤巴为了自己的政绩，蛮横地对待神泉是愚蠢的，虽然他得到了升迁，但是，曾经的温泉没了，永远地消失了。《已经消失的森林》讲的是村民们为了生活，为了牟取利益而乱砍滥伐，森林也因此遭到破坏，先前的那种茂密的原始森林一去不复返。在《空山》中，人们为了给领导人建万岁宫砍伐掉了机村的整片森林，但是砍伐掉的木材只是选取其中最笔直、漂亮的一节，其余的全部遗弃。那些长了上百年甚至上千年的大树在转眼之间就全部消失了。在《空山·天火》中，人们为了扑灭持续燃烧

---

① 阿来：《少年诗篇》，四川文艺出版社 2015 年版，第 212—213 页。

的森林大火,自以为聪明的人们又炸掉了山上有神秘金野鸭的色嫫措湖,然而,大火并没有因此被扑灭,不仅色嫫措湖消失不见了,金野鸭也在一夜之间消失不见了。为了生活,为了金钱,机村人砍光了山上的树,也射杀了山中的动物,但是人们的生活并没有因此而变得富裕,也没有一点改变,反倒是越来越差,生活变得更加不易。

《天火》中激进青年索波在政治大潮中当了民兵排长,自以为先进的他开始指挥村里的男女老少做这做那:"'现在,男人们立即上房,把所有的木瓦揭掉。女人们,把村子里所有的干草都运出村外!树下的草,还有羊圈猪圈里的干草都要起出来,运出村外!'人们闻声而动,但索波大喊道:'民兵一个都不准走!'好些年轻人站住了,脸上的表情却是左右为难。索波又喊道:'央金,你们这些共青团员不听上级的指挥吗?'"①完全一副傲慢领导的口吻,他的父亲无法忍受自己的孩子对村里人这样颐指气使,就上前给索波一个耳光,当准备给第二个耳光时,自己的手被儿子索波紧紧攥住,然后索波一字一顿地说道:"你这个落后分子,再打,我叫民兵把你绑起来。"②这一刻,他无情地践踏了父亲的尊严,所以当听到儿子的这句话时,他被惊吓得说不出话来。索波使父亲的脸面扫地,让父亲无法在村中像往常一样勇敢地抬起头来,完全丧失了尊老爱幼的传统的家庭伦理观念。

阿来笔下的这些人物自诩聪明,认为自己比别人厉害,于是就忘乎所以、目中无人,他们失去人性变得癫狂。他们之所以傲慢,是因为在

---

① 阿来:《空山》(三部曲),人民文学出版社 2008 年版,第 120 页。
② 同上,第 120 页。

物质欲望的重压之下他们做出非正常的选择，是一种心理疾病。阿来发现了他们的精神问题并将其书写出来。阿来的目的，并不是揭露人性的阴暗面，而是抱着了解的同情的态度，对人性寄予了希望。当然，阿来也明白，当代的"精神问题"并不会随着时代的发展、科技的进步而自行消失，面对这些问题，就必须引进一个"内源调节"机制，在动态中通过渐进式的补偿，在推动社会发展的同时，达成人与自然的和解。而这个"内源"就是"心源"，就是人类独具的精神因素。人类的优势，仍然在于人类拥有精神。①

所以，对于人性的异化，阿来并不是持悲观的态度，而是乐观积极的并且对人性充满希望。因为，无论人性异化到何种程度，都可以通过内在的调节机制加以改变。此外，很多人性的异化是因为人处于一个恶性发展的现代社会中，为了生存，人们做出很多有违人性的事；为了生存，人们不仅失去了自我，也失去了身边的自然。但是，这个恶性发展的情况如果得到调整，进入一个良性发展的社会，那么压抑的人性将得到释放，人性也会得到健康的发展，人与自身也会重归和谐。人与自身和谐，那么人与社会、人与他人、人与自然也会达到和谐，那将会是一个和谐、宁静且充满温暖的世界。

---

① 鲁枢元：《将"生态"观念注入文学理论的机体》，《苏州日报》，2014 年 9 月 12 日。

阿来生态书写的当下意义

第一节　生命体验形成生态哲思

阿来是一位在旅行中寻找神秘与诗情的作家,他怀着一颗至诚之心走进自然、走进生活,从简单的旅行中获取他的创作情感。阿来的信条是只要怀着一颗对大地虔诚而敬畏的心,就可以在任何看似平凡的事上找到生命的价值和意义。阿来的生态哲思源自他用自己的内心感悟世界,阿来疏远城市,把目光投向遥远的乡村,投向那些普普通通的藏区民众,他们平凡、朴实的生活成为他书写的对象。因着对故乡的爱、对同胞的爱、对大自然的爱,他宁肯冒着生命危险与自然相拥,也不愿待在温暖舒适的环境中虚度光阴。他从对自然的感悟中体验人、心、灵的优美和高贵。

阿来喜欢把自己融入自然的怀抱中,在沐浴大自然的恩泽中发现自然的伟大与神奇。为了能够与自然合二为一,阿来开始了漫游的旅程。阿来漫游过藏区的无数村落,也周游了中国和世界上的很多地方,许多人可能梦想着能和他一样有着丰富的人生经历,差别只在于很多人只是想想,但并未付诸行动,即便开始旅行也是走马观花,或者在中途放弃了梦想,而阿来却将理想转化为现实。笔者也曾像阿来一样周游了中国的许多地方,所不同的是,我是欣赏异地的风土和人情,阿来却从周游中搜寻自然生态书写的素材。他的探险旅程从藏东到藏西,从藏北到藏南,从四川盆地到青藏高原,他用内心丈量藏区的广袤大地,真正感受藏区的美丽与广阔。"作为一个漫游者,从成都平原上升到青藏高原,在感觉到地理阶梯抬升的同时,也会感觉到某种精神境界的提升。但是,当你进入那些深深陷落在河谷中的村落,那些种植小麦、玉米、青稞、苹果与梨的村庄,走近那些山间分属于藏传佛教不同流派的或大或小的庙宇,又会感觉到历史,感觉到时代前进之时,某一处曾有时间的陷落。"①不仅如此,"我坐在山顶/感到迢遥的风起于生命的水流/大地在一派蔚蓝中狰狞地滑翔/回声起于四周/感到口中的硝石味道来自过去的日子/过去的日子弯着腰,在浓重的山影里/写下这样的字眼:梦,青稞麦子,盐,歌谣,铜铁,以及四季的桥与风中树叶……/坐在山顶,我把头埋在双膝之间/风驱动时光之水漫过我的背脊/啊,河流轰鸣,道路回转/而我找不到幸与不幸的明确界限"②"从此以后,我在群山中各个角落进进出出,每当登临比较高的地方,极目远望,看见一列列的群山拔地而起,逶迤着向西而去,最终失去陡峭与峭拔,融入青藏高原的壮阔与辽远时,我就把这一片从成都平原开始一级级走向青藏高原顶端的一列列山脉看成大地的阶梯。我希望自己的书名里有足够真切的自我体验。"③这些话透露出阿来对自然浓烈而深厚的情感。

阿来喜欢冒险的个性与他从小生活的环境密不可分。他从小生活在四川西北部一个叫马塘的藏族村里,那里有绵延逶迤的群山,奔腾呼

---

①　阿来:《大地的阶梯》,云南人民出版社 2000 年版,第 7—8 页。
②　阿来:《阿来的诗》,四川文艺出版社 2017 年版,第 1 页。
③　阿来:《大地的阶梯》,云南人民出版社 2000 年版,第 1 页。

啸的河流、茂密的原始森林，以及宽广美丽的草原，可以说是山清水秀、人杰地灵，小时候和伙伴们在山林间嬉戏追逐，和村里的其他孩子赤足在山地草坡上牧羊。得天独厚的自然资源使得阿来很早就与大自然亲密接触，也有了很多探险的机会。虽然那时的生活条件极为艰苦，但是，不可否认，故乡的山水对阿来的创作产生了潜移默化的影响。阿来也曾多次提及："我相信我们每一个人都会对自己的童年有一些特别的记忆，因为童年是我们不断塑造自己的一个过程，也可以说在童年遇到的人、遇到的事，在童年所处的环境，包括了自然与社会环境，在很大程度上决定了后来我们成为一个什么样的人，至少我觉得我自己就是这样。童年总是与故乡联系在一起，是我们的视野、我们的人生、我们的情感的出发地，但同时这些也会不可避免地与自然联系在一起。"[1]"我从小长大的那个村子非常小，村庄住着大概两百多口子人，每一户人家之间却隔着好几里地。直到今天为止，我父母居住的地方仍是孤零零的一家人。但这村子在地域上又非常大，村子的东西向有一条公路穿过，大概二十多公里，南北向大致和东西向的距离差不多。生活在这个世界当中，你除了感觉到人跟人的关系之外，你还会意识到周围的世界当中有一个更强大的存在，这个存在就叫作自然界，河流、山脉、森林……在那个地方，你可以清晰地感觉到四季的更替变换，当然还有跟我们一样在活动的动物，每一种动物都好像有它们自己的社会秩序。"[2]

① 《阿来深圳签售：三本新书讲述"童年、自然与故乡"》，《四川日报》，2017 年 5 月 16 日。
② 阿来、谭光辉等：《极端体验与身份困惑——阿来访谈录》（上），《中国图书评论》，2013 年第 2 期。

"拜血中的因子所赐,我还是一个自然之子,更愿意自己旅行的目的地,是宽广而充满生机的自然景观:土地、群山、大海、高原、岛屿,一群树、一丛草、一簇花。更愿意像一个初民面对自然最原初的启示,领受自然的美感。"①

阿来在漫游的过程中见识了真实藏区的生态环境,也认识到了生态环境的保护总是以各种理由和借口让位于经济发展,以及现代化的推进。他把自己的观察和思考用笔墨记录了下来,除了悲伤难过,他的文字中还隐约透露出他的无奈。应该说,阿来在进入藏区开始观察藏区的生态时,就不断地进行思考,他不仅关注藏区的自然生态,同时把对社会生态的关注同对精神生态的观照并置,并力图呈现藏区在现代化进程中遇到的各种问题,引发读者深入思考。从平凡的生活中寻找诗意,在阿来的创作中就是对简单的事物赋予深厚的情感,让他们具有新的生命气息。那茂密的原始森林、惹人喜爱的小动物,以及乡野中那些美丽的花朵都让阿来如痴如醉,他将自己所爱的花、树、小生灵转化成动人的诗篇。阿来的创作深受自然的启示,是大自然的美开启了阿来的灵感之门,犹如水的泉源,源源不断地流出活水来。阅读阿来的作品,可以感受到他非常认真地在书写藏地故事,匍匐在藏区的大地上,仔细地倾听着它的每一次急促的呼吸。这种真诚拥抱大地,就如一个赤子依偎在母亲怀中出神地聆听着母亲讲述的故事,为的是更具体地了解母亲的想法,更深刻地体会母亲的感受。阿来正是从匍匐与聆听当中去体察生命与认识生命,进而去阐释一个已深刻变革的世界。阿

---

① 阿来:《看见》,湖南文艺出版社 2011 年版,第 45 页。

来的执着使得自身的书写也具有更深的意义,他对藏区生态的不断思考也使他的思想日益丰盈。可以说,《空山》是阿来对藏区生态在现代化进程中变迁的一次总结,也是阿来生态哲思的集中体现。阿来早期的小说《芙美,通向城市的道路》《永远的噶咯——〈村庄〉之二》《蘑菇》《已经消失的森林》《野人》《银环蛇》《狩猎》到《最新的和森林有关的复仇故事》体现出了对人与自然关系的思考。但是这些小说对于生态的思考停留在人与自然的层面,还未涉及社会生态以及精神生态更为宽广的层面。在《空山》中阿来试图从藏区现代化的角度入手,在藏区现代化过程中展示普通百姓的命运,直面现代化下村落的变迁,以及现代文明对藏区古老生活方式的冲击。藏地文明已支离破碎,站在历史的节点,藏区民众迷惘而又无助,不知该往哪儿走,阿来的内心也是充满了纠结,但阿来又深爱着自己的民族和那片神奇的大自然。从这个意义上讲,《空山》凝聚成一个生态意象折射出阿来对藏地在现代"转换"过程中的自然、文化、民俗、城市、乡村、人性的追问和反思。显然,阿来对藏区现代化的思考业已从人与自然单一的关照中升华出来,由简单的批判现代文明转变到反观民族自身,反观民众心理。他用更全面的视角把藏区为了适应现代化而表现出来的矛盾与彷徨一一向读者道来,将每个人物在书中渐次展开,他们生活在不同的年代里,书写着不一样的悲剧故事。《随风飘散》拉开了人性悲剧的帷幕,人们不愿相信一个可怜的孩子(格拉)没有将手中的鞭炮扔向兔子,而使他走上死亡的道路,让我们见到人性的可悲。接着《天火》则是一出欲望的展演,人们为了一己私欲疯狂地砍伐森林,当大火燃遍整片森林,森林中的动物因无家可归而四处逃窜时,人们又将枪口对准了那些可怜的动物。人性的贪婪加深了对自然的攫取与掠夺，致使自然生态不断恶化，而不断恶化的自然生态又进一步加速了人性欲望的膨胀。正如阿来在文中借巫师多吉之口所说的，县城里那么多人疯了一样舞着红旗，要是看到那样的大火，就没有信心说这样的话了。山林的大火可以扑灭，人不去扑灭，天也要来扑灭，可人心里的火呢？① 这也是《天火》最为深刻的地方，也是最耐人寻味之处。阿来笔下的天火是人性的天火，欲望的天火，不可浇灭的天火。《达瑟与达戈》讲的是年轻人梦想破灭的悲剧故事。读书人达瑟没有实现自己的读书梦，而军人达戈也没有成为军人，反倒成为一名猎手，最后与熊同归于尽。跟着他们的梦想一起破灭的还有机村的狩猎文化，曾经源远流长的狩猎文化也在现代性进程中灰飞烟灭，"随着乡村生态平衡的破坏，山上的猎物渐渐稀少，最后荡然无存。当没有了猎物的时候，猎人的悲剧也就随之发生，达戈最终与熊同归于尽。是强大的外来意志诱惑了猎人们，同时也是他们自己的软弱、自私和愚蠢毁坏了淳朴善良的乡村狩猎文化信仰。充满诗意的爱情与充满血腥的捕猎，以及达戈最后的自我毁灭，使我们领略了乡村狩猎文化谢幕的悲剧力量。而与达戈形成对比的达瑟的无能为力，与达戈和机村人的疯狂捕猎相较也别有一种审视和批判的意味。"②《荒芜》则是人心荒芜的悲剧，汹涌而至的现代文明使得机村的森林没了、动物没了、土地贫瘠了，人们的生活越发困难了，人们无路可走，这是比荒芜更深的悲哀。虽然书中的驼子在丰收中自足而死，但这也是阿来对人心荒芜

---

① 阿来：《空山》（三部曲），人民文学出版社 2008 年版，第 131 页。
② 刘大先：《少数民族文学阅读笔记》，《文艺报》，2008 年 1 月 25 日。

的一点希冀,希望这大地仍能够重新焕发勃勃生机。《轻雷》与《空山》则是表达一切成空的悲哀。机村土地的更加荒芜,机村旧有的文化、传统、村落、伦理、道德等一切都已消失不见,但是新的事物却没有生长出来,一切成空这才是最深刻的悲剧。对此,阿来并没有深陷悲伤的泥潭,而是用平淡的笔墨记录下发生的这一切,但是我们却可以从阿来平淡叙述的背后感受他的困惑与痛苦。藏区如何才能走向现代化,并且走出自己的现代化,阿来就是在书写中寻找其中的答案的。

透过这些,阿来的思考是什么呢?"我所描写的这个部族,这个地区,这个社会当然落后,但这种状况不是老百姓造成的。社会应该进步,但是他们从来没有准备过要一步跨越多少个世纪的历史。于是,当旧的文化消失,新的时代带着许多他们无从理解的宏大概念迅即到来时,个人的悲剧就产生了。我关注的其实不是文化的消失,而是时代巨变时那些无所适从的人的悲剧性命运。悲悯由此而产生。这种悲悯是文学的良心。"①阿来把藏区从前生态向生态转换过程中出现的问题一一呈示出来,可以说阿来的生态书写体现了藏区在现代化进程中的特殊性和典型性。因为藏区从原始的奴隶社会跨越式地进入现代社会,从原始、落后、封闭的前生态跨越到现代、先进、开放的生态社会,其间出现了一系列的问题和矛盾。阿来就是努力把这些问题和矛盾书写出来,他对藏区生态恶化的分析除了从国家、民族、历史、社会、经济、政治、文化等方面切入,更是从藏民族自身内部进行分析,把藏民族的发展与生态破坏联系起来。为了发展,在没有找到其他更为合适的发展

---

① 阿来:《〈空山〉三记——有关〈空山〉的三个问题》,《扬子江评论》,2009 年第 2 期。

方式时,藏族人民不得不从自然中索取资源以供应生活,其中藏民族的心情是极为复杂的。藏区处在前生态向生态转换的节点上,阿来不仅把藏民族在这一转换过程中遭遇的困难与矛盾表现了出来,而且他还把自己放入这一群体中,把自己的体验和感受用深沉的文字叙写出来,既对藏区大地寄予了深厚的感情,也饱含了温暖的人道情怀和深刻的生态意识,显示出作者对藏民族生存状况和生态危机现状的忧思。当作家们把目光聚焦在某一个区域、某一个生态危机现象,蜻蜓点水式地分析造成生态危机的根源,陷于人类中心主义、城恶乡善的叙述泥潭,阿来已经把他的生态创作与一个民族——藏民族的发展联系在一起。阿来的生态书写可以帮助那些还未了解藏区,以及不清楚藏区正在经历发展痛楚的读者有更深的认识。在生态作品日益繁多的今天,阿来的生态作品可以帮助人们进一步深入思考人与自然,自然与人类发展,自然与生命伦理、人类的生态责任等问题。当然,阿来能创作出有别于其他生态作家的生态作品,是因为他从西方的生态文化、中国的传统文化,以及藏地传统文化中汲取了丰富营养,并内化到自己的生态书写中,用深沉的笔墨书写出一个民族曲折而艰难的现代化发展之路。

阿来的生态书写让读者窥见藏区在从"前生态"向"生态"转换的过程中遇到了怎样的艰难。阿来的作品不仅仅呈现了原始的藏区,更重要的是从他的作品中,我们可以窥见少数民族地区在现代化浪潮中的沉浮与变迁。阅读阿来的作品,不仅可以欣赏到藏地的自然风光、民俗风情,还可以明白阿来对故乡的热爱和眷恋,以及对藏地民族历史的隐忧。我们可以看到社会发展日新月异,伴随着社会的进步和开放,任何一个处于封闭状态的区域都被迫卷入全球化的发展浪潮中,在与其他文化的碰撞与对话中寻找自己的出路。那些因循守旧的文化,都将不可避免地走向没落和消亡,并最终消失在历史的长河中。在全球化的时代语境中,任何一种文化都需要认识到自身的处境,在与其他文化交流的过程中不断地丰富和发展自己的文化。只有这样,才有可能在世界文化的丛林中获得一席之地,这也就决定了藏区生态文化不得不顺应历史发展的趋势。在藏区出现的生态问题,也是当下中国乡村普遍遇到的问题。阿来的生态书写为我们呈现了藏区在现代化进程中的得与失、碰撞与融合,而且其中有很多无法逾越的令人尴尬的问题。我们或许可以通过阿来的生态书写了解少数民族地区在发展过程中出现了哪些生态问题,面对复杂的生态问题少数民族地区又有哪些姿态,就可借此研究相应的对策,解决少数民族地区的生态问题。藏区在登上现代化列车后,经济的发展一定程度上改善了藏民的生活,却也加剧了人与自然、人与人之间的矛盾。阿来以自己的经历与体验书写藏区的生态危机,旨在引起人们对生态环境的关注,从而引导人们自觉地保护生态环境。

阿来的生态书写也让人了解到藏民族独特的生态智慧。藏区独特的地理位置,使得藏民在长期的生活过程中形成了独特的生态伦理——与自然融为一体,并且这种生态意识已深深地影响了人们的行为和习惯。阿来认同藏民与自然和谐相处的模式,也坚信人类内心深处的良知,阿来在为我们呈现过去藏民与自然的和谐之境时,也对现实表达了自己的无奈和忧伤,但更多的是理解与同情。藏区在城市化进程不断加速的现代语境下,其生态问题可能更趋严重。研究阿来的生态书写,我们可以发现从浩瀚的历史长河、人类的生产劳动、现实生活等领域中,阿来试图寻找一条符合现代藏区民众的生态环保之路,建设出属于藏民族的新型生态文化与生态智慧。从阿来的视域和笔触中,我们或许可以得到许多宝贵的启示,阿来的生态书写为当代出现的类似问题提供了参照。从阿来的作品中,我们得以认识藏区在现代转换过程中的处境,以及人们的生活状态,了解藏区自然生态、社会生态及精神生态的演变与转换,进一步认识了藏区现代化的艰难曲折与存在的问题。这是作为藏族人的阿来独有的生态智慧,它与西方的生态环保意识一道凝视着人类自身的生态危机。正是在阿来等人的努力与坚持之下,生态环境保护的观念日渐深入藏区民众的生活中,人们开始有意识地反思自己的行为和生活,并调整与自然之间的关系,从而较好地扭转了藏区生态不断恶化的局面。

第二节　生态书写的另一种可能

阿来是一个喜欢自然风光的诗人。然而,如果没有深入自然,走进乡村的生命体验,他对生态的理解也就不会有那么深刻的洞见。藏区不仅仅是阿来与自然、与藏区百姓交流与接触的主要场所,也是阿来获取知识与增长见识的宝库。在阿来的认识和理解中,生态并非单指我们周围的自然、身边的动植物以及我们所处的地理环境,它还将人,人所处的社会,以及人自身的精神囊括在生态的范围内,阿来生态书写的内涵是极其丰富的。

人是自然之子,人应该懂得尊重与敬畏自然,而不是一味地索取和破坏。自然时刻以它的爱赐福人类,使人类生活在自然的怀抱中。阿来在对自然的关照中,对藏区的社会、藏民的精神状态及命运进行全面而深刻的考察与思考。阿来的生态书写自始至终含有一种对现代化的反思,阿来通过反思从现代化的重重迷雾之下解脱出来,深入普通民众的现实生活中聆听他们的哀叹与呐喊。他就是在现代化这一背景下去书写藏民的人生故事,并从自然中寻觅战胜苦难的勇气与力量。阿来生态书写的中心是人的命运及心灵,这也决定了阿来生态书写最终归宿点是人。阿来是一位心系藏族同胞的作家,他总是关怀着他们的前途及命运,在关注藏民的生活与生存中更深刻地理解了藏区的现代化。当人们只注重发展时就会忽视自然、人的生存以及人自身的精神;当发展的速度与尺度超过人们所能接受的范围,生活中的各种悲剧也就随之产生;当人们盲目地追求现代化时,就会不择手段地对自然加以破坏,对文化或者是人自身的精神生活更是弃之而不顾。阿来深情地眷恋着故乡的大地,他不断书写故乡的自然,并把自己融入其中,目的就是从自然中寻找生命的意义和价值。在与自然的相处中,不仅充实了心灵,精神也得到了升华。

在一次谈话中阿来说道:"如果我们破坏了自然就要做修补的工作。我们都声称自己热爱大自然,但是如果我们每个人喜欢大自然都是真的,那么我们的大自然一定比现在美好十倍、百倍以上。学会尊重自然,站在自然的角度来思考我们这个社会,而不是以所有一切都是以我们人的需求,尤其是人的物质需求,没有止境的物质需求来面对这个社会,从自然当中不断索取。"①阿来喜欢思考,也喜欢行走,其实这也是在践行自己的文学理想,这促使他深入大自然,在自然中洞察自然的本质,也使他深受自然的启发。一个曾经长期浸润于自然山水中的人,与一个没有这种浸润的人肯定大不一样。但在这个人与山水之间,必须要有一个介质,那就是文化。对阿来来说,自然山水、一草一木,不只是环境,同时也是他的表达对象,也有丰富的含义可以开掘。自然界与作家文风之间可能存在着对应关系,阿来的作品总体上保持一种大气与力量,但在局部处理上,又绝不流于粗疏,而是有相当精细的东西。这可能就是受故地山水的影响吧。阿来将自然与心灵融为一体,为当代的生态写作开辟了道路,影响到日后生态作家们的创作。他呼吁作家们走进自然、了解自然、拥抱自然,进而从自然中学习。因此,阿来生态书写不仅是一种对人与自然、人与社会、人与自身探索,也是在尝试着以新的思维方式进行生态文学创作。对藏区从前生态向生态转换过程中产生的各种问题进行深入探讨,他用生态书写提醒人们关注社会发展中出现的问题,要解决这一问题就需要深入藏区的日常生活,了解藏区的实际与需要。为了更真实地呈现藏区的样貌,阿来长期以来不断行走、记录下自己的所见和所想,使得他的小说在呈现藏区自然、社会、民众生活时显得亲切而真实,这也是阿来比其他书写藏区的作家更为出色的原因。阿来将旅行时的观察、感悟与心得融入自己的创作当中,他的文笔灵动飘逸,情感真挚而饱满,他用文字讲述那些尘封已久的历

---

① 这是阿来 2016 年 8 月 19 日在上海市作协大厅参加由上海九久读书人举办的自然文学三部曲"山珍三部"《三只草虫》《蘑菇圈》《河上柏影》发布会上接受采访时所说的话。

史故事时,也让读者跟着他一起领略了藏区的历史、文化和自然。他对藏区生态环境的介绍,以及对藏民生存环境的关注,也引发我们对城市环境的思考,进而探索藏区未来的发展出路。

有人宣称当代文学正在面临着异常严峻的考验,在叙事题材日渐趋同且消费至上的写作时代,阿来远离浮躁、热闹、喧嚣、苍白、无力的当下文坛,回归到大自然中,回归到故乡广袤的大地上,成为一个忠实的自然书写者。他用质朴、真实的自然表达,在为自己的心灵寻找栖园的同时,也为当下文坛带来了原始、质朴、本真、充满活力的声音。如果生命是内心不断强大而且释然的过程,那么人的思想也会在这个过程中变得成熟而通透。阿来的写作,也是使其内心深处的积雪得以消融的一种方式。他确确实实听到了积雪融化的声音,知道太阳正从遥远的南方海洋向北方森林地带回返。雪水使河水渐渐丰满,他的生命的树林里已经有春风在喧哗。① 三十多年来,随着对生命、对社会、对人性、对世事体悟的不断深入,阿来的文学创作也日渐丰盈起来。很多时候阿来的书写犹如春风一般,让人沐浴温暖。阿来是一个喜欢旅行的作家,他喜欢漫游在藏区广袤的大地上,他不断地远走、思索、积聚情感,把自己在行走中的观察和体会谱写成一曲曲悠远的诗歌。从他的作品中,我们不难发现一个赤子在用心书写着自己的故乡,书写现代化进程之下藏区的变化,以及变化中人们的生活。现代化的快速推进,使得藏区的生态环境发生了翻天覆地的变化,无论是自然生态、社会生态还是精神生态都面临着严峻的考验。

---

① 阿来:《阿来散文》,人民文学出版社 2015 年版,第 69 页。

　　现代化带给藏区的，最为根本的是改变了人们的生活方式。这个封闭的游牧民族如今要应对汹涌而至的浪潮，人们变得无所适从。阿来就是通过他的作品展现藏区的历史、环境、村落及人们的生存状态。从《蘑菇》《鱼》《野人》《尘埃落定》《芙美，通向城市的道路》《遥远的温泉》《永远的噶洛——〈村庄〉之二》《已经消失的森林》《银环蛇》《狩猎》《最新的和森林有关的复仇故事》《大地的阶梯》《空山》《格萨尔王》《瞻对：一个两百年的康巴传奇》《蘑菇圈》《三只虫草》到《河上柏影》，都折射出了阿来对藏区生态的关注。藏区从封闭走向现代，在这一转换过程中，经历了剧烈的变动，人们为了生活苦苦挣扎，生活越发地艰难。阿来并没有一味地否定现代化，也没有一味地肯定藏区的传统文化，而是带着思考的眼光审视现代化及藏区的一切。相较这些改变，阿来最为关心的是那些普通人的生活，以及他们的命运。阿来用一则则动人的故事向我们呈现了现代化巨轮之下人们的抉择，为了生活，很多人放弃了自己原有的信念和生活方式；为了生活，也有很多人做出了许多破坏自然的行为。对此，阿来并没有对人们的行为进行批评，也没有沉溺于对人们苦难的书写，而是以十分清醒的头脑看待这一切。阿来深知，有时人们破坏自然也是出于无奈，阿来只是看不惯那些为了牟取暴利而伤害自然的行为。阿来也没有排斥现代文明进入藏区，因为这本身就是历史发展的一个历程。但是，现代文明进入少数民族地区的时候，应该抱着一种谦卑的态度，对藏区固有的传统文化给予相应的尊重。这样才能在新的时代创造出新的文化，而不是对文化随意地拼贴与改造。

　　阿来是边地文明的勘探者和守护者。他的写作，旨在辨识一种少数族裔的声音，以及这种声音在当代的回响。声音去到天上就成了大声音，在地上则会面临被淹没和瓦解的命运。阿来持续为一个地区的灵魂和照亮这些灵魂所需要的仪式写作，就是希望那些在时代大潮面前孤立无援的个体不致失语。[①]"今天的许多社会问题，大多数可以归结为文化传统被强行断裂。汉文化如此，少数民族文化更是如此……正是基于这样的认知和感受，我的小说中自然关注了文化（一些特别的生活和生产方式）的消失，记录了这种消失，并在描述这种消失的时候，用了一种悲悯的笔调。这是因为我并不认为一个生命可以在任何一种文化中存身。一种文化——更准确地说是生活与生产方式的消失，对一些寄身其中的个体生命来说，一定是悲剧性的。"[②]当现代化的浪潮蜂拥而至，出现自然的破坏、森林的消失、社会的混乱、精神的迷失时，阿来最为关心的是那些无所适从的人们的生存状态，他们处于社会的边缘，处境极为尴尬。"他的镜头，放大并收藏了许多静默、孤独的存在，而阿来的寻找和捕捉，总是显得意味无穷。"[③]即便生活如此艰难，但是他们依然怀揣着美好的梦想，然而残酷的现实无情地击碎了他们的梦，他们异常痛苦却又无可奈何。"全世界的人都有相同的体会：不是每一个追求福祉的人都能达到目的，更不要说，对很多人来说，这种福祉也如宗教般的理想一样难以实现。于是，很多追求幸福的人也只是饱尝了过程的艰难，而始终与渴求的目标相距遥远。所以，一个刚刚

---

① 阿来：《人是出发点，也是目的地》，《黄河文学》，2009 年第 5 期。

② 阿来：《有关〈空山〉的三个问题》，《扬子江评论》，2009 年第 2 期。

③ 张学昕：《阿来的植物学》，《文艺评论》，2012 年第 1 期。

由蒙昧走向开化的族群中那些普通人的命运理应得到更多的理解与同情。"①阿来通过对人物命运的精妙把握,展现了他们面对困境时的顽强与坚韧,阿来肯定他们的信心与勇气,颂扬他们的坚持与执着。这是对命运不屈的抗争,虽然这种抗争最终会随着现代化的全面入侵而走向失败,并且在失败中灰心、失望、痛苦、孤寂、无奈。但是,他们的努力与拼搏的精神却让人为之感动,并且对未来充满希望。

阿来是一位行走的诗人,一位在行走中思考现实和未来、寻找生命的价值和意义、召唤爱与希望的诗人。他在《人是出发点,也是目的地》中这样写道,文学所要做的,是寻求人所以为人的共同特性,是跨越这些界限,消除不同人群之间的误解与偏见,歧视与仇恨。文学所使用的武器是关怀、理解、尊重与同情。文学是潜移默化的感染,用自己内心的坚定去感染。②阿来有着丰富的人生经验,他的作品之所以吸引人,并不是因着奇幻的故事,而在于他将人生的经验与生命的感悟互相交融,对人性和世事有着深刻的认识。在这个崇尚娱乐与消费的时代,阿来远离世俗的热闹与喧嚣,忠于自己内心的声音,回到本民族的生活现场,以热忱、充沛、慷慨、激昂、浑朴的情感展现了文学的另一种真实。阅读阿来的作品犹如聆听一首美妙的歌曲,它们有着抚慰心灵的力量,涤去人心的浮躁与不安。那种真实的歌唱,让我们这些精神疲惫的现代人的内心得到振奋。阿来并不是为了讨好读者而有意为之,而是内心情感的自然流露,因为自然真挚所以动人。阿来的作品中记录了许

---

① 阿来:《人是出发点,也是目的地》,《黄河文学》,2009 年第 5 期。
② 同上。

多他对人生的思考和感悟,虽然零散而又缺乏体系,但书写的背后却透露出他是一个有情怀的作家。阿来是一位非常细致而又敏锐的作家,他对现实世界充满了批判和质疑,但在作品中我们却发现他很平静地与现实进行着各种对话,与现实的对话与交流使阿来理解了人生的艰难与不易,这让他对生命多了一份热忱与敬畏。所以,在描述对藏区民众在现代转换过程中表现出来的种种有悖人性的行为时,阿来表示同情和理解,他从他们简单、卑微的生活中去呈现生命的温暖与美好,他试图为他所爱的同胞开辟出一个崭新的世界。也许,我们仍然身处困境,也许,苦难早已消磨了我们的斗志。但阿来告诉我们,纵使生活百般不易也要笑对生活,因为苦难终将过去,幸福即将来临。

作为一种文学书写样态,阿来的生态书写在文学日趋多元化的今天,为当前略呈疲态的文坛注入了新的血液,为当代文学的创作尤其是生态文学的创作提供了某种可能。阿来特殊的身份使他拥有了独特的生态书写视角,虽然世界范围内掀起的环保运动浪潮,以及中国陆续引入的西方生态理论和优秀的作品,都已渗透到遥远的边疆少数民族地区,但是阿来的视角并不是来自西方生态理论或生态批评,而是根植于藏民族丰厚的历史文化土壤,以及中国优秀的传统文化中,是阿来用基于生命的情感体验把艺术感、社会责任感渗透到文学创作中,用外在的生态书写表达内在的精神赞美。这是阿来对本民族、对自身、对世界的认知方式。在这种意义上说,阿来的生态书写为少民族作家的生态写作竖起了一个标杆,少数民族作家或许可以循着阿来的足迹,借着本民族自身广阔的生态书写空间,以更加开阔的视野、更加真实的情感创造现代审美的新品质,让民族文学的创作在新的时代走上更高的台阶。

最后,用阿来自己的话总结就是:"现在,我想的是,自己的写作也会不会成为另一种意义上的歪曲。因为每一个人都有自己的不同的视角。但我能信任自己的只有一点,就是对阿坝这片土地,这片土地上我的同胞的热爱与责任感。有了这一点,如果这本书我干得不够好,那么,我会争取下一本书,或者下一次别的什么事情,我能干得更漂亮完满一点,以期对这片故土的山水与人民有所奉献。"①

---

①　阿来:《大地的阶梯》,云南人民出版社 2000 年版,第 37 页。

参考文献

一、作家作品

[1] 阿来.梭磨河[M].成都:四川民族出版社,1989.

[2] 阿来.旧年的血迹[M].北京:作家出版社,1989.

[3] 阿来.尘埃落定[M].北京:人民文学出版社,1998.

[4] 阿来.月光下的银匠[M].武汉:长江文艺出版社,1999.

[5] 阿来.大地的阶梯[M].昆明:云南人民出版社,2000.

[6] 阿来.阿来文集[M].北京:人民文学出版社,2001.

[7] 阿来.就这样日益丰盈[M].北京:解放军文艺出版社,2002.

[8] 阿来.阿坝阿来[M].北京:中国工人出版社,2004.

[9] 阿来.奥达的马队[M].成都:四川民族出版社,2005.

[10] 阿来.遥远的温泉[M].成都:四川民族出版社,2005.

[11] 阿来.孽缘[M].成都:四川民族出版社,2005.

[12] 阿来.尘埃飞扬[M].成都:四川文艺出版社,2005.

[13] 阿来.格拉长大[M].上海:东方出版中心,2007.

[14] 阿来.空山[M].北京:人民文学出版社,2009.

[15] 阿来.格萨尔王[M].重庆:重庆出版社,2009.

[16] 阿来.看见[M].长沙:湖南文艺出版社,2011.

[17] 阿来.草木的理想国——成都物候记[M].南京:江苏人民出版社,2012.

[18] 阿来.瞻对——一个两百年的康巴传奇[M].成都:四川文艺出版社,2014.

[19] 阿来.蘑菇圈[M].武汉:长江文艺出版社,2015.

［20］阿来.语自在［M］.重庆:重庆出版社,2015.

［21］阿来.河上柏影［M］.北京:人民文学出版社,2016.

［22］阿来.三只虫草［M］.济南:明天出版社,2016.

［23］阿来.机村史诗(六部曲)［M］.杭州:浙江文艺出版社,2018.

二、研究专著

［1］北京大学哲学系.人与自然［M］.北京:北京大学出版社,1989.

［2］蔡锺翔.美在自然［M］.南昌:百花洲文艺出版社,2001.

［3］程红.寻根荒野［M］.北京:生活·读书·新知三联书店,2001.

［4］成复旺.走向自然生命——中国文化精神的再生［M］.北京:中国人民大学出版社,2004.

［5］丹珍草.藏族当代作家汉语创作论［M］.北京:民族出版社,2008.

［6］段治文等.中国现代化进程［M］.杭州:浙江大学出版社,2008.

［7］盖光.生态文艺与中国文艺思想的现代转换［M］.济南:齐鲁书社,2007.

［8］国家环境保护局自然保护司.中国生态问题报告［M］.北京:中国环境科学出版社,1999.

［9］韩少功.文学的根［M］.济南:山东文艺出版社,2001.

［10］候敏.有根的诗学［M］.上海:上海人民出版社,2003.

［11］胡志红.西方生态批评研究［M］.北京:中国社会科学出版社,2006.

［12］雷毅.深层生态学思想研究［M］.北京:清华大学出版社,2001.

［13］李静华.自然写作与环境意识研究［M］.台北:大千文化出版

社,2000.

[14] 鲁枢元.猎俐言说:关于文学、精神、生态的思考[M].北京:社会科学文献出版社,2001.

[15] 鲁枢元.生态批评的空间[M].上海:华东师范大学出版社,2006.

[16] 鲁枢元.生态文艺学[M].西安:陕西人民教育出版社,2000.

[17] 鲁枢元.自然与人文:生态批评学术资源库[M].上海:学林出版社,2006.

[18] 鲁枢元.文学的跨界研究:文学与生态学[M].上海:学林出版社,2011.

[19] 罗荣渠.现代化新论——世界与中国的现代化进程[M].北京:商务印书馆,2004.

[20] 马丽华.雪域文化与西藏文学[M].长沙:湖南教育出版社,1998.

[21] 欧阳志远.最后的消费——文明的自毁与补救[M].北京:人民出版社,2000.

[22] 彭锋.完美的自然[M].北京:北京大学出版社,2005.

[23] 谭来兴.中国现代化道路探索的历史考察[M].北京:人民出版社,2008.

[24] 汪树东.生态意识与中国当代文学[M].北京:中国社会科学出版社,2008.

[25] 王德军.中国现代化进程中的人与文化[M].北京:人民出版社,2007.

[26] 王诺.欧美生态批评——生态学研究概论[M].上海:学林出版社,2008.

[27] 王诺.欧美生态文学[M].北京:北京大学出版社,2003.

[28] 王诺.生态与心态[M].南京:南京大学出版社,2007.

[29] 王诺.外国文学——人学蕴涵的发掘与寻思[M].北京:科学出版社,1999.

[30] 王学谦.自然文化与20世纪中国文学[M].长春:吉林大学出版社,1999.

[31] 王恬.古村落的沉思:中国古村落保护(西塘)国际高峰论坛论文集[M].上海:上海辞书出版社,2007.

[32] 王兆胜.文学的命脉[M].上海:华东师范大学出版社,2005.

[33] 魏德东.佛教的生态观[M].北京:社会科学文献出版社,1999.

[34] 吴明益.以书写解放自然[M].台北:大安出版社,2004.

[35] 吴培显.诗、史、思的融合与失衡:当代文学的一种反思[M].北京:中国文联出版社,2001.

[36] 吴秀明.当代文化现象与文学热点[M].北京:北京大学出版社,2018.

[37] 夏明芳.近世棘途——生态变迁中的中国现代化进程[M].北京:中国人民大学出版社,2012.

[38] 夏志清.文学的前途[M].北京:生活·读书·新知三联书店,2002.

[39] 徐恒醇.生态美学[M].西安:陕西人民教育出版社,2000.

[40] 徐复观.中国文学精神[M].上海:上海书店出版社,2006.

[41] 薛敬梅.生态文学与文化[M].昆明:云南大学出版社,2008.

[42] 余达忠.生态文化与生态批评[M].1辑,北京:民族出版社,2010.

［43］余谋昌.生态理论学——从理论走向实践［M］.北京:首都师范大学出版社,1999.

［44］佘正荣.生态智慧论［M］.北京:中国社会科学出版社,1996.

［45］佘正荣.中国生态伦理传统的诠释与重建［M］.北京:人民出版社,2002.

［46］虞和平.中国现代化历程［M］.南京:江苏人民出版社,2007.

［47］张炜.绿色的遥思［M］.上海:文汇出版社,2005.

［48］赵刚.波兰文学中的自然与自然观［M］.北京:外语教学与研究出版社,2007.

［49］曾繁仁.生态存在论美学论稿［M］.长春:吉林人民出版社,2003.

［50］曾永成.文艺的绿色之思［M］.北京:人民文学出版社,2000.

［51］曾建平.自然之思:西方生态伦理思想探究［M］.北京:中国社会科学出版社,2004.

［52］周穗明.人与自然关系新论［M］.北京:科学出版社,1991.

［53］周鑫.西方生态现代化理论与当代中国生态文明建设［M］.北京:人民出版社,2012.

三、外文文献

［1］WILSON E O. On hunman nature［M］. Cambridge:Harvard University Press,1978.

［2］SAGOFF M. The economy of the earth［M］. New York:Cambridge University Press,1990.

［3］JONATHAN B. Romantic ecology,wordsworth and the environmental tradition[M]. London：Routledge，1991.

[4] HAYWARD T. Ecological though：an introduction[M]. Cambridge：
Polity Press，1994.

[5] KROEBER K. Ecological literary criticism：romantic imagining
and the biology of mind[M]. New York：Columbia University
Press，1994.

[6] LAWRENCE B. The environmental imagination：thoreau，nature
writing，and the formation of American culture[M]. Cambridge：
The Belknap Press of Harvard University Press，1995.

[7] KERRIDGE R，SAMMUELLS N. Writing the environment：
ecocriticism and literature[M]. Zed Books Ltd. ，1998.

[8] MCKUSICK J C. Green writing：romanticism and ecology[M].
London：MACMILLAN Press Ltd. ，2000.

[9] KARLA A，KATHLEEN W. Beyond nature writing：expanding
the boundaries of ecocriticism[M]. Charlottesville and London：
University of Virginia Press，2001.

[10] LAWRENCE B. Writing for an endangered world：literature and
environment in the US and beyond [M]. Cambridge：The
Belknap Press of Harvard University Press，2001.

[11] ROSENDALE S. The greeting of literary scholar-ship：literature，theory
and the environment[M]. Ames，Iowa：Iowa University Press，2002.

[12] TERRY E. Literary theory：an introduction. 2nd ed [M].
Ames，Iowa：Foreign Language Teaching and Resarch Press，

New York：Oxford University Press，2004.

[13] [丹麦]勃兰兑斯.十九世纪文学主流——英国自然主义[M].张道真,译.北京：人民文学出版社,1984.

[14] [德]顾彬.中国文人的自然观[M].马树德,译.上海：上海人民出版社,1990.

[15] [德]海德格尔.人,诗意地安居[M].邵元宝,译.桂林：广西师范大学出版社,2002.

[16] [德]狄特富尔特,等.哲人小语——人与自然[M].周美琪,译.北京：生活·读书·新知三联书店,1993.

[17] [法]汉斯·萨克塞.生态哲学[M].文韬,佩云,译.上海：东方出版社,1991.

[18] [法]卢梭.孤独散步者的遐思[M].熊希伟,译.北京：华龄出版社,1996.

[19] [法]塞尔日·莫斯科维奇.还自然之魅——对生态运动的思考[M].庄辰燕,邱寅晨,译.北京：生活·读书·新知三联书店,2005.

[20] [美]爱默生.自然沉思录[M].傅凡,译.上海：上海社会科学出版社,1993.

[21] [美]查尔斯·哈珀.环境与社会——环境问题中的人文视野[M].肖晨阳,晋军,郭建如,等,译.天津：天津人民出版社,1998.

[22] [美]戈尔.濒临失衡的地球——生态与人类精神[M].陈嘉映,等,译.北京：中央编译出版社,1997.

[23] [美]卡洛琳·麦茜特.自然之死:妇女生态和科学革命[M].吴国

盛,等,译.长春:吉林人民出版社,1999.

[24] [美]罗尔斯顿.环境伦理学[M].杨通进,译.北京:中国社会科学出版社,2000.

[25] [美]罗麦金托什.生态学概念和理论的发展[M].徐高龄,译.北京:中国科学技术出版社,1992.

[26] [美]麦克基本.自然的终结[M].孙晓春,马树林,译.长春:吉林人民出版社,2000.

[27] [美]纳什.大自然的权利[M].杨通进,译.青岛:青岛出版社,1999.

[28] [日]岸根卓郎.环境论——人类最终的选择[M].何鉴,译.南京:南京大学出版社,1999.

[29] [日]池田大作,贝恰.二十一世纪的警钟[M].卞立强,译.北京:中国国际广播出版社,1988.

[30] [英]阿诺德·汤因比.人类与大地母亲[M].徐波,等,译.上海:上海人民出版社,1992.

[31] [美]戴维·波普诺.社会学[M].11版.李强,等,译.北京:中国人民大学出版社,2007.

[32] [美]乔纳森·特纳.社会学理论的结构[M].7版.邱泽奇,译.北京:华夏出版社,2006.

[33] [法]雷蒙·阿隆.社会学主要思潮[M].葛智强,译.北京:华夏出版社,2000.

[34] [澳]马尔科姆·沃特斯.现代社会学理论[M].2版.杨善华,李康,等,译.北京:华夏出版社,2000.

四、期刊

［1］阿来.穿行于多样化的文化之间[J].中国民族,2001(6).

［2］阿来.关于灵魂的歌唱[J].人民文学,1999(4).

［3］阿来.没有一种固定不变的民族文化[J].中外文艺,2009(12).

［4］阿来.时代的创造与赋予[J].四川文学,1991(3).

［5］阿来.文学表达的民间资源[J].民族文学研究,2000(3).

［6］阿来,陈祖君.文学应如何寻求"大声音"[J].现代中国文化与文学,
　　2005(2).

［7］阿来,姜广平.我是一个藏族人,用汉语写作[J].西湖,2011(6).

［8］阿来.寻找本民族的精神[J].中国民族,2002(6).

［9］阿来.有关空山的三个问题[J].扬子江评论,2009(2).

［10］白烨.雄浑的现实交响曲——2005年长篇小说巡礼[J].小说评
　　　论,2006(2).

［11］陈舒劼.尴尬的诉求——当代生态文学中的神秘叙事[J].东南学
　　　术,2010(4).

［12］陈健一.发现一个新的文学传统——自然写作[J].参与者,1994
　　　(179).

［13］陈思和.当代文学中的文化寻根意识[J].文学评论,1986(6).

［14］迟子建.阿来的如花世界[J].中华读书报,2011(11).

［15］德吉草.失落的浪漫与苏醒的庄严——阿来中篇小说《遥远的温
　　　泉》《已经消失的森林》的文本启示[J].西南民族大学学报:人文社
　　　科版,2005(12).

[16] 德吉草.文化回归与阿来现象——阿来作品中的文化回归情愫[J].民族文学研究,2002(3).

[17] 杜维明.存有的连续性:中国人的自然观[J].刘诺亚,译.世界哲学,2004(1).

[18] 方军,陈昕.论生态文学[J].中南民族大学学报,2003(2).

[19] 於贤德.人类自然和谐发展的必由之路——论生态主义的人学意蕴[J].中山大学学报:社会科学版,2006(5).

[20] 付艳霞.指挥一部混沌的村落交响曲——来的空山[J].当代文坛,2005(5).

[21] 葛红兵.忧患、信仰与拯救——当代生态文学的三个向度[J].社会科学,2001(8).

[22] 胡三林.生态文学批判与超越[J].文艺争鸣,2005(6).

[23] 何宏言.阿来:现代性视野中的藏地世界[J].当代作家评论,2009(1).

[24] 黄轶.生命神性的演绎——论新世纪迟子建、阿来乡土书写的异同[J].文学评论,2007(6).

[25] 黄轶.新世纪小说"生态"书写视阈的开创及其意义[J].当代作家评论,2010(6).

[26] 姜飞.可持续崩溃与可持续写作——从《尘埃落定》到《空山》看阿来的历史意识[J].当代文坛,2005(5).

[27] 康亮芳.《尘埃落定》:母语文化与诗性语言[J].当代文坛,2007(6).

[28] 雷鸣.当代生态报告文学创作几个问题的省思[J].文艺评论,2007

（6）.

［29］雷鸣.突围与归依:礼失而求诸野的精神宿地——论新世纪长篇小说的边地书写［J］.当代文坛,2010（1）.

［30］雷鸣.危机寻根:民族文化的认同与现代性反思——对少数民族作家生态小说的一种综观［J］.前沿,2009（9）.

［31］李康云.人性生态与政治文明缺陷的瓦解与批判——兼评阿来长篇小说《尘埃落定》《随风飘散》《天火》［J］.西南民族大学学报,2007（8）.

［32］梁海.神话重述在历史的终点——论阿来的《格萨尔王》［J］.当代文坛,2010（2）.

［33］廖全京.存在之镜与幻想之镜——读阿来长篇小说《尘埃落定》［J］.当代文坛,1998（3）.

［34］刘瑞英.文学作品中的环境问题［J］.内蒙古社会科学,2001（5）.

［35］刘中桥."飞来峰"的地质缘由——阿来小说中的"命运感"［J］.当代文坛,2002（2）.

［36］刘青汉.生态文学对科技负面效应的警示［J］.文艺争鸣,2007（4）.

［37］刘绍瑾.自然:中国古代一个潜在的文学理论体系［J］.文艺研究,2001（2）.

［38］鲁枢元.生态批评的知识空间［J］.文艺研究,2002（5）.

［39］鲁枢元.文学艺术批评的生态学视野［J］.学术月刊,2001（1）.

［40］鲁枢元.文学艺术史:生态演替的启示——《生态文艺学》论稿［J］.海南大学学报,2000（12）.

［41］鲁枢元.文学艺术与自然生态——《生态文艺学》论稿之一［J］.海

南师范大学学报,2000(3).

[42] 牛梦笛,阿来.写作就像湖水决堤[N].光明日报,2013(1).

[43] 秦春.生态心理批评生态批评的内向视角[J].文艺争鸣,2008(9).

[44] 秦剑.时代呼唤自觉的生态文学[J].文艺争鸣,2005(6).

[45] 邵燕君."纯文学"方法与史诗叙事的困境——以阿来《空山》为例[J].文艺争鸣,2009(4).

[46] 申霞艳.当神性遇见现代性迟子建[J].文艺争鸣,2011(9).

[47] 覃虹,舒邦泉.空灵的东方寓言诗化的本体象征——评《尘埃落定》的艺术创新[J].西南民族学院学报:哲学社会科学版,1999(1).

[48] 王光东."主题原型"与新时期小说创作[J].中国社会科学,2008(3).

[49] 王诺.生态批评发展与渊源[J].文艺研究,2002(3).

[50] 王建疆.人与自然关系的嬗变对文学发展的影响[J].学术月刊,2005(6).

[51] 王静.阿来原乡人寻根之路的生态折射[J].郑州大学学报:哲学社会科学版,2008(4).

[52] 王琦.阿来的秘密花——《空山》的超界信息解读[J].当代作家评论,,2007(1).

[53] 王一川.跨族别写作与现代性新景观[J].四川文学,1998(9).

[54] 吴秀明.我们需要什么样的生态文学——关于当下生态文学创作和研究的几点思考[J].理论与创作,2006(1).

[55] 吴秀明.文学如何面对生态——关于生态文学理论基点和生存境遇的思考[J].社会科学战线,2008(5).

[56] 吴秀明,陈力君.论生态文学视野中的狼文化现象[J].中山大学学报:社会科学版,2008(1).

[57] 吴秀明,陈力君.从《狼图腾》看当代生态文学的发展[J].文艺研究,2009(4).

[58] 吴义勤.挽歌:唱给那些已逝和正在逝去的事物——评阿来的长篇新作《空山》[J].当代文坛,2007(3).

[59] 夏榆.多元文化就是相互不干预——阿来与特罗亚夫关于文明的对话[J].花城,2007(2).

[60] 辛力.对一个遥远世界的发现[J].中国现代当代文学研究,1986(5).

[61] 杨剑龙.生态危机、生态文学与生态批评[N].文汇报,2004—6—6.

[62] 杨经建.寻找与皈依:论20世纪中国文学的追寻母题[J].文艺评论,2007(5).

[63] 叶朗.中国传统文化中的生态意识[J].北京大学学报,(人文社科版)2008 第1).

[64] 易文翔,阿来.写作:忠实于内心的表达——阿来访谈录[J].小说评论,2004(5).

[65] 徐治平.生态危机时代的生态散文——中西生态散文管窥[J].南方文坛,2004(4).

[66] 袁济喜.文学的生生不息与自然的超验意义[J].学术月刊,2005(6).

[67] 曾道荣.自然书写:从政治语境到生态向度——兼论寻根文学的生

态意识写作转向[J]. 文艺争鸣,2010(2).

[68] 曾繁仁. 中国古代"天人合一"思想与当代生态文化建设[J]. 文史哲,2006(4).

[69] 曾繁仁. 新时期与新的生态审美观[J]. 文艺争鸣,2008(9).

[70] 张守海. 文学的自然之根——生态文艺学视域中的文学寻根[J]. 文艺争鸣,2008(9).

[71] 张学昕. 孤独"机村"的存在维度——阿来《空山》[J]. 当代文坛,2010(2).

[72] 赵树勤,龙其林. 当代生态散文的兴起——兼论《瓦尔登湖》及其外来文学影响[J]. 文学评论,2010(5).

[73] 赵树勤,尤其林. 民族寓言雪域精魂——论《尘埃落定》的神秘叙事[J]. 民族文学研究,2006(1).

[74] 赵树勤,龙其林. 新世纪生态小说论[J]. 文艺争鸣,2007(4).

[75] 宗波. 当代乡村的别样书写:阿来新作《空山》评析[J]. 文艺理论与批评,2005(4).

[76] 周政保. "落不定的尘埃"暂且落定——《尘埃落定》的意象化叙述方式[J]. 当代作家评论,1998(4).

[77] [美]桑玉成. 现代政治文明的源起及其演进[J]. 新华文摘,2004(5).

后　记

当我整理完书稿,准备写这篇后记时,窗外的阳台上正停着一只灰白色的鸽子,它在淡黄色的灯光下啄理着身上的羽毛,兴许是天气炎热的缘故,不时发出咕咕咕的叫声,这咕咕声却将我的思绪带回了校园,让人想起杭州炙热的夏天。撰写博士学位论文时正值杭州最闷热的时节,当时住在文三路西溪北苑的学生公寓里,一大早就能听见窗外叽叽喳喳的蝉鸣和鸟叫,从早到晚的聒噪声常常打断我的写作思路。虽惹人厌烦,但现在还是有点想念那些声音,是它们陪我度过漫长的夏季。不知道我住过的那间宿舍现在住着谁,他是否也听见了窗外那些嘈杂的声音。

2014年我通过了浙江大学博士入学考试,有幸忝入吴秀明先生的门下,开始了博士阶段的学习和生活。如今,一晃五年过去了。五年前只身一人拎着行李到浙大,那情形恍如昨日。在浙大的四年,是充实的四年,也是难忘的四年,老师、同学们带给了我太多的感动与惊喜,我在那儿也从一个稍显稚嫩的青年进入而立之年。这是一个痛并快乐的旅程,虽然经历了许多的磕磕绊绊,我却收获良多,这弥足珍贵的四年成为我生命中最好的篇章,我将永远在我的记忆中珍藏。

每个人都会在自己的人生旅途中遇到许许多多幸运的事,对我而言,能成为吴秀明先生的弟子真是三生有幸。因为无论在为人处事方面还是在学术上,先生都是我学习的榜样。还记得2014年9月22日上午,先生在西溪教学主楼381室第一次给我们上课时所说的话:"不要急着去外面工作挣钱,既然到了浙大,就安心读书,我知道你们的家庭情况,也明白你们去兼职想为家里减轻一些负担,但是你们不担心,我会想办法替你们分担一部分的生活费。"先生的意思不是叫我们"一心只读圣贤书",而是担心我们因工作而不能潜心学习,所以亲自帮我们解决生计问题,我真切地感受先生无私的爱和关怀。我在当天的日记中这样写道:"吴老师优雅地坐在那儿,像一位慈祥的父亲,以温和的口吻与子女交流,耐心倾听孩子们的心声和需要,不像在上课,倒像是一次特别的家庭聚会。"在和谐融洽的气氛中我们都深深被先生温暖的话语感动。能在这样的"家庭环境"中学习生活,是一件既幸运又幸福的事情。在四年的学习生涯中,先生对我的关心可以说是无微不至,他在生活中给予了我太多的帮助,让我渡过难关一心求学。对于先生的关爱我无以为报,只求自己每天能更加刻苦努力,尽可能地做好身边的每一件小事;同时,我告诉自己,一定要成为像先生一样富有爱心和善心的老师,把我从先生这儿获得的无私之爱传递给年轻的下一代,这样才无愧于先生的厚爱和栽培。

除此之外,最让我佩服的是先生严谨的治学态度和执着的学术精神。先生学问精深,虽是中国当代学术界的大家,却从不张扬,行事极其低调。先生为人宽和、大度,从不沽名钓誉,说话做事总是脚踏实地。先生很忙,身兼数职,课时繁多,指导着几位博士和几位硕士,常年繁忙的工作和事务使得先生被疾病缠扰,每每问候,先生也常以"刚跑医院回来"作答。即便如此,先生仍保持着旺盛的学术精力,承担诸多国家和省部级的社科研究项目,出版学术专著,撰写学术论文,成就斐然。先生渊博的学识,开阔的学术视野,敏锐的科研思路深深滋养了我,使我获益良多。先生谦和朴实的为人和敏锐的学术洞察力都激励我不断前行,对于学习,我也不敢有丝毫怠慢,唯恐辱没师门。

在指导我的博士论文的过程中,先生非常注重论文中的每一个细枝末节。大到论文的选题,论文的框架,小到文字的提炼,先生都会用心指出存在的不足和需要改进的地方。在先生的指导与帮助下,我觉得自己成长了许多,也进步了许多,尤其在学术方法与学术思维的训练方面,先生总是毫不吝惜地将自己的经验和感悟与我分享,不仅开阔了我的学术视野,也让我意识到"为人、为师、为研究者"必须求真务实,不断创造。我知道先生对学术创作非常严苛,尽管我有很多不足的地方,很多方面也达不到先生的要求,但是他从来没有苛责过我,总是耐心地与我沟通和交流。每次发邮件向先生请教有关论文的问题,无论有多忙,他都会第一时间回复我的问题,而且非常细致认真。撰写论文,很多时候会陷入死胡同而找不到出路,这时除了迷茫还会伴有失落感,有时甚至会怀疑自己,进而否定自己。我想我是幸运的,有这样一位耐心而又负责任的导师,当我遇到问题与他探讨,讨论过后一般都是"乌云散,明月照人来",我又得到新的启示,停下的脚步又可以继续向前了。所以,每一次和先生的会心交流都是我读书历程中最幸福的时光,在先生门下求学,确有如沐春风之感。

我是在大学时开始接触阿来的,最先阅读的是他的《尘埃落定》,一开始就被书中的故事和文字所吸引,那时候就觉得他是一位不同寻常的作家。之后陆续阅读了《梭磨河》《月光下的银匠》《大地的阶梯》《空山》《格萨尔王》《看见》《草木的理想国:成都物候记》《瞻对:一个两百年的康巴传奇》《蘑菇圈》《语自在》《河上柏影》《三只虫草》《机村史诗》(六部曲)等作品,很早之前,我就想过有一天要把自己的阅读体会和感受整理成一本书,但都没能实现,直到此书的出版这个愿望才终于画上句号。

　　本书得以完成,首先,要感谢先生的爱和关心,从最初的选题,到最终的定稿先生都给予了很多修改建议与帮助。先生对本书所倾注的心血,我会永远铭记于心。在此,想对先生说声谢谢。其次,要感谢浙江工商大学出版社的钟仲南先生和徐佳老师,谢谢你们的支持与鼓励,没有你们的帮忙本书也无法顺利出版。同时,对参与本书编审的老师们表示感谢,谢谢你们为出版此书所做的一切。再次,感谢黄健先生、盘剑先生、姚晓雷先生以及文学院的其他老师,你们的教诲使我受益终生,感谢你们给了我无尽的启迪与襄助。还要感谢我的同窗好友,和你们在一起的时光总是快乐而惬意的,转眼我们就将各奔东西,无论未来如何,我都会在漫长的生活中想你们,与你们结伴相行的这段岁月,是我青春飞扬的时光。"浙里"并不是结束而是开始,明天我们又要开始新的征程,带上我们的"行囊"继续我们未完的文学梦。

　　最后,还要感谢我的家人,尤其是我最敬爱的父母,以及我可爱的妻子,没有你们的忍耐与付出,我没法走到今天。你们一直理解我,疼爱我,你们给予我无尽的动力与强大的精神支柱。谢谢你们为我所做的一切,你们辛苦了,我爱你们。希望未来的日子里,我们共同携手过好每一天。

李浩昌
2019 年 8 月于曼谷

李浩昌